講談社文庫

レジェンド歴史時代小説

見知らぬ海へ

隆 慶一郎

講談社

啓一郎に

目次

見知らぬ海へ

清水湊《しみずみなと》

天正七年（一五七九）九月十九日早朝。

向井《むかい》正綱《まさつな》は暁暗《ぎょうあん》の中で釣糸を垂れていた。竿《さお》は使わない。じかに釣糸を手で握っていた。この方が微妙なあたりの感触を味わえるからだ。

清水湊《しみずみなと》の沖合である。漕《こ》いで来た小舟は碇《いかり》をおろした上に、微風に向って小さな捨て帆を張り、動かないようにしてあった。

〈妙だな〉

いつもなら面白いほど魚がかかってくる時刻なのである。正綱はそれを魚が寝呆《ねぼ》けているためだと思っている。半眠半醒の鼻先にご馳走が降って来たら、魚ならずとも無意識にぱくりとやる筈である。それが今日に限って一匹の魚もかかって来ない。

〈まだ眠ってるのかな、魚は〉

思わず小首をかしげた。まるで幼児のようにのどかな表情であり、仕草だった。父の正重《まさしげ》が見たら、いつものように罵声《ばせい》より早く拳固《げんこ》のとんで来そうな格好なのである。

向井正綱は今年二十三歳になる。この当時にすれば立派な成人であり、子供の一人や二人いても少しもおかしくない齢頃《としごろ》だった。それが今もって妻もなく、釣り三昧《ざんまい》に耽《ふけ》っていられるのは、この小児性のためである。

別に智恵おくれというわけではない。体躯《たいく》も五尺八寸・十九貫（一七六センチ・七一キロ余）と、やや肥満気味だが人並みより多少は大きい。打物《うちもの》をとってもかなりの腕で、別して槍《やり》と鉄砲が得意である。水軍という商売柄、海のことはよく知っているし、操船の技術も人並み以上である。それなのに、齢より魯鈍《ろどん》な印象を人に与えるのは、素直すぎる性格のためというしかない。喜びも悲しみも驚きも、恐ろしく素直にそのまま表情に出してしまうのである。それが正綱を稚《おさな》く未熟に見せている。

父の正重には、それが歯がゆくてならないらしい。武将たるもの、一切の表情を殺して常に平然と構えていなければならぬ。正重はそう信じている。それでなくては部下を統率して、苦しい戦いを勝ち抜くことは出来ない。指揮官が、苦しい時に苦しい顔をしては、部下が意気阻喪《そそう》するのは自明の理である。意気阻喪した部下を引連れて、どうして戦《いく》さに勝つことが出来るか。だから正重は、息子がなんともあけっぴろげに嬉しそうな顔をしたり、仰天《ぎょうてん》したように口を開けたりすると、即座にぶん殴《なぐ》ることにしている。だが殴っても殴っても、正綱の素直さは消えないのだった。いつまでたっても、その時の喜怒哀楽に従って、百面相のように表情を変え続けていた。

〈これで向井水軍の総帥《そうすい》になれようか〉正重は不肖の子を与えた天を恨《うら》み続けていた。

向井一族はもともと水軍ではない。源氏の出である。源義家六代の源実国《さねくに》が平家の残党を討伐した功により、建仁二年（一二〇二）鎌倉二代将軍源頼家から仁木《にき》の姓と上総《かずさ》の地を貰った。それから更《さら》に五代あとの仁木義長が、貞和二年（一三四六）北朝方の武将として活躍したが、この頃に伊勢大湊で北畠氏の水軍の将、つまり海将だったらしい。義長の子長宗は、度々の武功により足利四代将軍義持から伊勢国向庄《むかいのしょう》を賜《たま》わり、それ以来向井と姓を改めたという。

この向庄というのは、今の尾鷲《おわせ》市向井である。だから実際は伊勢国ではなく志摩国だ。だが今の向井には長宗の一族が棲《す》んでいた形跡は全くないという。村島氏を代官に任命し、向井水軍を養成させながら、自分は伊勢或《あるい》は京都にいたのではないかと思われる。当時、向井浜の弁財島《べんざいじま》のあたりは海も深く、船を隠すには絶好の地形だった。矢の川の河口も現在より深く入りこんでいたから、ここも船隠しに便利だっただろうという。

長宗から六代あとの向井正重が、正綱の父になる。正重は元亀元年（一五七〇）武田信玄に招かれて武田の海将となり、武田勝頼から伊賀守を与えられた。武田水軍の海将の屋敷はほとんどが清水にあった。正重はこの屋敷に家族を置き、持舟《もちぶね》城（又は用宗《もちむね》城）を守っていた。

持舟城は城としては小さいが、駿河《するが》国を扼《やく》する重大拠点である。織田信長・徳川家康の連合軍は、この数年来、駿《すん》・遠《えん》の地の支配をめぐって絶えず武田家と戦って来た。攻防の焦点は高天神城《たかてんじん》である。ここを抑《おさ》えれば駿河と東遠州を制圧することが出来る。そのため持舟城も、近くの田中城と共に、既に幾度となく徳川軍団の攻撃にさらされていた。麓《ふもと》からの高さ七十メートル。前面に駿河湾、背後に駿府の町が開けている。現在の用宗《もちむね》駅は海であり、向井水軍の船《ふな》溜《だま》りがあった。

この天正七年九月、北条氏政《うじまさ》は武田との同盟を解消することを決意し、九月五日、ひそかに徳川家康に使者を送って、武田軍を東西から挟撃《きょうげき》することを約した。武田勝頼は北条氏政の突然の背信に驚愕し、九月十三日、黄瀬川《きせがわ》に進出して氏政と対峙《たいじ》するに至った。

駿・遠の地は今ふたたび激戦区に変ろうとしていた。正しく一触即発の時である。持舟城の向井正重とその養子である伊兵衛政勝《まさかつ》も、全神経を緊張させて徳川軍団の襲撃に備えていた。

その張りつめた空気が、正綱をうんざりさせた。別段合戦がこわいわけではない。どちらかといえば、好きな方である。だが城に籠《こも》っての防禦《ぼうぎょ》というのは、なんとも苦手だった。同じ戦うのなら、野戦で馬を駆《か》り、槍を構えて一文字に突進する方がいい。更に野戦よりも、広大な海原で船を寄せ合って戦う方が、もっと好きだった。籠城《ろうじょう》というのはなんとも気分が沈むのがいやである。第一、好きな釣りも出来なくなるではないか。

昨夜おそく、突然思い立って、部下には清水の母に所用があると嘘をいい、父には無断で城をぬけ出したのも、この数日の籠城支度で息がつまって来ためである。帰れば父にこっぴどく怒鳴られ、恐らくしたたかに殴られることは分っていたが、正綱にとってこれはもう生理的な必要ともいえる脱走だった。釣るだけ釣ったら、昼には城に帰るつもりでいる。僅《わず》かな時間、自分一人くらい城を留守にしたところで、困った事態が起るわけがなかった。

まずいことに、脱出にかかった時に義兄の伊兵衛政勝にばったりぶつかってしまった。正綱はこの齢の離れた義兄が好きだ。父よりもずっとましな男だと思っている。無口でさっぱりしていて、いつもにこにこ笑っている。父のように部下を怒鳴りつけることもなく、それでいて部下はよくいうことをきいた。合戦になっても、このにこにこ笑いは一向に消えない。父にいわせると威厳が足りない、ということになるのだが、合戦の時の笑顔は逆に凄《すご》みがある。正綱は父の歯をくいしばった鬼のような顔より、義兄の笑顔の方がよっぽどこわかった。なにしろやることが桁《けた》がはずれている。去年持舟城は二度徳川方に攻められたが、二度ともこの伊兵衛政勝の暴勇によって救われたようなものだった。

籠城側の戦さぶりといえば、寄手《よせて》の軍勢を充分ひきつけた上で、弓・鉄砲、或は大石・飛礫《つぶて》・熱湯などで散々に叩き、浮足立ったところへ、大手門を開いて主力がとび出し、適当に斬り伏せ、突き伏せ、よきところでさっと引き上げる、というのが普通である。だから崩れた寄手の軍勢も、城から或《あ》る程度離れればほっと息を抜くことが出来る。城兵が深追いして来ることは絶対にないからだ。これは一種の約束のようなもので、どれだけ城から離れれば息が抜けるか、寄手の兵たちは自然に心得ている。ところが伊兵衛政勝はこの常識を平然と破ったのである。にこにこ笑いながら、城兵の先頭に立って徳川軍を追い払いに出て来たこの海将は、当然ひきあげるべき地点に達すると、逆に加速し、顔も向けられないような凄《すさ》まじさで襲いかかり、そのまま真一文字に本陣に迫ったのである。寄手は息を抜く機会を失い、算を乱して逃げまどった。この混乱のお蔭《かげ》で第二陣までも浮足だってしまい、まさかと思った本陣にまで突入を許してしまった。

合戦の常識からいえば、こんなに深追いして来た部隊の前途は一つしかない。全滅である。伊兵衛政勝はそのことを百も承知だった。相変らずにこにこ笑いながら、この男の口をついて出て来た言葉は一つだけだった。

「死ねや！　死ねや！　死ねや！」

連呼しながら、名にしおう徳川戦闘集団を片っ端から殺戮《さつりく》してゆくのである。

これは最早《もはや》『死兵』である。死を覚悟した、というようななまやさしいものではない。既に死んだ兵なのだ。武士たちが最も恐れ、忌《い》み嫌ったのはこの『死兵』である。誰が死人《しびと》相手の闘いに勝てようか。徳川勢は一人残らず算を乱して逃げ、伊兵衛政勝とその手勢は不思議の生を拾った。敵の返り血で真紅に染まりながら、依然としてにこにこ笑っている政勝の顔を、正綱は世にも恐ろしいものと見た。

城を抜け出そうとした正綱を見つけた時、伊兵衛政勝はその恐ろしい笑顔を浮べながら優しくいったのである。

「うまい魚を頼むぞや」

正綱はこの言葉に痺《しび》れた。こうなったら何としてでもうまい魚を釣って帰らなければならない。義兄の言葉が至上命令のように聞えた。清水湊から漕ぎなれた小舟で乗り出した時、正綱の頭にはそれしかなかった。

それがなんとこの始末である。うまいもまずいも、一匹も釣れないのだ。魚どもの寝坊がなんとも恨めしかった。

〈こりゃあ駄目だ〉

正綱は釣り糸を引き上げると、碇《いかり》をあげにかかった。場所を変えるしかなかった。

〈どこへゆこうか〉

碇をあげ、帆をおろし、櫓《ろ》にかかりながら頭の中で次の場所を探した。

〈あそこへゆけば絶対だが……まさかなあ〉

正綱は首をすくめた。正綱が絶対だと思った場所は、持舟城の沖合にある小さな根である。どんな不漁の時でも、そこにゆけば豊富に魚がいた。去年の今ごろ正綱が偶然見付け、他人には内緒にしている絶好の釣り場だった。だがなんともまずいことに、そこは持舟城から丸見えなのである。遠眼鏡《とおめがね》でも使われたら、正綱の顔まではっきり見えてしまう。

〈親父殿がどんなに怒ることか……〉

だが舟は正綱の思案をよそに、その危険な根の方へ向っていた。

〈何としてもうまい魚をもって帰らねばならぬ〉

正綱は胸の中で父に向って懸命に弁解していた。

「義兄上《あにうえ》はこわいからな」

ぽつんと言葉に出していった。

風が起《た》ち、波が出て来た。正綱はほっとして櫓を置き、帆を張った。これだけ風があれば、充分帆走出来る。いい具合だった。

〈魚が目を覚ましていてくれるといいな〉

それしか正綱の頭にはなかった。

どん。舟に衝撃があった。思いもかけぬ大きな波である。素早く帆を調整して、波に向けて立った。

〈こりゃあ荒れそうだな〉

　荒天の先ぶれである。だが空は明るくなって来ている。真紅の日輪が僅かにのぼりかけていた。その輪郭《りんかく》がぼやけて見える。靄《もや》が湧いているのだった。

　さっきから妙な音が聞えていた。潮騒《しおさい》にしては大きすぎる。人の声のような気がするが、何をいっているのか分らない。それにもし人声だとしたら、よほどの人数である。まさか持舟城の城兵が、一斉に喚《わめ》きたてているわけでもあるまい。

　あれから四半刻《とき》（三十分）。

　正綱《まさつな》の舟は濃く白い靄の中に、すっぽり包まれていた。三間《さんげん》先も見えない。だが正綱は間違いなく問題の根のところへ着いていた。浜の向うに持舟の城が聳《そび》えている筈だが、靄のせいで全く見ることが出来ない。こちらから見えない以上、向うからも見えない道理で、これは正綱にとって願ってもない情況なのである。

〈ついているな、俺は〉

魚の引きもよかった。清水の沖合とは雲泥《うんでい》の差である。もう四匹も釣り上げている。この調子なら、義兄に約束したうまい魚をもって昼までに帰ることが出来そうだった。

ただあの妙な音だけが気にかかった。

なんの当りもなく、全く突然に強烈な引きが来た。正綱が危く引きずりこまれそうになった程の強さである。

〈なんだ、これは〉

素早く釣り糸をくり出しながら、相手の姿を思った。鯛《たい》かと思ったが、違うようだ。鯛にしては獰猛《どうもう》すぎる。しかも早い。ぐんぐん釣り糸を喰ってゆく。

〈そうはさせるか〉

踏んばった。凄まじい抵抗が感じられた。ゆるめ、また引いた。鉤《はり》はしっかり喰いこんでいる。糸の方が危かった。

正綱は何も彼も忘れた。遠く浜の方角から聞える不思議な物音も忘れ、次第に風が強まり、それにつれて靄が少しずつ晴れて来ていることにも気づかなかった。正綱の心はこの強靭《きょうじん》で智恵にすぐれた魚のことで一杯だった。掌が切れてひどい出血をしている。魚の移動に合わせて、小舟の中を這《は》いずり廻った。立っているなど論外だった。水の中へひきずりこまれてしまうのは確実だった。それは力くらべであり、智恵くらべだった。長い長い闘いになった。

〈一体お前は誰だ⁉〉

正綱は絶えずそう話しかけていた。

〈なんて素晴《すば》しいんだ、お前は〉

本当に心の底から感嘆していた。

〈なんていう力だ！　何ていう智恵だ！〉

もう駄目か、と思ったことも二度や三度ではない。いっそこちらから釣り糸を切ってしまおうかと、鎧通《よろいどお》し（幅広の短刀）に手をかけたこともある。だが思いとどまった。

〈ここで諦《あきら》めては魚に対して申しわけが立たない〉

一見奇妙な理屈だが、実は正当な論理である。一旦鉤《いったんはり》をのみこんで、しかもこれほど暴れまわった魚は、ほぼ確実に死ぬことになる。口中に出来た傷が、それ以上の生存を許さないのである。闘いにいやけがさした釣り師が糸を切れば、魚はまったく無駄な死を死ぬことになる。いわば犬死である。自分から先に仕掛けておいて、途中で戦闘を放棄し、しかも相手を犬死させて顧《かえり》みないのでは、『いくさ人』の論理《りんり》にはずれることになろう。戦闘を開始した以上、死力をつくして相手を斃《たお》すのが合戦の至上の論理である。なまじの情けや懈《け》怠《たい》は相手を侮辱することになる。戦場で『いくさ人』たちが最後の最後まで戦い抜くのは、生への執着によるものではない。この戦場の論理に忠実なためだ。

正綱は魚相手の闘いにも、戦場の論理を守った。闘いはなんと半刻（一時間）を超えた。さすがの猛魚が疲れてきたらしい。手ごたえが優しくなった。だがここで油断は禁物である。必ずや最後の最後ともいうべき力の爆発のあることを、正綱は長い魚相手の闘いの経験から知っている。正綱は身体を軟かくし、釣り糸にかける力もわざと落して、待機した。果して凄まじい一気の引きが来た。油断していたら水中へ転がりこみかねない、猛烈な力だった。正綱は一旦その力に負けたかのように糸を緩《ゆる》め、次いで渾身《こんしん》の力を籠めて引いた。釣り糸は空中にはね、その先に巨大な魚の鱗《うろこ》がきらりと光った。釣り糸をしゃくうようにして舟の中に落す。魚が舟底に横たわり最後の跳躍をしようとした。

正綱が素早く抑《おさ》えこんだ。魚は静かになった。腹中の浮袋が口からはみ出していた。

正綱は目を瞠《みは》った。魚は石鯛《いしだい》だった。幻の魚といわれる巨大な石鯛だった。

〈道理で……〉

納得しうなずいた。この幻の魚なら半刻も暴れ廻って人間をへとへとに疲労させる力を持っていて少しもおかしくはない。

〈それにしてもよく戦ったなア〉

正綱は戦場の好敵手に対すると同じように、石鯛を軽く叩いた。全身の筋肉が弛緩《しかん》し、心が空っぽになった。

あの奇妙な音が再び聞えて来たのは、正にその時だった。

なにげなく、音の方に顔をあげた正綱は、凝然《ぎょうぜん》と凍りついた。

いつか靄はすっかり晴れ、持舟の舟溜《ふなだま》りも浜も、そして持舟城も一望のもとにあった。

その持舟の城に、一筋の濃い煙が上がっている。煙の下に赤い火が見えた。

〈城が燃えている！〉

信じられぬ光景だった。そしてもっと信じられないのは、城のまわりをびっちり埋めた夥《おびただ》しい軍勢であり、今や城の土塁《どるい》を登っては中へ斬り込んでゆく鎧武者《よろいむしゃ》たちの姿だった。

ようやく正綱は、あの奇妙な音の正体を知った。あれは城攻めの軍勢のあげる鬨《とき》の声であり吶喊《とっかん》だった。

正綱が石鯛と夢中で闘っている間じゅう、持舟城では、父が、義兄が、そして正綱の部下たち全員が、敵と死力を尽して戦っていたのである。

持舟城

この九月十九日、暁闇《ぎょうあん》をついて持舟城に攻撃をかけて来たのは、徳川軍団の部将松平家忠《まつだいらいえただ》と牧野康成《まきのやすなり》に率《ひき》いられた部隊だった。永年の懸案だった高天神城奪取を今度こそ成功させるべく、家康が放った布石だった。

北条氏政の裏切りがそれを可能にしたのは確実である。だがそれだけでは、家康が全軍団に下した凄まじい命令の意味を理解することは出来ない。

「この戦さに捕虜は不要だ。一人といえども捕虜を出すな」

家康はそう云ったのである。

徳川軍団の将兵は茫然《ぼうぜん》としたといっていい。

およそ彼等の主君の発する言葉ではなかったからだ。

捕虜を出すな、とは殺せということだ。一人残らず殺せということだった。

家康はかつて一度もこのような命令を出したことがなかった。

殺戮《さつりく》は織田信長の流儀である。比叡山《ひえいざん》を焼き払った時も、伊勢長島の門徒衆を攻めた時も、浅井一族を滅した時も、信長は常に皆殺し作戦をとって来た。理非を問わず、善悪にかかわらず、女子供といえども一人も残さず殺せ。これが信長の勁烈《けいれつ》な生きざまであり、敵をして悪鬼羅刹《あっきらせつ》かと呼ばせた戦さぶりだった。

これに対して、家康は敵を殺さないのが身上《しんじょう》である。敵を殺さず、寧《むし》ろ自分の部下としてとりこんでゆく。この戦さぶりが次第に家康への評価となり強みになっていった。信長と戦って降伏するのは無意味である。どうせ殺されるからだ。だが家康なら降伏に大きな意味がある。生命が保障されるばかりではなく、将来への展望まで開けるからである。

どちらの戦法が有利かは一目瞭然《いちもくりようぜん》であろう。特に身上《しんしよう》も少く、信頼出来る部下の数も少い、いわば新興の武将である家康にとって、この作戦は必須《ひつす》のものだった。その家康が駿河と遠州を手に入れられるかどうかの瀬戸際《せとぎわ》に、突然今迄の作戦を放棄し、信長風の皆殺し作戦を指令したのである。配下の部将たちが茫然となるのは当然だった。

だが、それは一瞬のことだった。部将たちは即座に家康の心情を察した。作戦を、ではない。心情を、である。誰もが無理もない、と感じた。殿はやり場のない憤怒と悲しみをこの合戦で爆発させようとしていられる。誰もがそれを直観し、それを許した。逆にそのことによって部将たちすべてが悲痛な思いに駆られ、激烈な昂揚感で胸をしめつけられたともいえる。

温厚な家康を激怒させ、悲痛な思いにつき落したのは、嫡男《ちやくなん》岡崎三郎信康《のぶやす》と正妻築山殿《つきやまどの》の死である。築山殿は先月八月二十九日に家康の部下岡本平右衛門《へいえもんの》尉時仲《じょうときなか》、或は岡本と野中三五郎重政の両人の手で殺され、信康はこの月九月十七日、遠州二俣《ふたまた》城で自害させられた。

この二人の処刑の理由は今に至るも明らかでない。武田勝頼に密通したというのが最大の理由のようだが、どうにも納得しがたいものがある。この時期、武田軍団はほとんどその有能な部将を失い、武田家が衰運に向っていることは誰の目にも明らかだった。その武田に敢《あえ》て密通するほど信康は愚かな武将とは思えないからだ。むしろ信長が自分の子供たちに較べて信康があまりに英邁《えいまい》だったために、事を構えてこれを排したという説の方が、考えやすい理屈である。とにかく事は信長の娘であり信康の妻であった徳姫の一通の手紙から始ったのは確かであり、徳川家の重鎮酒井《さかい》忠次《ただつぐ》への信長直接の諮問《しもん》によって罪が決定されたのも明らかである。徳姫の手紙が、夫になおざりにされ、姑《しゅうとめ》にいじめられた嫁の怨《うら》みと悪意に満ちていたであろうことは容易に推察されるが、信長ほどの男にそんなことが見抜けないわけがない。普通なら苦笑と共に焼き捨てられるべき手紙だった。それを敢《あ》えて問題にしたところに、信長の邪悪ともいえる意志が感じられる。

酒井忠次への諮問にしても、記録の正確さは極めて疑わしい。信長は信康の素行について十項目の疑問を発し、忠次はそれをことごとく認めたという。

『家のおとな（長老）が悉《ことごと》く存知申故《から》は疑ひなし』

と信長がいったと『三河物語』にはある。家康が終生、折りにふれてはこのことで忠次に怨《うら》みごとをいったという記録もある。だが家康は怨みごとをいうだけで、後に至るも忠次を罰しようとはしなかった。これは忠次の応答に手ぬかりがなかった証拠である。恐らくこの時の信長の質問は両刃《もろは》の剣だったのではないか。信康に罪なしと答えれば必ずや家康に罪があると認めざるを得ないような諮問だったのではないか。そのように巧妙にしつらえられた質問だったとすれば、忠次としては信康に罪ありの説をとらざるをえなかった筈だ。信康に罪を着せることによって、家康の生命を救ったのである。だからこそ家康は、

「是非に及ばず」

の一言で、恐らくは断腸《だんちょう》の思いをもって、嫡男と妻の生命を諦めたのではないか。

この時期の徳川家は、信長と較べればまだまだ弱小な戦国大名である。三河一国ぐらいは自らの手でかち取ることは出来ても、その領国から外へ討って出るだけの力はなかった。まして強大な武田軍団を敵にすることなど思いも及ばぬことだった。口惜しいが何としてでも天下に聞えた織田軍団の援助が必要だった。織田に見放されることは、即徳川家の消滅だった。背に腹は替えられないのである。それが、

「是非に及ばず」

という言葉の意味だったのであろう。

この時、家康、三十八歳。まだ充分に多感な齢頃である。妻と子を己《おの》れの手で殺さねばならなかった痛恨《つうこん》は、あげて己れの非力への怒りに変じた。この痛恨の思いを消すことの出来るのはただ一手である。己れが強大になることである。織田軍団の援助を必要としないほど強大になることである。それには先ず激烈な戦闘を戦い抜いてとりあえず遠・三・駿の三国を手中におさめるしかない。

「この戦さに捕虜は不要だ」

とはその断乎《だんこ》たる決意の表明だった。

家康の胸に燃えさかった劫火《ごうか》は、部下たちの心にも火を点じた。だから、この九月の徳川戦闘集団は今までとは全く気組《きぐみ》が違っていたのである。その矢表《やおもて》に立った向井一族は、悲運というしかなかった。


持舟城への黎明《れいめい》攻撃は、先ず牧野康成軍による大手からの火矢《ひや》攻撃で開始された。灯油をしみこませたぼろきれに点火した火矢が、いきなり何十本、何百本と、まるで流星群のように城めがけて降って来たのである。

城兵の警備に油断があったわけではなかった。牧野の手の者たちの行動が、常に倍する早さと秘匿《ひとく》性をもっていたというべきであろう。持舟城は石垣が張りめぐらされているわけではない。かなりの高さの土塁が城を囲み、深い空濠《からぼり》が更に土塁の高さを増している。牧野勢は、城の見張りに気づかれることなく、その空濠の中に選び抜かれた精鋭の一隊を送りこむと、先ず本丸に向って遠矢で火矢を射込んで来た。

見張りの悲鳴に似た警報にはね起きた向井の郎党は、何より先に火災と闘わなければならなかった。水の豊富な井戸はあったが、数が少い。一時に汲《く》みあげられる量にも限りがある。火の廻りの方が数等早かった。みるみる火は本丸を蔽《おお》った。

この戦いの中で伊兵衛政勝の働きは初めから群を抜いていた。見張りの叫びに中庭にとび出し、流星群のように降る火矢を一目見るなり、城内にとって返し、養父正重《まさしげ》を探した。慌《あわ》ただしく鎧をつけている正重を見ると跪《ひざまず》き、今日までの養育の礼を短かく述べた。正重がこの忙しい中でなんのたわごとだと喚《わめ》くと、政勝は涼しい顔で、今をおいては礼をいう時がないからだ、と云った。寄手の気組がいつもとは違うことを直観していたのである。同時に死を覚悟したようだ。最後に笑いながらこうつけ加えた。

「昼には正綱がうまい魚をとって来る筈。せめてそれまでは戦い抜く覚悟にござる」

この言葉を正重の側近であり、海戦の際の舵《かじ》とりだった野尻《のじり》久兵衛が聞いていた。久兵衛は身長七尺（二メートル余）体重五十貫（一九〇キロ弱）の巨漢である。頭はつるつるに禿《は》げているくせに胴体は黒い毛に蔽《おお》われている。海坊主の仇名《あだな》通り、海に出れば知らぬことはなく、優に十人前の働きはするが、陸の戦いは不得手だった。接近戦になれば、強力《ごうりき》に委《まか》せて凄まじい殺傷力を発揮するが、遠距離になるとどうにもいけない。図体《ずうたい》がばかでかい分、飛道具の攻撃の的《まと》にされ易いし、何より馬が駄目だった。馬術が駄目なのではなく、馬の方が参ってしまうのである。そうなると走るしかないが、その走りがこの男は苦手なのである。

「ぼんさんは海でっか」

海坊主の久兵衛が訊《たず》ねた。伊勢の生れで西国の訛《なまり》がある。

「あいつ、またか！」

正重はいつも通り喚《わめ》いたが、声に力がなかった。正重も漸《ようや》く今日の戦さがいつものとは様子の違うことを感じはじめたのである。

「お怒りになってはいけません」

政勝は微笑している。

「或は怪我《けが》の功名《こうみよう》になるかもしれませんから」

「肝心《かんじん》の時に城を離れて、なんの功名だ！」

「向井の血を残してくれます」

政勝がきっぱりといった。正重は一瞬絶句し、まじまじと義理の息子を見つめた。不意に熱いものがこみあげて来た。

「政勝。お主、わしには過ぎた伜《せがれ》だった」

声は呟《つぶや》きに似ていた。

「おさらばでござる、父上」

粛然《しゆくぜん》といい、深々と一礼すると走り出た。すぐ大きな声が聞えた。

「皆来い！　火など放っておけ！　打物《うちもの》をとれ！　馬を曳《ひ》け！　敵は近いぞ！」

部下たちの応ずる声が唱和し、走り出る足音が続く。

「殿様。わしらも出ましょう。わしゃあ火は好かん」

久兵衛がぼそっといった。いかにも海坊主らしい言い草に、正重はほろ苦く笑った。

「終《つい》の戦さが海戦でなくて悪かったな、海坊主」

そういえば海の戦いなど久しくしたことがない。武田の舟手頭《ふなてがしら》になってからは、全くといっていいほどなかった。舵をとらせては海神の申し子かと思わせるほどの野尻久兵衛にとって、これは余りにもむごい宿運であることを、正重は痛感した。

海坊主は口の中で何かもぞもぞと呟くと、刃幅の広い長巻《ながまき》を持って立った。身体には胴丸《どうまる》しかつけていない。見事に一本の毛もない形のいい頭が、近くに迫った火の手に照らされて赤々と輝いた。

「今、なんといった？」

正重も槍をとりながら訊いた。

「地獄にも海はあるやろか、いいましたんや」

海坊主がつるりと頭を撫でながら云った。

「さて、どうかな。血の池地獄というのはあるようだが……」

海坊主は馬鹿にしたように鼻を鳴らした。

「池じゃ話になりまへんわ。ええ船使ってなんとか海を探してみまひょ」

「鉄船がいいぞ、これからは」

鉄船は対本願寺戦で九鬼《くき》水軍が初めて使った、装甲した安宅船《あたけぶね》である。

「あんなどんくさいものはあきまへん。船は早ようのうては勝てませんわ」

「お前は間違っとる。いくら早くても長炮《ちょうほう》で穴だらけにされたら話にならん」

この主従は、声高《こわだか》に鉄船の得失を論じながら、燃えさかる本丸を出ていった。

鉄砲の一斉射撃の音が、二人の声を消した。

鉄砲は政勝が射《う》たせたものだった。

政勝は本丸を出るとすぐ鉄砲隊と弓隊をつれて、まっすぐ大手の土塁に走った。そこの空濠が一番危険な場所であることを、今までの戦闘でいやというほど知っていたからだ。持舟城のことなら、政勝は自分の身体のように隅々まで心得ている。大手の空濠は垂直に深く掘りすぎて、真上からの攻撃がしにくいのである。まるでたちの悪い腫物《はれもの》のように、前から気になっていた部分だった。

政勝は土塁に這《は》うと、途中で拾って来たまだ燃えている火矢を数本、空濠の中に落してやった。空濠の中で罵声が湧いた。果して腫物は膿《う》んでいたのである。しかも長い梯子《はしご》が三本かけられたところなのが、火矢のわずかな明りで見てとれた。

「鉄砲隊！」

政勝は叫ぶと、ある限りの鉄砲を二段に並べさせ、拳下《こぶしさが》りの一斉射撃を命じた。一段目が射つとすぐ下《さが》って二段目に替る。二段目が射ち終ると弓隊が出て火矢を射る。弓隊が下ると一段目の鉄砲隊が替る。

効果はてきめんだった。空濠から夥《おびただ》しい悲鳴があがり、火矢のために梯子の一つが燃えだした。牧野康成の精鋭は、空濠の中を逃げまどうことになった。

突然、西の丸の方に、火矢が集中して来た。これは松平家忠の軍勢だった。この火矢が射込まれると同時に、牧野の手勢は本丸に突入する手筈だった。政勝の先制攻撃が、その作戦を狂わせることになる。

大手を受けもった牧野康成は十四歳の初陣《ういじん》以来勇猛できこえた武将である。しかもこの年二十五歳。血気さかんな盛《さか》りである。自ら放った精鋭部隊が一向に本丸に突入しないのを望見して、狂ったように怒りたけった。

夜はようやく明けようとしている。今攻めこまねば、なんのための黎明攻撃か分らなくなってしまう。

大体この牧野康成という男は、平生から長大な刀の無用論を説き、「踏み込んで、鍔《つば》もとで頭を割られざまに突き貫かざれば、勝負は決し難し」と放言し、常に短い脇差《わきざし》しか差したことがないという男である。酒井忠次の娘で美人の聞え高いお虎に恋慕《れんぼ》し、妻に申しうけたいと申し込んだ時、忠次が、

「右馬允《うまのすけ》（康成のこと）は大胆者なり。悪く致したらんは謀叛《むほん》を発し、三河一国をも手に入るべき男なり。あのやうなるものに娘をつかはすことは罷《まか》り成《な》るまじ」

と云って承知しなかった。この結婚は家康の口ききでどうやら成立したが、とにかく康成が強情我慢の武辺者《ぶへんもの》として家中に知られていたことがよく分る。

そんな男がこの事態を我慢して見ているわけがなかった。部下のとめるのを、叩っ斬らんばかりの勢いではねのけると、只一騎、まっしぐらに持舟城大手門に向って馬をとばした。側近の部下としてはまさか殿様を見殺しにすることは出来ない。やむなくぴったりついてゆくことになる。この頃は既に政勝が

土塁の上に充分の鉄砲隊と弓隊を配置させ終っていた。そこへ向ってまっしぐらにつっこんだのだからたまったものではない。向井方の銃弾と矢が集中し、夥《おびただ》しい死傷者を出した。

だが、先頭に立って走っているのは、何といっても寄手の大将である。しかも徳川軍団は剽悍《ひょうかん》で知られた三河武士団だった。むざむざ大将を討死させて自分たちだけ無事に故国へ帰れるわけがなかった。無謀は百も承知の上で遮二無《しゃにむ》二《に》攻め登った。同時に土塁に弓鉄砲の狙いを集中させる。向井軍団は鉄砲の威力を充分に承知していたが、いかんせん数が少い。織田信長によって鉄砲主体の近代戦法を教えられた徳川軍団とは、数量の上でも技量の点でも、格段の差があった。向井方に戦死者が続出し、大手門が破られた。

まっ先にとびこんだのは、牧野康成本人である。

「牧野右馬允康成、持舟城一番乗り！」

大声で怒鳴りながら、駆けこんで来た。政勝が用意した残り少い鉄砲隊の一斉射撃も、何故か康成の身体を掠《かす》りもしない。

無法、天に通ず、とでもいうべきこうした不思議は、戦場ではしばしば見受けられる光景である。生死を司《つかさ》どる神は剽悍の士の蕃勇《ばんゆう》を秘《ひそ》かに愛し、かばってくれるのかもしれない。意外なことだが、戦場では臆病で慎重な者の方が多く死ぬのである。

とにかく無傷で突っこんだ牧野康成の槍を高くはね上げたのは向井政勝だった。

政勝も寄手の大将が一番乗りをしたことに呆《あき》れ返り、且《か》つ感嘆している。

〈道理で寄手の気組が違う筈だ〉

政勝が岡崎三郎信康の自害のことなど知るわけがない。単純にこの若く勇猛な指揮官のためだと思った。それならこの指揮官を殺せば、寄手の勢いは大きくそがれることになる。

政勝が鋭くつき出した槍は、確実に牧野康成を殺した筈である。だが康成の部下がその前に立ちはだかり、替りに死んだ。康成が怒って突きかかって来て数合《すうごう》やりあったが、続々と駆けこんだ部下たちが、忽《たちま》ち康成の身体を囲み蔽《おお》った。

あっという間に大手門の中が兵隊だらけになった。政勝は忙しく槍を振《ふる》いながら、養父のことを思った。

〈海坊主がついているから大丈夫だろう〉

海坊主野尻久兵衛は、この手の乱戦に慣れているし強い。舟いくさの場合、まだ大砲の普及していないこの当時、戦いの帰趨《きすう》をきめるのは、相手の舟に斬り込んでの闘いである。海坊主の威力はそこで十二分に発揮されたものである。

〈正綱の奴、今頃なにをしていることか〉

政勝の顔に微笑が浮んだ。政勝はこのとぼけた、あまり頼り甲斐のない義弟を愛していた。

〈俺たちのことなど気にもかけず、せっせと魚を釣り上げているんじゃないかな〉

釣りに熱中している時の正綱の顔が浮んだ。本人は知るまいが、正綱は熱中すると舌を出すくせがある。それも必ず口の右の端にちょろりと出す。その舌で、忙しく口の端をなめまわすのである。

〈大波にでもつき上げられたら、あの舌を嚙むことになるぞ〉

そうなった時、義弟がどんなにびっくりした顔をするだろうかと思ったら、笑いがこみ上げて来た。

その時、政勝は左太股を刺された。

正重と海坊主は西の丸にいた。

松平家忠の軍勢が、早くもここに突入して来ていた。本丸に鉄砲隊を集中したので、こちらには弓隊しかいない。しかも本丸より土地が手狭《てぜま》なため、火が廻ると熱くて熱くてどうにも居たたまれなくなる。

正重は古狸である。その城の弱点を逆用しようとした。城兵を悉《ことごと》く土塁にあげ、城外に向ってではなく、城内に向けて弓を構えさせた。次いで海坊主に僅かな人数を率いさせ、門をあけて突進させた。

松平家忠はその人数の少なさから見て、脱走兵だと思ったらしい。西の丸口から脱走兵が出て来たということは、城兵の大半が本丸に集中しているということである。現に本丸大手の方では矢声と盛んな喚声があがり、激戦の様を伝えている。数少い城兵を二手に分けることを諦め、本丸に集中するのはよくある作戦である。松平軍は銃撃をやめ、白兵戦《はくへいせん》によって海坊主たちを城に追い戻し、追尾して難なく城内に入った。

海坊主たちが、城内に入るや否《いな》や、近くの土塁に向って懸命に走ったのを見ても、別段怪しもうともしなかった。それよりも曲輪《くるわ》の中の異常な熱気に仰天《ぎょうてん》していた。西の丸の建物が、眉も焦さんばかりに花々しく炎上しているのである。これでは城兵がいられるわけがない、と松平軍は判断した。とにかく一刻も早くこの西の丸を抜け、裏手から本丸を襲わねばならない。熱気に耐え、ほとんど全員がなにがしかの焼傷を負いながら、城内を移動しようとした。城内がぎっちり人で埋まった瞬間に、正重の海上で鍛えた途方もない大声が響いた。

土塁に伏せていた弓隊が、一斉に矢を射た。これは当らない方がおかしい。目標を見ずに射ても、必ず誰かには当るのである。松平軍はばたばたと倒れた。矢をのがれようとすれば、燃えさかる火の中にとびこむしかない。事実反射的にそうやった軍兵もいて、これは人間松明《たいまつ》のように派手々々しく燃えあがった。正に阿鼻叫喚《あびきょうかん》の地獄図だった。松平軍団は夥しい死人、手負《てお》いを残して、退却した。

本丸も火の海だった。

政勝は戸板に乗って指揮をとっている。左太股のほかに、腰にも傷を受けていた。二人の兵卒が戸板を支えて走り、四人の兵卒が槍、長巻で前後左右を守っていた。政勝自身、戸板の上から槍を握って、既に四人まで敵を倒している。一間半の持槍を三間柄の長槍に換えていた。戸板の上からでは、これでなくては敵は刺せない。

政勝の軍勢は、既に三度、牧野軍団を城外へ追いやっていた。城兵はもう文字通り死兵と化している。この城を救けに来る軍勢はどこにもいないのである。一番近い田中城は、同時に攻撃を受けているのは明らかだった。そして武田勝頼の軍団は、黄瀬川で北条氏政軍と対峙して、一歩も動けずにいる。救援がない以上、城兵は降伏するか死ぬしかない。だが徳川軍団のこの日の攻撃ぶりを見れば、降伏は論外だった。徳川方の方にその気がないのである。初手《しょて》から皆殺しのつもりで仕掛けて来ているのだ。政勝の勘は正しかった。向井一族は、一族の滅亡を覚悟で、死兵と化して戦うほかはなかったのである。

凄惨《せいさん》な戦さになった。一人の兵が何人の敵を殺せるか、という戦さである。最終的に生き残った兵の数でしか勝負のつかない戦さである。血で血を洗うような、いやな戦さだった。

さすが勇猛猪突の牧野康成が、この攻城戦だけはいたく後悔したという。勝つには勝ったが、極めて後味が悪く、しかも味方の損害もまた甚大だった。康成自身さえ、あちこちに負傷をしている。

戦いは黎明から始ってなんと昼までかかった。そのほとんどが白兵戦だったのだから、正に人間の体力を遥《はる》かに超えた合戦だったといえよう。

その過酷な戦闘の中で、先に生命を落したのは政勝だった。

戸板をうしろからかついでいた兵卒が、長巻で片脚を斬りとばされた。戸板は傾き、政勝は転げ落ちた。その場所が、わが足で動くことのかなわぬ指揮官の最期《さいご》の地となった。政勝は地べたに坐りこみながら、尚二人の敵を長槍にかけたが、わっと集った敵兵の槍に、またたく間に縦横十文字に刺し貫かれて即死した。中でも脳天から尻まで貫いた槍は、勢い余って土中にまでめりこみ、ために政勝は戦闘が終っても尚、坐りこんだままの姿勢を保っていたという。

西の丸の正重は、政勝より四半刻は余計に生きたようだ。背中を猛火にあぶられながらの戦いはさすがに辛《つら》く、向井方の弓隊はたまらず移動しようとする度に、松平軍団の鉄砲に射ち倒された。やがて西の丸は燃え落ち、火が下火になると共に、再度松平勢が城内に乱入して来た。数しかものをいわぬ白兵戦になった。松平勢は先刻の欺《だま》し討《う》ちで夥しい兵を失っている。それは悉く、生き残った兵たちの身内であり友人だった。彼等の憤激はその極に達していた。だから攻撃も苛烈《かれつ》の一語に尽きた。この地点で尋常に殺された向井の兵は一人もいなかったといってもいい。一人残らず四肢を切りとばされ、首を刎《は》ねられた。

正重は六発の鉄砲玉をくらって死んだ。ほとんど即死だったが、海坊主の久兵衛に、辛《かろ》うじて一言だけいい残す間だけ生きていた。

「首だけは正綱に渡せ」

海坊主は頷《うなず》くと、即座にその幅広の長巻《ながまき》で正重の首をかき落した。どういうつもりかまっすぐ井戸へゆき、胴丸も鎧下《よろいした》も脱いで下帯一本の素ッ裸になった。頭から水を何杯も浴び、次いで正重の首も綺麗に洗う。その頭髪を結んで己れの頸《くび》にかけ、正重の首を背中にぶらさげた。そのまま、長巻も持たず、正重の軍扇《ぐんせん》で頭を煽《あお》ぎながら悠々と持舟城の丘を下っていったものである。なんとも異様な光景だった。身の丈七尺、五十貫の巨体は、素ッ裸になっても尚堂々としている。その巨体が背中に首をぶらさげ、軍扇でつるっ禿げの頭に風を送りながら悠然と歩くのである。武器でも持っていれば、また事情は変ったかもしれないが、全くの素手《すで》だ。徳川方の武士たちは、例外なく、なんとなく呑まれたような感じで、この男を見過してしまった。

海坊主はまんまと持舟城を脱出したのである。

海原《うなばら》

向井正綱が海上から初めて持舟城の異変を見たのは、丁度《ちょうど》昼頃である。城では既に政勝が死に、正重に鉄砲玉が射ちこまれた頃だった。

一瞬、あまりの衝撃に、腰が抜けたように舟底にへたりこんだ正綱だったが、すぐ立直った。強烈な悔恨《かいこん》が胸を嚙んだが、敢えて黙殺した。今はただ、一刻も早く持舟に辿《たど》り着き、遅ればせながら合戦に参加することしか考えている暇がない。戦って、皆と一緒に死のう。それだけだった。

櫓にとびついて押しはじめた。小舟はじれったいほど速力が出ない。

靄《もや》がすっかり晴れ、城の情景が手にとるように見えるのが、逆に辛《つら》さを増した。

〈なんだって、よりによって、こんな日に〉

己れの運命が怨《うら》めしかった。

胴の間に放置した幻の石鯛の無機質な眼が、まるで自分を嘲《あざ》けっているかのように見える。

〈お前には敵と闘うより、魚と闘う方が似合いなのさ〉

石鯛はそう云っている。

〈云うなよ。頼むから、黙っててくれ！〉

正綱は泣きそうに顔をしかめた。

〈釣りのために戦さに遅れた男。お前は一生そう云われるんだ〉

石鯛は執拗《しつよう》だった。眼の色が益々無慈悲になって来ている。

〈今ごろいくらあせったって間に合うものか。見ろ。戦さは終ってしまった〉

本当だった。持舟城の煙は漸《ようや》く下火になり、兵たちの動きが緩慢《かんまん》になって来ている。戦闘に結着がついた証拠である。

〈父上は降伏されたのだろうか〉

希《のぞ》みをかけるように、一瞬そう思った。思った途端に、それが自分のまやかしに過ぎないことに気付いた。父正重に降伏は似合わない。降将《こうしょう》としての姿など、仮りに思い描くことさえ不可能だった。

〈死んだのさ。お前の親父殿は、死んだんだよ〉

石鯛がまた云う。正綱の開いた傷口に、匕首《あいくち》をつっこんでぐりぐりかきまわすような残酷さだった。口惜しいことに、それを否定することが正綱には出来ない。父には降将よりも死人《しびと》の方がよく似合った。

〈義兄上《あにうえ》はどうなされただろう〉

政勝の颯爽《さっそう》たる戦さ姿が波間に浮んだ。その顔が血でまっ赤だった。正綱は怒鳴った。

「云うなッ！　うるさいぞ、お前は！　海へ放りこんでやるぞッ！」

怒声の相手は石鯛だった。益々露骨にさげすむように見ている。

〈何も云わないよ。云わなきゃいいんだろう〉

せせら笑ってやがる。一瞬、本気で海中へ叩き込んでやろうかと思った。だが櫓を放すことは出来ない。今の正綱には、櫓を押し続けることにのみ意味があった。一押し一押し城に近づく。一押し一押し死に近づく。

「そうだとも！　死んでくれるわッ！」

思いっきり声を上げて喚いた。本気だった。それしか道はなかった。それにしても、あんまりみっともいい死にざまではないな、とどこかで思った。

海の底が青く見えて来た。

〈浜に着けるか、船溜りにつけるか〉

迷った。船溜りにゆけば、舟番の水夫《かこ》が何人かはいるかもしれない。たった一人で斬りこむよりは、ちっとは形になる。

正綱は船溜りに向った。船溜りは川口を少し遡《さかのぼ》ったところにある。

せわしく櫓を押してその船溜りに入った時、正綱は失望のあまり急に力が萎《な》えた。

向井水軍の船は一隻もいなかったのである。正綱は父がきめたかねての手筈をようやく思い出した。持舟城が敵に囲まれた時は、船は残らず沖に出し、清水湊に回漕《かいそう》せよ、というのである。勿論、敵に船を占領されないための緊急処置である。城の防備に、船溜りの船は何の役にも立たなかったからだ。舟番の水夫たちは、その命令を忠実に守り、急遽《きゆうきよ》船を出したに決っていた。沖合にその姿が全く見られなかったのは、既にあの靄をついて、清水に向った証拠だった。

〈やっぱり独りで死ぬしかないのか〉

それが合戦を忘れて釣りに呆《ほう》けていた男への罰なのかもしれない。正綱はそう思った。

のろのろと小舟を桟橋《さんばし》につないだ。

「ぼんか」

懐しい声が降って来た。

岸壁を見上げると、果して海坊主の久兵衛が立っていた。なんと褌《ふんどし》一本の素ッ裸である。頸に黒い輪のようなものが見える。

「海坊主！」

思わず涙声になった。すぐ反省した。

〈こんな声をあげちゃいけない。まるで悲鳴じゃないか〉

普通の声が出せると思うまで懸命に気持を鎮《しず》めた。そして云った。

「お前も釣りにいってたのか？」

海坊主は一瞬、呆《とぼ》けたように正綱の顔をみつめ、次いで大きな声で笑いだした。可笑《おか》しくて、可笑しくてたまらない、といった笑い声だった。

「何が可笑しい⁉」

嚙みつくように喚いた。海坊主はどこ吹く風である。

「楽しいなあ。ほんまにぼんは楽しいわ」

また声を上げて笑った。

〈殺してくれようか〉

思わず手が鎧通しをさぐって腰へいった。それほど海坊主の笑いは、正綱を傷つけたのである。だが、肝心の鎧通しが腰になかった。慌てて目をやると胴の間に放り出してある。石鯛との闘いの時、邪魔になったので夢中で捨てたのである。

急いで拾って腰に差した。大刀は初めから持っていない。釣りをしにゆくのに大刀を持参する馬鹿はいない。

「お前、槍も長巻もないのか」

それどころか海坊主は脇差一本差していないのである。

「棄てて来ましたわ」

のんきな答えが返って来た。

「拾って来い！　わしと一緒に城にゆくんだ。得物《えもの》がなくて闘えるか！」

「そのお城に棄てて来たんや」

「なんだと⁉」

「ぼんは今からお城へ行くつもりか」

海坊主の声が奇妙に沈んだ。

「当り前だろ！　今、城じゃ一人の手でも欲しいところだ！」

「そら、違いますなあ」

間延びしたような声に、悲しみがそこはかとなく漂った。

「もう一人の手もいりまへんねん。そないになりましてん」

「馬鹿な……」

いいかけて、正綱は絶句した。

海坊主がくるりと背を向けたのである。

背には父正重の首がぶらさがっていた。

いつもの怒った顔ではなく、妙にしんと落着き払った表情だった。一切の感情を消し、あるがままの人生を認め、それを良しとした顔だった。

正綱は口を開けたが、声にならなかった。咽喉《のど》の奥で、しゃっくりのような音が出ただけである。

いつの間にか、顔じゅう涙だった。

泣いているうちに落着きが戻って来た。

「あ、義兄上は？」

今度はなんとか声になった。

「坐ってはりました」

海坊主は奇妙な返事をした。

「坐って？　捕えられたのか⁉」

信じられなかった。海坊主がゆっくり首を横に振った。

「槍がな、脳天から生《は》えとりました。胸板《むないた》にも三本」

ぱっとその情景が浮んだ。槍ぶすまの中で死んだのだ。なんとなく義兄上らしいと思った。

「海坊主」

正綱の声が別人のようにしっかりと据わった。

「俺の死にざまも見届けてくれ」

小舟から跳《は》ね上った。城に向うつもりでいる。歩きだすや否や、肩を摑まれた。

「若大将が云うてはりました」

若大将とは政勝のことである。

「話は歩きながら……」

しまいまで云えなかった。肩に激痛が走った。青竹さえ砕《くだ》く海坊主のくそ力だった。

「やめろ！　痛い！」

力は抜いたが、肩は摑んだままである。

「ぼん。ちゃんと聞かんといかん」

「分ったよ。義兄上がなんと云われた？」

海坊主の手をなんとかはずそうとしたが、びくともしない。

「怪我の功名かもしれんな」

海坊主は政勝の声を真似ている。正綱はぞくっとした。

「何が怪我の功名だ⁉」

「ぼんが釣りに出たことですがな」

「俺をからかう気か！　何が功名だ！」

本気で腹を立てた。鎧通しを二寸ほど抜きかけた。海坊主の手がそれを無造作に押し戻した。

「おかしらも同じことを云わはった」

おかしらとは勿論正重だ。正綱は我しらず引きこまれて訊いた。

「それで義兄上は何と……？」

「向井の血を残してくれます」

「何⁉」

「向井の血を残してくれます」

海坊主は正確に繰り返した。

「向井の血を……⁉」

正綱の膝《ひざ》から力が抜けた。

改めて持舟の城を見た。

先刻よりずっと薄くなった煙があがり、たなびいている。寄手が消火作業をしているのだろう。それとも城兵の死骸を焼いているのかもしれなかった。

〈義兄上が焼かれる！〉

不意に身内がかっと熱くなった。いきなり走り出そうとした。

海坊主の手に力が籠《こも》り、また肩が痺《しび》れた。同時に力のうせた膝ががくんと折れ、正綱は船溜りのぬるぬるした石畳みの上に坐り込んでしまった。

「どこへ聞いとったんや、わしの話を！」

海坊主が喚いた。わーんと頭に響くような大声である。

「落ちた城へいって何になりますねん!? 向井一族の抜《ぬ》け殻《がら》があるだけやおまへんか！」

海坊主のいう通りである。今更《いまさら》城へゆくのは無益だった。むしろ生きのびて、再起をはかるのが戦国に生きる武将のたしなみである。

だが今の正綱は武将ではなかった。ひたすら恥じ、ひたすら死を願っている愚かな若者にすぎなかった。

「放せ！　放してくれ、海坊主！　俺は死にたいんだよ！」

「楽がなさりたいんか！」

またもや頭に響く大声だった。

「それほどの意気地《いくじ》なしやったんか、ぼんは」

なんとでも云え、と正綱は云いたかった。意気地なしでも卑怯者でも、なんとでも呼んでくれ。とにかく死にたいんだ、俺は。父上も義兄上もいないこの世になんか、生きながらえたくないんだ！

「行かせてくれよ、海坊主」

正綱の声は囁《ささや》くように低かった。

「生きてるなんて出来ないよ、俺は。たまらないよ」

顔がくしゃくしゃになった。滂沱《ぼうだ》として涙が流れた。

「死なせてくれよ、頼むから」

海坊主の顔を一瞬哀れみの色が走ったが、正綱は見ていなかった。

石畳みに頭からつっこむようにして腹這いに倒れると、声をあげて泣きだした。

「あきまへんな」

海坊主の声は冷たかった。

「ぼんが何と云おうと、ひっかついでも清水に帰りますわ。お袋さまのことも考えてみなはれ」

お袋さま、という言葉が胸を刺した。武田水軍の部将の家は、すべて清水湊にある。正綱の母はその屋敷で、政勝の妻とその六歳と四歳の男の子と共に留守を守っていた。二人の子は後の向井権十郎政盛《まさもり》と五左衛門政良《まさよし》である。その母と兄嫁と二人の甥《おい》どもにとって、今や頼りになるのは自分一人だった。自分まで死ねば、この四人は屋敷を出なければならぬ。生きてゆくすべもない筈だった。

〈俺は死ぬことも出来ないのか〉

正綱は身をもんで、泣きに泣いた。

海坊主の久兵衛は、ほっと息を吐いて、空を見上げた。抜けるような秋天である。なんとまだ真昼だった。

魚釣り侍《ざむらい》

武田水軍の最大の拠点は江尻《えじり》城である。現在の清水市江尻にあった。もともとは今川氏の城だったが、永禄十一年（一五六八）十二月、今川氏真《うじざね》を遠江《とおとうみ》懸川に追って駿府を占領した武田信玄がこれを接収し改修をほどこしたものだ。この時、信玄は今川水軍の船大将岡部《おかべ》忠兵衛《ちゅうべい》を礼をもって招き、武田水軍の海賊奉行として、水軍の編成を全面的に委任している。武田家仕官の条件として提出されたのは、知行地のほかに、駿河における海上通行税の徴収権だったというから、信玄がどれほどこの岡部忠兵衛を頼りにしていたかが分る。山に囲まれた甲斐《かい》の武田家にとって、領国内に海を持つことは永年の夢だった。海を持たない限り、諸国との交易が自由に出来ず、まして南蛮との交易はおぼつかない。天下に覇《は》をとなえるためには、それだけの経済力を持たねばならないが、それにはどうしても海が、港が、必要だったのである。

岡部忠兵衛一族は平安末期から駿河の岡部郷（志太郡岡部町）に棲《す》んでいた土豪であり、早くから大井川、瀬戸川と、駿河湾の海運に従事して来た、いわば駿河水軍の草分け的存在だった。信玄は忠兵衛に甲斐の名族土屋《つちや》氏の姓を名乗ることを許し、忠兵衛は土屋豊前守貞綱《ぶぜんのかみさだつな》と称した。

実は向井《むかい》一族を武田家に引きずりこんだのは、この忠兵衛である。忠兵衛は自ら伊勢に赴《おもむ》き、伊勢水軍の中から向井伊兵衛正重（後に伊賀守）と小浜《おばま》景隆をかき口説き、駿河への移動を承知させた。この時向井水軍の持船は関船《せきぶね》五艘、小浜水軍の持船は安宅船《あたけぶね》一艘と小舟十五艘だったという。安宅船とは本来紀州安宅浦の熊野海賊安宅氏の船のことだが、後には大型軍船はすべて安宅船と呼ばれるようになった。現代風にいえばこれは戦艦である。これに対して向井水軍の持船である関船は、四板船或《しいたぶねある》いは早船《はやぶね》とも呼ばれる快速船であり、現代でいえばその大きさによって巡洋艦或いは駆逐《くちく》艦に相当するかと思われる。

『甲陽軍鑑』品十七に、元亀三年（一五七二）の武田水軍の陣容が書かれてある。

間宮武兵衛《まみやぶへえ》　船十艘
間宮造酒丞《みきのじょう》　船五艘
小浜景隆　安宅船一艘、小舟十五艘
向井伊兵衛　船五艘
伊丹大隅守《おおすみのかみ》　船五艘
土屋豊前守　船十二艘　同心五十騎

このうち、伊丹大隅守は土屋豊前守、つまり岡部忠兵衛と同じく旧今川水軍に属した者であり、間宮武兵衛・造酒丞は兄弟で、もとは伊豆間宮村（田方郡函南町《かんなみ》）発祥の土豪で、北条水軍の船大将だった。恐らく元亀元年の信玄による伊豆攻撃で降伏し武田方になったのであろう。兄弟の父間宮豊前守康俊は北条家二十将衆に名をつらね、神奈川城をあずかる武将であり、兄康信は南伊豆の妻良《めら》・子浦を基地とする北条水軍の船大将である。

これら五人の船大将は海賊奉行岡部忠兵衛に統率され、その一門家族悉《ことごと》くこの江尻城の周辺に住んでいた。いわば人質である。そして江尻の港が即ち清水湊だった。

持舟城の落城以来、この清水湊に住む海賊衆の間に『魚釣り侍《ざむらい》』という言葉が囁《ささや》かれるようになった。『魚釣り三昧《ざんまい》』にひっかけた洒落《しゃれ》なのは明らかだが、これが向井正綱《まさつな》につけられた異名《いみょう》だった。魚釣りに呆《ほう》けたあまり戦闘に参加出来ず、たった一人おめおめと生き残った男への侮蔑《ぶべつ》であり、揶揄《やゆ》である。

噂は当然正綱の耳に届いた。反応は意外だった。

「わしのことを魚釣り侍というんだそうです」

正綱は夕食の席で、にこにこ笑いながら母と姉の秀《ひで》にそう云ったのである。秀は正重の養子伊兵衛政勝の妻であり、正綱の実の姉だった。

母も姉もとうにこの噂は聞いている。正綱がどれほど傷つき、どれほど怒るかが心配で、家人には堅く口留めしていた。だから正綱の反応に拍子抜けした。秀の如きは逆に怒った。

「それでなんとも思わないの！」

思わず鋭くなじってしまった。

「なんとも、って？」

なんとこの弟は聞き返すのである。

「腹が立たないのって、訊《き》いているんですよ」

「だって本当のことだからね」

恬然《てんぜん》といい、飯をかきこんだ。

秀は絶望したといっていい。この弟は夫政勝とはあんまり違いすぎた。二十三にもなるのに、てんで子供である。父と義兄があんまりしっかりしすぎていたので、弟は甘えてこうなったのだと人はいうが、まんざら当っていなくもない。怒るべき時に怒れない武士に何が出来るというのか。だが不幸なことに、母も自分も自分の子供たちも、今やこの頼りない男に頼るしかないのである。

岡部忠兵衛は四年前長篠《ながしの》の戦いで戦死したので、この当時の海賊奉行は小浜景隆である。景隆は向井家の家臣の中でたった一人生き残った海坊主こと野尻久兵衛から持舟城落城の顚末《てんまつ》を聞きとると、何もいわず正綱を向井水軍の船大将として認めてくれた。

向井水軍の持船である関船五艘は健在で、清水湊に碇《いかり》をおろしている。従って百人余りの水夫《かこ》たちも無事だった。今、向井水軍に不足しているのは戦士である。これは戦闘の時、甲板《かんぱん》の上に造られた矢倉に籠《こも》り、矢狭間《やざま》という小さな窓から弓鉄砲を撃《う》ちかけ、接近すれば勇躍敵船に斬りこんで闘う武士たちのことだ。その肝心の戦士たちがことごとく持舟城で玉砕《ぎょくさい》してしまったのである。今すぐ海戦ということになったら向井水軍はこの戦士たちを、他の海賊衆から借りなければならない。だが『魚釣り侍』の異名を持つ船大将の下で、誰が戦いたいと思うだろう。海戦は陸上の合戦とは違って、敗北はただちに死につながる。船が沈められて尚《なお》生き残るのは、よほどの好運児かよほどの卑怯者《ひきょうもの》ときまっていた。重い甲冑《かっちゅう》を着込んだまま海に放り出されて沈まぬ者がいる筈がない。それが出来るのは船上で既に甲冑を脱ぎ捨てていた者、つまり闘わなかった男たちに限られていた。

負けいくさが確実に己れの死につながる以上、海のいくさ人たちには船大将を自ら選ぶ権利がある。海戦の勝敗は一《いっ》にかかって船大将の器量にあるからだ。つまり向井水軍に乗るいくさ人はいないということになる。

現在海坊主が、向井水軍の本拠地である伊勢を廻って、あぶれたいくさ人たちを集めているが、どれだけの人数が揃《そろ》うか疑問だった。水軍のいくさ人は特殊である。船に酔わず、海を恐れず、しかも平衡感覚の発達した人間でなければ、船上で闘うことが出来ない。いざという時は、裸になって敵を水中にひきずりこんで戦うこともあるから、水練の達者である必要もある。これだけの条件を備えた武士がそうそう見付かる筈のないのは自明の理だった。だが見付からなければ、向井水軍は消滅する。一族の興廃は正に海坊主の人集めの技量にかかっているといっていい。

そんな切羽《せっぱ》つまった状態にあるというのに、肝心の正綱はのんきなものだった。水夫たちの訓練に立合うこともせず、日がな一日小舟に乗って釣りをして廻っているのである。

合戦に遅れるという大失態を演じた以上、終生釣りはやめる、くらいのことを云っても罰《ばち》は当るまい。秀はそう思っている。懲《こ》りもせず釣りにうちこんでいる弟が、情けなかった。たまりかねて、

「せめて釣りだけはやめたらどうですか」

といってみたが、これだけは妙にきっぱりと正綱はことわった。釣りをやめるくらいなら坊主になると云って、秀を慌《あわ》てさせたのである。向井家の当主に僧になられては、家は成立たない。子供たちがもう少し大きければ、と口惜しい思いをするだけだった。せめて妻を娶《めと》らせたらどうか。少しは責任を感じるようになるのではないか。母にそういわれて、今、秀はそっちの方に夢中になっていた。

黒帆《くろほ》

だーん。

海面に銃声が響いた。

空徳利《からどくり》に立てた的《まと》が吹っとんだのを、正綱は見てもいない。発射の反動で大きく揺れ返る小舟の中で、次の弾丸ごめに夢中になっている。

なにしろこの当時の鉄砲は厄介である。先ず一発発射するたびに銃腔《じゅうこう》を掃除しなければならない。火薬の質が悪いために、火薬滓《かす》がべっとり銃腔に附着するのである。これを綺麗《きれい》にとり払わないと銃腔破裂を起す危険がある。それから薬包から火薬を流しこみ、よくつき固めてから弾丸を入れ、更《さら》におさえをいれてまたぞろしっかりとつき固める。それだけの作業をしないと二発目が発射出来ない。正綱の場合は、それを揺れ動く小舟の上で、しかも可能な限り迅速《じんそく》に行うのである。至難《しなん》の業《わざ》といえた。

だが訓練を重ねた正綱の手つきは、のんびりした人柄からは考えにくいほど迅速で且《か》つ正確だった。あっという間に装塡《そうてん》を終ると、波間に漂《ただよ》う徳利に立てられた第二の標的に銃口を向けた。

だーん。

照門ものぞかずに、腰だめで発射した。

標的が見事に吹っとんだ。

正綱は大きく息をすると、今度はゆっくりと鉄砲の掃除にかかる。弾丸が尽きたのである。

持舟城落城の三日後から、正綱はこの射撃訓練を日課にしている。何かにうちこんでいなければやり切れないという思いもあった。射撃は高度の精神集中を必要とする。頭の中を空っぽにしないと、弾丸は当ってくれないのである。その作業が正綱には救いだった。一時的にせよ、あの黒煙を吐いている持舟城の遠景を、忘れることが出来たからである。

鉄砲の掃除が終ると充分の油を引き、油紙で包み更に菰《こも》で巻いた。立ち上ると帆を揚げた。

小舟は帆走に移る。風を斜めにうけて矢のように走る。この帆走術もあれ以来はじめた訓練の一つだった。全く櫓《ろ》を使わずに帆と舵《かじ》だけで舟を操るのである。風の具合さえよければ、この方が櫓を押すより遥《はる》かに早い。しかもほとんど音をたてないのである。まるで海面をすべるように走る。

正綱は漆黒《しっこく》の闇の中でも自在に帆走出来るように訓練を重ねている。灯火の乏しいこの当時では、夜の帆走は無謀の一語に尽きた。陸が見えないからだ。闇の中では忽《たちま》ち方角が不明になる。だがその点だけは正綱には奇妙な自信があった。幼時から舟を操って来たためか、正綱は異常に方向感覚が発達している。ほんの僅《わず》かな風さえ吹いてくれれば、立ちどころに方角が分るのである。特技といっていい。夜の帆走はその方向感覚に益々みがきをかけることになった。

射撃術といい、夜の帆走といい、持舟城落城の光景を忘れるためにだけ行っているわけでは無論なかった。正綱には確たる目的があった。それは北条水軍との戦いに備えたものだったのである。

この当時の北条水軍は、伊勢の九鬼《くき》水軍に匹敵《ひってき》する東日本で最強の力を持っていた。これはひとえに配下の伊豆水軍のお蔭である。

東海沿岸地方は太古から黒潮文化圏ともいうべき一つの生活圏を形成していて、海人族が互いに船で往来していた。伊豆が特に紀伊半島の熊野と結びつきの強いことは、伊豆における熊野神社の数を見ても明らかであろう。熊野から渡来して伊豆に住みついた海賊衆も沢山ある。江梨《えなし》の鈴木氏、岩科《いわしな》（現松崎町）の佐藤氏、西伊豆町の山本氏や椿氏、戸田《へだ》村の塩崎氏、野田氏、高田氏、伊東市の浜野氏など、すべて熊野渡来の氏族だった。

遠江や駿河には港の数が少く、清水湊以外はすべて河口である。これに対して伊豆半島には大小の岬《みさき》に抱かれた入江が無数にある。しかも入江のうしろは山である。その山々に小さな海賊城があり、入江には小規模な海賊衆がいた。この頃の海賊という言葉は、海の賊という意味では全くない。舟師乃至《ないし》水軍というのと同義語である。伊豆の海賊衆といってもそれは堅気の地侍であり、平時は農耕と漁撈に従事しながら、他国の船が沖を通れば舟を出し、自ら水先案内を買って出て通行料をとった。これが関料《せきりよう》である。

この小海賊衆を統合しているのが北条家だった。下田城、八木沢丸山城、内浦長浜城の三城を本格的な大型水軍基地として整備拡大し、沿岸にはのろし台を点々と配備していた。いざという時は、次々にのろしが上って、この三港に舟がかりしている水軍が出動する仕組みである。

三城のうち下田城は相模灘《さがみなだ》側にある。西方駿河湾の敵と戦うための基地は八木沢（現土肥町）の丸山城と内浦（現沼津市）の長浜城だった。この長浜城の船溜りである重須《おむす》の入江には、常時十艘の安宅船が、多くの関船と共につながれていたと『北条五代記』にある。この安宅船はいずれも片舷二十五挺櫓《ちようろ》、両舷で五十挺仕立ての大船である。つまり船倉に五十人の水夫《かこ》がいて櫓をこぎ船を動かすのである。上の矢倉にはこれまた五十人のいくさ人が乗り組み、船首には大砲がとりつけてあった。先に書いた武田水軍の持船と較べれば、北条と武田の水軍の間にどれほどの格差があったか分るだろう。武田の安宅船はたった一艘、それも両舷で四十挺櫓、大砲も積んでいない小規模な船だったのである。

北条家が永年にわたる武田家との平和条約を踏みにじり、公然と織田・徳川連合軍に与《くみ》した以上、武田水軍はいずれこの圧倒的に優勢な北条水軍と駿河湾内で戦わねばならない。武田水軍の船頭《ふながしら》たちは揃って悲観的だった。持船の量と質が違いすぎるのだ。しかも北条水軍は続々と新しい船造りにかかっている。伊豆は良材が多く、しかも古代からすぐれた造船術できたえた土地なのである。これに対して武田方には、良材はあっても造船の技術が全くなかった。海に無縁だった国の悲運である。だから新造船など出来る道理がない。これでは水軍勢力の格差は拡がるばかりだった。

海賊奉行岡部忠兵衛の討死が、この悲観的観測に拍車をかけている。小浜景隆はこの寄せ集めの水軍の指揮者として、明かに器量不足だった。それに小浜水軍には負けいくさの伝統しかない。嘗《かつ》て北畠家の水軍として九鬼水軍と戦い、敗北の連続だったのである。だからこそ一族をあげて伊勢を捨て、武田に仕《つか》えたのだ。負けいくさに慣れた水軍は、不思議にねばりがない。一応体面が保たれるだけは戦うが、それがすぎると安全なうちにさっさと引き揚げてしまう。敵味方入り乱れて、一人が一人の命を獲《と》り合う凄絶な戦闘を避けるのである。これでは勝てるいくさも勝てはしない。

正綱もこのいくさに勝てるとは毛頭《もうとう》思ってはいない。ただ死のうと思っていた。持舟城でなくす筈だった生命を、この海戦で捨てよう。水軍らしく海で死ねることだけが、せめてもの満足だった。だが同じ死ぬなら向井水軍の意地だけは見せて死にたかった。関船を、しかも数少い関船をもってしては、絶対に攻略不可能といわれる安宅船を、せめて一艘でもいい、海の藻屑《もくず》と化して道連れにしてやりたかった。

それは己れ個人の武名を揚げるためではなかった。死んでゆく者に、何の武名か。武名とは生き延びた者のものである。正綱が望んでいるのは、向井水軍の武名である。僅か五艘の二十挺櫓の関船をもって、一艘の安宅船を葬ってみせれば、敵味方の水軍はさぞかし仰天するであろう。向井水軍の声価はいやでも揚がることになる。その声価は、まだ幼い甥《おい》どもが一人前の海賊衆になった時まで続く筈である。彼等はその声価を負って、容易に世に出てゆくことが出来る筈だ。それだけがこの父を失った子供たちに正綱の遺してやれる心づくしだった。

関船がまともに安宅船と戦って勝てる道理がない。接近する前に大砲の餌食《えじき》になるのがおちである。仮りに接近出来たとしても、北条の安宅船の矢倉は頑丈な椋《むく》の厚板で蔽《おお》われていて、鉄砲の弾丸もまして矢も通さない。斬りこもうにも舷が高く、縄梯子《なわばしご》をかけてよじ登らなければならない。

正綱が帆走の稽古を重ねているのは奇襲作戦のためである。海上に戦ってかなわぬ相手なら、船溜りで襲ってやろう。そう考えたのだ。

長浜城の船溜りである重須は、深く内陸に切りこんだ入江で、天然の良港である。入江への入り口には、向って左に長浜城、右に弁天島という小高い山があり、敵船が入江に侵入しようとすれば、この二ヵ所の高みから拳下《こぶしさが》りに射ち出す大砲と鉄砲の乱射を浴びることになる。当然、舟がかりしている安宅船の大砲も火を噴くだろうから、敵船は三方から射撃を受ける勘定で、鉄船でも持ってゆかなければ忽ち撃沈されるのは目に見えていた。だから重須の安宅船は安心して繋船《けいせん》していることが出来た。安心は油断を生む。正綱はそこに乗《じょう》ずべき隙《すき》を見た。

確かに関船で重須の入江に侵入するのは不可能である。だが小舟ならどうか。それも全くの帆走で、音もなく忍び入るのである。勿論舟も帆も黒く塗り、闇夜を選んで侵入するのである。闇夜に舟を操るのは自殺行為である。だから長浜城と弁天島の見張りも安心し切っている筈だった。しかも黒一色の小舟が上から見えるわけがない。侵入に成功すればこっちのものである。持参した油を安宅船にかけてまわり、火矢を使って一気に火をつける。そして混乱にまぎれて脱出すればいい。この段階ではまだ死にたくなかった。

鉄砲の習練はこの奇襲作戦のためではない。奇襲作戦によって当然重須の入江を出て来る安宅船攻略についても、正綱には一つの思案があった。それは……

正綱は突然ぎくりとして陸の方を振返った。誰かに呼ばれたような気がしたのだ。持舟城落城の時以来、正綱は陸上の音に過敏になっている。あの時、深い靄《もや》を通して聞こえて来た音に、もう少し注意を払っていれば……という悲痛な思いがそうさせるのだった。

空耳ではなかった。

男が一人懸命に櫓をこいで、正綱を追って来ていた。

「若《わか》ア！　お戻りなされよ！　若ア！」

喚《わめ》いているのは水夫の弥助《やすけ》だった。伊勢からついて来た四十がらみの忠実な男である。根っからの海人族の一人であり、海を離れては生きてゆくすべを知らぬ男である。そのかわり海のことなら何でも心得ている。釣りも水練も操船の術も、生れた時から知っているかのように見えた。

「海坊主の大将が戻って来なすったんやア」

正綱は巧みに舵と帆を操って反転すると、忽《たちま》ち弥助の舟と並んだ。

「なんと早うますなア。とても櫓では追い切れまへんわ」

弥助は素早く風を読んだ。

「あれ？　向い風やないか。どないすれば切り上りがあんなに早う出来まんねん」

向い風で前進するのを切り上るというのだが、和船の帆はこの切り上りの能力が非常に低かった。正綱が張っていたのは南蛮風の帆である。今日のヨットに近い形のものだった。

「さよか、この帆のせいやな。若、教えておくんなはれ。頼みまっさ」

弥助は舟のことだと無闇に好奇心が強く、また熱心である。正綱はこの新しい帆の使い方を弥助に教える気になった。重須の入江に忍び入る時、一人より二人の方が心強い。

弥助の乗って来た小舟を、自分の舟のうしろにつないで、正綱は清水湊に帰り着くまで弥助に操帆の術を手をとって教えた。弥助は好きなだけに呑み込みも早い。何より風の動きに詳《くわ》しかった。

「こらええわ。風さえあれば櫓を押すよりなんぼも早いし、くたびれへん。第一、音のせんのがよろしな。なんや、えらいいい気分や。わしもこないな帆、作らせたろ」

弥助はかなり昂奮している。新しい玩具を与えられた子供のような顔だった。

「ええよ。わしが作らせたる。そのかわり黒帆《くろほ》やぞ」

正綱は伊勢出身の水夫たちと話をする時は伊勢の言葉になる。父の正重もそうだった。その方が水夫たちの心をつかむのに有効だったためである。

「黒帆？」

弥助が目をむいた。

「そうや。舟も黒く塗る」

弥助が考える目になった。遊びごとでないのを知ったのである。

「それが出来るまで、わしと一緒に稽古したらええが。但《ただ》し……」

正綱はぎろっと睨《にら》んだ。弥助が息をつめている。正綱は気づいていないが、持舟城落城以来、正綱が本気でものをいう時は、一種凄愴《せいそう》の気が漂う。今も弥助はその凄《すさ》まじい気に腹の底まで冷んやりしていた。

「人にいうたらあかん。ええな」

えらいことというてしまった。そう弥助は一瞬思った。ごくりと唾《つば》をのんだ。

〈こら、死ぬでえ〉

正綱になんらかの意図があることは、黒帆と黒舟で明らかである。隠密作戦にきまっていた。それもごく小人数で行う作戦であろう。

正綱は正確に弥助の気持を見抜いた。こくんと頷《うなず》いた。

「そや。死ぬやろな。けどわしも死ぬ」

突然、弥助の胸の中に、何故か温かいものがこみあげて来た。

〈ええやんか。死んだろうやないか。御大将と死ねるなら結構なこっちゃ〉

弥助は正綱の口惜しい気持を知っている。向井水軍の水夫は一人残らず知っている。生きも死にもならない、なんとも辛《つら》い気持であろう。水夫たちも、ちょっぴりではあるが似た気分を味っていた。おかしらのかねての命令とはいえ、持舟城の戦いをよそ目に見て、五艘の関船を清水湊に回漕して来たのである。いわば味方を見捨てて逃げて来たのだ。どこかにうしろめたい気持があったし、正綱同様に口惜しい思いをしていた。

「やりまっせ、わしは」

弥助は飛躍したことをいった。だがそれで通じた。
正綱がまたこくんと頷いた。

嫁とり

海坊主が伊勢から連れて来たいくさ人の数は五十名を僅かに切った。揃《そろ》って巨人かと思われるほど図体《ずうたい》が大きく、しかも揃っていい齢《とし》である。本当に戦力になるのかどうか、極めて疑わしかった。

こういうことになるだろうな、という予感は海坊主が出掛ける前からあった。今は合戦のさかりである。腕のいいいくさ人があぶれているわけがない。特に希少価値の高い水軍ではそうだ。今、浪人しているいくさ人といえば、まずなんらかの意味で船に乗ることを拒否された者に限られるに違いなかった。乗船を拒否された者といえば、くせが強く仲間と協調出来ない者、肥満しすぎて船上での動きが鈍く、しかも体重的に船に負担をかける者、年をとりすぎて動けない者となるのが普通だった。

海坊主は正にその予想通りのいくさ人ばかり拾って来たことになる。海坊主の悲痛な表情を見れば、彼等が全員水軍いくさ人としての不適格者であることは明らかだった。

だが正綱は海坊主に何もいわなかった。いたわるように頷《うなず》いただけである。今更何をいうことがあろう。たとえ役立たずでも、このいくさ人たちがいなかったら、向井水軍は消滅するのである。恐らくそくばくかの銭で、水夫《かこ》ごと船を武田家に売ることになるだろう。その銭で正綱と家族たちは、何年かは裕福に暮してゆけるかもしれない。だが正綱は死ぬより辛い生を生きることになる。向井水軍を潰《つぶ》した男として生きなければならないからである。男として耐えられることではなかった。それくらいなら役立たずのいくさ人を乗せて出帆し、五艘の船をことごとく沈める方が望ましかった。

正綱はいくさ人たちにいった。

「すまないが、全員死んで貰うことになるな。死んでは困る者は、今のうちに申し出てくれ」

正綱には、父に再々指摘されたように、思ったことを正直に顔に出してしまうという悪癖がある。この時も正綱の思いは正確に顔に出ている筈だった。

現に海坊主は冷やりとしたように首をすくめた。

〈みんな席を立って帰るんとちがうか〉

一瞬そう思ったのである。海坊主は出来るだけ正直に現在の向井水軍の苦衷《くちゆう》を告げて彼等を誘ったのだが、必ず死ぬとはいわなかった。また、いえることではなかった。

老いたるいくさ人たちは、長いこと沈黙を守った。やがて最長老とも思われる六十二、三歳の、妊婦のように腹のつき出た男が、にやりと笑っていった。

「心配いり申さん。皆、百も承知してまっさ。わしらが駿河に何しに来た思うてはります。銭に釣られたんと違いまっせ。わしらに銭はいらん。わしらは死にに来ましたんや。せめて水軍らしく船いくさして死のう思うて来ましたんや。わしら永いこと海で生きて来た。今更陸《おか》で死にとうない。海で死にたいんや。それもいくさして死にたい。合戦が近いいうこと聞かなんだら、この半分も集まってたかどうか分りまへんで」

それから一同の方に振り向いて念を押すようにいった。

「そうやろ、みんな」

驚いたことに、ほとんど全員がうなずいたものである。

正綱は痺《しび》れるほど心を動かされていた。このいくさ人たちは悉《ことごと》く死兵だった。既に死んでいる男たちだった。齢も肥満もくそくらえだった。動きが鈍かろうと力が衰えていようと関係なかった。この連中は這いずり廻っても闘う筈である。ただただ戦いの中で死にたいために、最後まで闘う筈だった。

五十人足らずということは、五艘で割れば一艘に十人のいくさ人である。通常の半分だったがそれで結構だった。船が軽くなってそれだけ船足が増すだろう。相手の船にとび移る身軽さはないかもしれないが、それも少しも構わない。敵が乗り移って来るのをのんびり待って、一人が一人、出来れば二人の敵の首っ玉を抱いて、海にとびこんでくれればいいのである。安宅船といえども、それで戦力は半減するだろう。あとは味方の船が仕上げをしてくれる筈だった。

「海坊主」

正綱は喚《わめ》いた。気分がこの上なく昂揚していた。

「船幽霊の旗じるしを作らせろ。全船に掲げるから五枚いるぞ。それから船を黒く塗れ。帆も黒で染めろ。わしらは幽霊船だ」

海坊主が呆《あき》れたように暫《しば》く正綱を見ていたが、やがてこくりと頷いた。

「驚きよるやろな、敵も味方も」

「いくさが始ったらもっと驚かせてやる。船幽霊がどれほどこわいものか、しかと見せてやるぞ」

老いたるいくさ人たちが、わっと笑った。

向井水軍はいまだ嘗てなかったほど旺盛な士気で昂揚していた。

正綱はひどく柔かいものの上で目を覚《さ》ました。

あれから酒盛りになり、正綱は父ほどの年齢のいくさ人たちとの果てしない献酬《けんしゅう》で、忽《たちま》ち正気を失ってしまった。揚句の果てにぐっすり寝こんでしまったが、まさかこんな柔かい枕をした筈がない。頭を僅かにゆすってみた。まだ目を開けるのが辛い。

「……！」

ぎょっとなった。これは膝《ひざ》、それも女の膝である。一体いつの間に……？ 確かに何人かの女たちが酒と料理を運びこんでいたのは覚えている。だが顔などいちいち見ていなかった。いずれ向井一族ゆかりの女たちだろうが、正綱には全く関心がない。まして膝枕をしたりさせたりするような女がいる筈がなかった。

〈どういうことだ？〉

とにかく女の顔を見なければならなかった。それでなくてはわけが分らない。

眼を開けようとしたが、燭台の灯の余りの眩《まぶ》しさにすぐつぶってしまった。とても女の顔を見るどころではない。だがどうしても見る必要がある。苦労してもう一度眼を開けた。ようやく女の顔が見えた。

「……！」

前以上にぎょっとして、慌《あわ》てて眼をつぶってしまった。えらいことになった。これは旧知の娘だった。長谷川三郎兵衛長久の末娘、久《ひさ》である。長谷川三郎兵衛は土地の豪族であり、後に徳川家康に仕《つか》え、代々東海道島田宿の代官を勤めた家柄だった。そして何よりも正綱の義兄伊兵衛政勝の実父が三郎兵衛なのだ。久は政勝の妹のわけだ。もっとも齢は離れている。確か今年十八になる筈だった。

人もあろうに、その久の膝を枕に正綱は眠りこけていたわけである。何事もなくすむわけがない。久は嫁入り前の娘なのだ。

それにしても前後の事情が、なんとも呑みこめない。久が手伝いに来ていたのは自然だが、膝枕とは異常すぎる。自分が求めた覚えはないし、久が進んでするわけもない。どう考えても不審だった。

「久殿」

眼をつぶったまま声をかけた。

「お目覚めですか」

久が正綱をのぞきこんだらしい。着物の袖《そで》が顔にさわった。ひどくいい匂いがした。

「もうすぐ夜が明けますわ」

愕然《がくぜん》となった。事態は益々厄介になって来ている。

「久殿は……」

ごくりと唾をのんだ。

「ずうっとこうやっていたのですか」

「はい」

涼《すず》やかな声が返って来た。

「わたくしが立とうと致しますと、正綱さまが膝をつかんで、お唸《うな》りになるんですもの」

〈唸った⁉　俺が獣《けもの》のように唸っただと⁉〉

正綱は泣きたくなった。武士たる者がなんて醜態だ。

「ええと……そのう……」

正綱は吃《ども》った。

「そもそものところは、どうだったんでしょう。つまり……いつ、どうやって、私はその久殿の膝に……」

「あら。覚えていらっしゃらないのですか」

正綱は黙っていた。覚えていたら訊《き》くか、と思った。

「正綱さまがあんまりお苦しそうなので、わたくしがご様子を見におそばへ坐りましたら、水をご所望《しょもう》になって……」

誰かがひどくうまい水を飲ませてくれたことは、うろ覚えに覚えている。そうか。あれが久殿だったのか。

「水をお飲みになったあとで、わたくしの膝を両手でお抱きになって……」

なんだと⁉

「それはひどいお力で、わたくし、動くことも出来ずに……そうしましたら、その膝に頭をお乗せになって、それっきり……」

「眠った？」

「はい」

もう駄目だと思った。久の言葉通りなら――また久が嘘をいう筈はないから本当に違いないが――これは明かに正綱の意志である。今更いいのがれなど出来るわけがなかった。そういえば、自分はこの久という娘が好きだったことを、正綱は改めて思い出した。

なんとなく気になる存在だった。屋敷の中に久がいると、何故かすぐ分った。いい匂いがするのである。その匂いは今でもしていた。正綱は寝返りをうって、久の膝の間に顔を埋めた。そうだ。この匂いだ。

「まっ」

久が真赧《まつか》になった。

「久殿」

「はい」

「久殿はわしの嫁になってくれるか」

「そんな……」

男が直接娘に求愛するなどという慣《なら》わしは、この当時の武士社会にはない。婚姻はすべて当の男女の知らぬ間に、大方は親同士の談合できまるのである。婚姻の当夜までお互いに顔も知らないというのがほとんどだった。

「嫁になれ。いや、なってくれよ」

久が小さな声で何かいった。

「なんだって？」

「はい、といったんですわ」

「よかった。これで安心して眠れる」

正綱はまた仰向《あおむ》けになると、久の膝に今度こそ堂々と頭を乗せ、もう一度ぐっすりと眠ってしまった。

久が涙を流しながら、その寝顔を指でそっと撫《な》でていたことを、正綱は知らない。

久もいつかそのままの姿勢で眠ってしまった。

黎明《れいめい》が来て、正綱の母と秀が座敷に入って来た時、二人は依然として同じ形で眠りこけていた。

祝言《しゅうげん》はその月のうちに行われた。それが母と秀の狼狽《ろうばい》の大きさを物語っていた。

「一言ぐらい、前もっていっといてくだされればいいのに」

秀は繰り返し同じ愚痴《ぐち》をいった。正綱も久もこれに対して言葉がなかった。本当のことをいっても信じて貰えないのは、分り切っていたからである。

祝言の夜、正綱はまた久の膝の間に顔を埋めてみた。今度は衣服ごしではない。若草のように柔かい毛がこそばゆかった。やっぱりいい匂いがした。

「ここに……」

正綱は秘所をなでながらいった。

「香を焚《た》きこめているのか？」

久は羞恥《しゆうち》で全身を染めながら首を横に振った。生得の薫《かお》りだったのである。

「不思議だな」

正綱はそういって、その薫りの中に己れを沈めていった。正綱の動きと共に、薫りは益々強くなり、閨《ねや》を満たした。

海戦

武田水軍と北条水軍の最後の海戦が行われたのは、持舟城落城から半年後の天正八年春のことである。

駿河湾海戦と呼ばれるこの合戦については、北条方と武田方双方に記録がある。『北条五代記』と『甲陽軍鑑』がそれである。奇妙なことに、双方の記録は同じ合戦を描いたとは思えないほど違っている。一つの事件を二つの側面から描いたなどというものではなく、全く別の事件を描いているようなのだ。双方が自軍の勝ちいくさと認めているのは当然としても、これは異様にすぎる。このためこれは夫々《それぞれ》異なった日の合戦を描いたのだという説もある。そういえば『北条五代記』は三月と書き、『甲陽軍鑑』は四月と書いている。だがこの説にも疑いがある。武田勝頼の軍勢が沼津の千本松原から浮島ケ原に布陣したとあるが、一月にもわたる布陣だったとはどうしても思えないのである。それだけの長期間なら、もっと防備もかためた筈だし、陸戦の方ももっと頻繁《ひんぱん》に行われたのではないか。

筆者はこの点を考えあぐねた末、これは三月十五日を中心とする前後三日間の出来事だったのではないか、と考えるに至った。『北条五代記』の方は三月十四日と十五日の夜の合戦を、『甲陽軍鑑』の方はそれに続く三月十六日の昼の海戦を描いたものなのではないか。

この三月、武田勝頼は背信の北条氏を攻めるべく、一万五千の兵を率いて南下、沼津千本松原附近に陣を敷いて、北条氏直《うじなお》と対決した。

伊豆から沼津にかけては北条氏直の領国である。そして長浜城の北条水軍もまた氏直の統率下にある。

千本松原は勿論《もちろん》、浮島ケ原も海からさほど遠くはない。安宅船に乗せた大鉄砲（大砲）の射程距離内にあった。

氏直は三月十日前後、恐らく十二日頃に、重須に繋船していた水軍の船大将梶原兵部大夫に全船進撃の命令を発したのではないかと思われる。

梶原兵部大夫は熊野水軍の出である。だがその配下の清水越前守、富長左兵衛尉、松下三郎左衛門尉、山本信濃守といった船頭たちはすべて伊豆海賊衆である。このあたりの海は己れの庭のように知悉《ちしつ》している。

大砲を船首に積んだ五十挺櫓の安宅船十艘が総計六十余艘の関船と小型の関船ともいうべき『小早《こばや》』とに守られて重須の入江を出港してゆく姿は、さぞかし堂々たるものであっただろう。一大艦隊の名に恥じぬ威容だった筈である。

この艦隊は駿河湾を斜めにつっ切り、沼津沖に至ると、横一列に散開した。小早と関船は、清水湊から来る筈の武田水軍に対して、防禦線を形づくった。安宅船はいずれも船首を浜に向け、一斉に大砲を射ちかけた。

忽《たちま》ち千本松原は阿鼻叫喚《あびきょうかん》の地獄図と化した。

思いもかけぬ海からの砲撃は、武田軍の胆《きも》を奪うに足りた。彼等にしてみれば、こんな不公平な合戦はなかった。射たれっぱなしなのである。陸兵は小舟一艘もってはいなかった。それに大鉄砲がない。こちらから攻撃することが全く不可能だった。水際に出れば、鉄砲でも届くのだが、身をかくす場所もない浜に出ては、殺してくれというようなものだった。安宅船の矢倉には、腕のいい狙撃手がいるらしく、水辺に出た者は必ず鉄砲の的にされ斃《たお》れた。松原に入れば掩護物《えんごぶつ》はあるが、大砲の弾丸が頭上から降って来る。それは着地するや否や炸裂《さくれつ》し、つめこんであった小さな弾丸を恐ろしい早さで周囲にまき散らすのである。とても耐えられるものではなかった。武田軍は先を争って浮島ケ原に逃れた。

大砲の弾丸はしつこくそこまで追い迫ったが、浮島ケ原は文字通り島が浮いているような沼地である。昔は実際に浮び移動する島さえあったという。弾丸の多くは水中に落ち、千本松原ほどの被害を与えなかった。

この時、陸の北条氏直が連繫して攻撃を加えていたら、武田軍はひとたまりもなく潰滅《かいめつ》していた筈である。

だが北条氏直は水軍の援助をうけて攻撃するのを、面目にかかわると考えるような武将であり、その部下たちは間違って味方の大砲に射たれるのを、病的なほど恐れた。それが辛《かろ》うじて武田軍団を救った。

その夜を徹して、武田軍は全軍総出で水ぎわに土塁《どるい》を築いた。海浜の砂を深く掘って砂利をまぜて周囲につみ上げるだけだから、これは簡単だった。工事は朝までに終った。

数百挺の鉄砲を持った足軽がこの土塁の中に潜《ひそ》んだ。穴が深いので、かがみこみさえすれば直撃弾でも受けない限り安全である。

果して朝と共に北条水軍がやって来た。十艘の安宅船はまた横一列になった。昨日の位置より浜に近い。その上図々しくも投錨《とうびょう》までした。昨日の射撃結果に不満だったのであろう。投錨した方が揺れが少く、照準しやすいにきまっていた。だが同時にそれは鉄砲隊の好餌《こうじ》だった。その筈だった。

土塁に潜んでいた鉄砲隊が一斉に立った。数百挺の鉄砲が火を噴き、弾丸は雨霰《あめあられ》と、安宅船を襲い、命中した。

武田の鉄砲隊は快哉《かいさい》を叫んだ。

だがそれだけだった。確かに鉄砲玉は命中したが、安宅船はびくともしなかった。舷側から矢倉まで部厚い椋の木で防禦されていたためである。北条軍は散々試射をしてみた上で、絶対弾丸を通すことはないという厚さの椋の板を使っている。

大砲の照準は先ず土塁に向けられた。こちらは只の砂である。狙い射ちにされてはたまったものではなかった。鉄砲隊は全滅に近い損害をうけて敗退した。

安宅船に対する陸上からの攻撃は不可能なことが実証された。最早《もはや》、水軍による攻撃しかないことは誰の目にも明らかだった。

実のところ、武田勝頼は昨日のうちに清水湊に伝令を送り、この日の武田水軍の出動を命じてあった。

だが待てど暮せど、四十挺櫓の安宅船一艘、関船三十七艘、小早十五艘からなる武田水軍の姿は、海上に見られなかった。

勝頼の厳命にもかかわらず、一艘の船も港を出なかったのである。

彼我《ひが》の船数を較べれば、この海戦の帰趨《きすう》は戦わずして明らかである。なんといっても大砲を積んだ十艘の安宅船というのが大きい。こちらは一艘の安宅船で、しかもごく最近まで大砲も乗せていなかった。ようやく大砲を装備したのはつい一月前である。せめてものことに大砲は前後に二門積んだ。だが肝心の砲手がいない。泥縄で訓練した水夫が何人かいるが、弾丸が当るかどうかよりも、火薬のつめすぎで船もろとも砲身を破裂させるのではないかという惧《おそ》れの方が大きかった。関船の数も劣っている。辛うじて小早の数が敵を上廻っているが、奇襲には使えても、まともな戦いで、小早は到底戦力のうちには数えられない。

いくさは数ではない、いくさ人の気力だと勝頼はいうだろうが、それは山育ちの素人《しろうと》だからである。海に出てしまえば気力一つでは船も動かない。寡《か》よく衆を制する、という場合も確かにある。だがそれは奇襲の場合であり、さもなければ荒天の場合に限る。春先の海は荒れやすいのだが、生憎《あいにく》なことにここのところ好天続きだった。

要するにこの海戦はどう計算したところで勝てるわけがない。負ければ船を沈められる。或いは捕獲される。どっちにしても船を失うことに変りはない。水軍が船を失っては陸《おか》に上った河童《かっぱ》同然の役立たずである。船さえあれば、たとえ武田の扶持《ふち》を離れても、運漕・海運の仕事でなんとか喰いつないでゆくことが出来る。

だから武田水軍は一歩も清水湊を出なかったのである。中でも伊豆水軍の降将間宮兄弟は、北条水軍の実力を知悉している。自分たちが戦い敗れて降将になったのは陸戦の結果であり、海戦の末ではない。そもそもこんな気の揃わない混成水軍で、北条水軍と戦おうと考える方が、どうかしている。武田ももうおしまいである。次はどこに身を寄せるべきか、そろそろ考えた方がいいのではないか……。

船頭連中のこの会談の間じゅう、正綱は居眠りをしていた。別に会談が馬鹿げていると思ったわけではない。各船頭のいい分には、いかにも海人らしい現実主義と、彼等が本来的に自分を自由の身だと考え、忠節など薬にしたくてもないということが丸見えで、至極もっともだと思っている。だが正直、そんなことはもうどうでもよかった。向井正綱は今夜から明朝にかけて、遅くとも午《ひる》までには死ぬのである。気分よく働いて死ぬには、出来るだけ眠っておくしかなかった。だからひたすら居眠りをしていただけのことである。

三月十四日の夜は、あつらえたような暗夜だった。西の方からようやく天気が崩れようとしていて、厚い雲が空に立ち籠《こ》めていたのである。月も星も見えず、強い風だけが吹いていた。正に絶好の奇襲日和《びより》である。

深更を過ぎてから、向井水軍の関船五艘、櫓の音を忍ばせて清水湊を出た。海上に出ると一斉に帆を上げた。真黒な縦帆である。船体もつき出した櫓も黒く塗られている。禍々《まがまが》しい幽霊船であり、忍び船だった。

陸地が見えなくなるほど沖に出る。この禍々しい船を、間違っても沿岸の住民に見られてはならない。だから正綱は船団に沖合遥《はる》か駿河湾を横断させようとしていた。

伊豆に近づくまでは危険な岩礁はない。だがこの闇夜では方向を誤る惧《おそ》れがあった。星も月も陸地の灯火も見えない。頼るは風だけである。そしてそれが正綱の独擅場《どくだんじょう》だった。

どんなに微《かす》かな風でもいい。風さえ吹けば正綱には方角が分る。今吹いているのが、西の風なのか南の風なのか、匂いですぐさま分るのである。特技といってよかった。

正綱は先頭をゆく関船の舳《へさき》に立って風の匂いを嗅ぎながら、正確な針路を舵とりに告げていた。

「不思議なぼんやなア。生れついての海人や」

あの妊婦のような腹をつき出した、最年長のいくさ人が海坊主に話しかけた。この老人は三好軍兵衛と自ら名乗った。滅び去った三好の一族だというが怪しいものだった。海坊主は伊勢長島のワタリの生き残りではないかと睨んでいる。海賊衆にしては川についても馬鹿に詳しいからである。そしてワタリの人々は例外なく図体が大きく膂力《りょりょく》に秀《ひい》でている。

「うねりがのうてつまらんなア」

軍兵衛が贅沢な不満をいう。

「舟を曳《ひ》きずってるせいや」

海坊主がいまいましげにいう。この関船だけが後ろになんと五艘もの小舟を曳きずっているのだ。その小舟も真黒に塗られ、かなりの荷物をつんでいる。それがシー・アンカーの役目を果して関船の揺れを防いでいるのだった。

「文句いわんとけ。あれがわしらの飯の種や」

軍兵衛がにたにた笑う。この奇妙な老人は自ら志願して、新しい帆を張った小舟の操作法を習い、短期間に自在に操れるようになっている。その辺も海坊主がワタリではないかと睨んでいる理由だった。ワタリは本来、主として小舟を操る小規模な海運業者だったからである。

正綱が試してみて、この小舟を扱う適性があると判断したのは、向井水軍のいくさ人の中でこの老人とほかに二人、たった三人である。軍兵衛もなまなかの老人ではない。

その三人と水夫《かこ》の弥助、それに正綱自身の五人が、今夜の奇襲作戦の主役だった。それが海坊主には気に入らない。いまいましげな声を出す所以《ゆえん》だった。

正綱が手をあげた。

海坊主がすぐ櫓をとめさせた。大分前から帆はおろしてある。

内浦の沖合である。左手に淡島、右手に突き出した長井崎の崖が見える。この間をつっ切って右に切れると、初めて弁天島と長浜城に扼《やく》された重須の入江が見えて来る。この港はいわば二重に守られているようなものだった。だからこそ船溜りに選ばれたのである。

海坊主が舵を切って淡島の蔭に向う。重須の入江に火の手の上るまで、五艘の関船はこの島蔭に隠れている手筈になっている。淡島には当然北条の見張りがいる。その目と鼻の先でひそもうというのだから、大胆不敵といえた。

すぐ軍兵衛たち三人のいくさ人と弥助が艫《とも》に集って来た。いずれも黒の忍び装束に黒覆面、その上顔と手ばかりか歯までお歯黒《はぐろ》で染めていた。暗がりでは意外に歯の白さが人目を引くのである。

軍兵衛が強力《ごうりき》に委《まか》せて小舟を引きよせる。すぐ正綱がおり立つと自分の小舟を関船からはなし、黒い帆を上げた。風を逃がして待つ。

次から次へと小舟が関船からはなれ、揃って黒い帆をあげた。

正綱は風を受けて帆を張り舵を切った。忽ち矢のように走りだす。振り返るとあとの四艘もぴたりと追尾《ついび》して来る。

五艘の黒舟はまっすぐ重須の入江に向う。全く音をたてなかった。

弁天島と長浜城の見張台には看視人がいる筈だったが、今夜は安心して気を抜いている筈である。この暗さで舟を操る者などいるわけがない。いたら狂人である。

〈俺がその狂者だ〉

正綱はにたりと笑った。お歯黒の歯がなんとも気持が悪いが、お蔭で安心して笑うことが出来る。

正綱は堂々とど真中から重須の入江に滑り込んだ。

いた。

十艘の安宅船は三列になって、その巨大な船影を闇の中に聳《そび》え立たせている。左側、長浜城寄りに、四十艘近い関船がひとかたまりになって碇泊《ていはく》していた。安宅船に遠慮して、肩を寄せ合っているようだった。右手、弁天島寄りに十艘ほどの小早の群れ。今はこんなものは問題ではない。

正綱は安宅船の位置を計ってさすがと感心した。充分の間隔をとって、ゆったりと繋《つな》いである。これでは一艘が船火事を起しても、すぐには他の船に燃え移らないだろう。燃えている間に他の安宅船は碇綱《いかりづな》を断ち切り、安全に沖合に出てゆくことが出来る。

〈くそッ〉

計画を変更する必要があった。当初は安宅船だけを狙《ねら》うつもりだった。三艘を焼けば少くとも倍の六艘は類焼すると計算していた。その計算が狂った。

正綱自身は別として、四人を二人一組にわけ、二艘の安宅船を狙わせるつもりでいたのだが……

〈一組は関船だ〉

関船の船団は舷と舷を重ね合わせるほどきっちり身を寄せ合っている。まるっきり一つの団子だ。これなら一艘焼けばかなりの船に類焼する。

〈安宅は一人一艘〉

危険だがやってやれないことはあるまい。

正綱は五艘が集ったところで、囁《ささや》くように計画の変更を伝え、それぞれの目標を明確に指示した。

風は西風である。

目当ての安宅船は手前一列目の三艘。

弥助といくさ人の一人が先に出発した。関船の係りである。

正綱は真中の安宅。黒舟を艫《とも》に寄せると安宅の碇綱に繋ぐ。次いで帆をおろした帆柱を斜めに安宅の舷側に凭《もた》せかけると、荷物を背負い、その柱を登った。帆柱はそのために特に高く作ってある。これだと下層甲板に達する時間を短縮出来る。忽ち下層甲板に達した。ここに見張りはいない。いるなら見通しのきく上甲板である。荷を開いて油を入れたふくべ（ひょうたん）をとりだし、矢倉の囲いから甲板まで充分に撒《ま》く。火縄を火口《ほくち》に使った火薬入りの重い箱を、矢倉囲いの基部に置く。懐中火縄（灰の中に点火した火縄を埋めたもの）をとり出し、火口に点火した時、声が聞こえた。

「誰だ!?」

正綱はぎょっとすくみ上ったが、声は隣りの安宅からだった。忽ち三好軍兵衛の大声が響いた。

「なにびびっとんのや。わしやがな。小便たれとるだけやないか」

敵の人間がこんな馬鹿でかい声をあげるわけがない。他船の見張りは苦笑して緊張をといた筈である。続いて起った、

「ぐえっ！」

という籠った声を聞かなければの話だが。

それは見張りが刺し殺された声に違いなかった。

正綱は息をつめて火薬箱を見つめた。火口に使った火縄がどんどん燃え進んでいる。このままここにいて爆発に至れば、船と共に吹きとぶことになる。

〈それも悪くないか〉

と思った時、またぞろ軍兵衛の大きな声が聞こえた。

「あーあ、さっぱりしたわア。さあて、いんで寝よ」

これは作業が終ったということである。正綱は大急ぎで帆柱をずり降りると、もやいを解き、手早く黒帆をあげて舵を切った。

もう海坊主率いる三艘の関船が淡島の島蔭を脱け出し、重須めがけて接近している頃である。正綱は帆綱を引き、舵を切って風を間切《まぎ》った。逆風になっている。次いでむずかしい下手《したて》廻《まわ》し。

〈軍兵衛は大丈夫だろうか〉

さすがに齢である。動作が鈍いので下手廻しが苦手《にがて》だった。

だがその懸《け》念《ねん》を吹きとばすように、五艘の黒舟が並んだ。軍兵衛もいる。

正綱がほっと息をついた瞬間、爆発が起った。

ずがが一ん。

凄まじい轟音《ごうおん》と共に船材が吹きとび、忽ち火が起った。特に関船の溜りの方はすぐものすごい船火事になった。連日の好天で船材が乾き切っているためだ。

船火事の明りで、海坊主の関船が入江に入って来るのが見えた。火に照らし出された真黒な関船の姿は無気味な上にも無気味だった。盛んに火矢を射ている。

他の二艘は入江のとば口でとまり、これも火矢を射ていた。

大砲の音が鳴り響いて正綱を愕然《がくぜん》とさせた。一列目の安宅船だった。下層甲板から火を噴きながらも、平然として大砲を射ち、前進しはじめている。

正綱の心を絶望が噛《か》んだ。あれっぽっちの火薬では安宅は沈まないんだ！

安宅船は船底を切り石と漆喰《しっくい》で堅く固めた上に敷板を二重にし、防水区劃を設けて一部が破損浸水しても他に及ばないようにしてあった。現在の鋼船に用いられる二重底及び水密隔壁の考え方と技法が、既にこの頃から現実に用いられていたのである。下層甲板と矢倉の一部が吹きとんだぐらいで戦力の落ちる船ではなかった。

このままでは海坊主が危い。

実際はこの時点で、正綱たちは関船に収容される筈だったが、そんなことをしている暇はなかった。

正綱はわざと関船の船腹を黒舟で擦《す》りながら、そのまま沖に向った。軍兵衛たちの黒舟もちゃんとついて来ている。

海坊主の関船は大慌てで廻頭《かいとう》にかかった。

やっと沖に向って走り出す。

のろい安宅船だから助かったのである。関船同士だったら廻頭の途中で襲われていた筈だ。関船を焼いたのは正しかったのだ。今、現在、沖に向っている関船は一艘も見当らない。安宅船ばかりが、殷々《いんいん》と砲声を轟《とどろ》かせながら、次々と重須の入江を脱出して来る。しかも淡島の線でとまろうともしない。このまま追って来て、是非《ぜひ》でも向井水軍の黒関船を撃沈するつもりに見えた。十艘の安宅に対して、五艘の関船でどうしたら戦えるか。安宅の底知れぬ手ごわさを、たった今見せつけられた正綱には見当もつかなかった。

水平線が眩《まぶ》しい金色と赤に染められて来た。

夜が明けたのである。

闇の中でさえ破れなかった怪物を、白昼の光の中でどうすれば破ることが出来るか。

このままゆけば戦闘は沼津沖になるだろう。

千本松原に布陣した武田勢一万五千の将兵の眼前で、船いくさは行われるわけだ。

向井水軍の名にかけても、みっともなく逃げ廻ることは出来ない。それは正綱一人の意地の問題ではなかった。向井一族、ひいては向井水軍に所属する百人の水夫《かこ》、五十人のいくさ人たちの将来に響く一大事である。誰がみじめに逃げ廻ったと評判の水軍にいた人々を使うだろうか。この連中のためにも、断じて逃げることは許されない。

世には死んでもつぐなえぬもののあることを、正綱はつくづくと知った。

ひとり苦しみ悩む若い海賊将軍の顔を、太陽は今、輝《かがや》く金色に彩《いろど》っていた……。

葬送の船出

天正八年三月十五日、払暁《ふつぎょう》。

好天だが風が強く、波が高い。

この好天が見せかけだけのものであることを、海人たちは知っている。そのすぐ後を、嵐が追って来ているのである。異常に迅《はや》い風と丈余の高波がそれを告げていた。恐らく九州南端では、既に颶風《ぐふう》が吹き荒れ、凄《すさ》まじい雨が大地を叩き、高波が湊々の岸に押し寄せている筈《はず》だった。

この朝の清水湊は異様だった。岸辺には武田水軍の家族たちが居並び、押し黙ったまま湊を見つめている。その人々の凝視《ぎょうし》の中で、これも押し黙った水夫《かこ》たちが、いくさ船の出帆の準備をしていた。

暗鬱《あんうつ》な光景だった。そこには一片の活気も見られなかった。

事は寅《とら》の一点（午前四時）に、武田の海賊奉行小浜景隆のもとに届けられた一通の書状から始った。

書状は『魚釣り侍』向井正綱のものであり、届けて来たのはその新妻《にいづま》久だった。

「こんな時刻に……」

とは水軍の者は云わない。寅の一点は船出に格好の時刻なのである。久は正綱に堅く命じられて、前夜からこの時刻まで、生命《いのち》を刻《きざ》む思いで待ち続けていたのだ。

書状は抜け駆けの謝罪状であり、今生《こんじよう》の別れの挨拶状だった。海賊奉行の許しを得ることなく、今夜半、伊豆重須《おむす》の船溜りに持船のすべてである関船《せきぶね》五艘をもって奇襲をかけること、奇襲は火攻めを用いることを述べ、元より全員生還は期し難く、今生のお別れ申上候、と結ばれてあった。

小浜景隆は即座に配下を走らせ、武田水軍の船大将三人を召集した。間宮武兵衛・造酒丞《みきのじよう》兄弟と伊丹大隅守である。

三人は正綱の恐らく遺言状とも云うべき書状を黙々と回し読みにした。読み終っても、誰も何も云わなかった。

小浜景隆も一言も発することなく、酒を出した。大盃になみなみと酌《つ》がれた冷酒を、全員が一息にあけると、立って出ていった。景隆は割れ鐘のような声をあげ、出陣の用意を命じた。

景隆はじめ一同、別段向井正綱の悽愴《せいそう》とも云うべき抜け駆けに感動したわけではない。

〈馬鹿なことをする奴だ〉

等しくそう思っている。たった五艘の関船で重須の船溜りに夜襲を掛けるなど、狂気の沙汰《さた》である。重須には五十挺櫓《ちょうろ》の安宅船《あたけぶね》十艘、関船五十余艘、小早《こばや》十余艘が繋船している。しかも湊は長浜城と弁天島に左右を囲まれた天然の要害であり、更《さら》にその前面に淡島という要塞《ようさい》のような島まである。重須まで行き着くことさえ覚束《おぼつか》ない。向井水軍は十中十まで全滅するにきまっていた。

だが実のところそんなことはどうでもいいのである。向井が奇襲を掛けたという一事《いちじ》で、もう事はのっぴきならなくなっている。つまり向井正綱の骨は、なんとしても拾ってやらなければならないのだった。それが水軍というものだった。

勿論《もちろん》、船大将の一人が自殺的攻撃を敢行したからと云って、全軍が自殺する必要はない。だがその死を見届けてやる義務がある。

海戦の死は無残である。多くの場合、船は焼けて沈み、戦士もまた海底に沈む。死体のあがることさえ僥倖《ぎようこう》と云えた。それだけに誰かがその死を確認し、船と戦士を飲み込んだ海面を廻り、一枝の花を投げてやる必要があった。水軍として生きる者の、せめてもの心づくしである。

この儀礼には当然危険が伴《ともな》う。敵船がまだその海域にいれば戦闘になるのは必至《ひつし》だからである。だが、だからといってこの儀礼を尽くさぬわけにはゆかない。そんなことをしたら水軍のつらよごしと呼ばれ、臆病者の汚名を着ることになるからだ。

この朝の清水湊の船出が、暗鬱な雰囲気に包まれていたのは、それがこの危険に満ちた葬送への船出だったためだ。

見送りに出た各船団の家族たちの沈黙は一つには不安のためであり、一つには湊の端にかたまった一団の人々への遠慮のためである。

それは向井水軍の家族たちだった。大方が水夫たちの家族だった。五十名近いいくさ人たちの家族は一人もいない。すべて故郷を捨てて来た者ばかりだったからだ。

正綱の母は能面のような顔をしていた。そうしなければ抑《おさ》え切れぬ悲しみを抱いていた。正綱の姉お秀は子供たちの世話にかまけることで、ゆく末の不安を紛《まぎ》らせている。

久ひとりが明るい顔をしていた。

「きっと帰って来るよ」

別れぎわに囁《ささや》かれた正綱の言葉を信じていたからだ。

〈あの方は嘘をついたことは一度もおありにならない〉

そう思っている。いや、無理にも思おうとしている。

久が不意に振り向いた。誰かに呼ばれたような気がしたのだ。久にはそれが正綱の声のような気がした。

「久よオ」

正綱は本当にそう呼んだのである。

「悪いなア。嘘をつくことになりそうだよオ」

ほとんど喚《わめ》いていた。喚いても誰にも聞こえるわけがなかった。それほどの風の音であり波の音だった。

沼津、千本松原の沖合である。

正綱は黒い帆を半分以上おろして小舟を操《あやつ》っている。それでさえ、身体ごと帆をもってゆかれそうな風だった。

丈余の波が次々に押しよせるが、正綱にとってはどうということもなかった。心配なのは舟に積んだ五箇の火薬箱が波をかぶることだけだ。火薬がしけってしまっては、この小舟に何の戦闘能力もない。だが箱の板は厚く、油もたっぷり滲《し》み込ませてあったから、水舟にでもならない限りそのおそれはない。万一を思って油紙で蔽《おお》ってあった。

舟を波に向って立たせながら、正綱は背後を見た。弥助以下四艘の小舟はちゃんとついて来ている。その向うに五艘の関船が、散開しながら走っていた。

海岸の方を見ると、味方の兵が千本松原まで出て来て見物している。

砲声が轟《とどろ》いた。

関船の後方に見える敵の安宅船から砲煙が上った。

陸兵が慌《あわ》てふためいて後退をはじめた。

正綱は味方の関船を見た。海坊主の船の遥《はる》か後方に水柱が上って、着弾点を示していた。

とんでもないはずれようである。

この波と風が大砲の正確な狙いを邪魔しているのだ。

二発目、三発目が鳴り響いたが、これも及ばない。

〈今日は大砲の当らない日だ〉

かすかに希望が湧いた。大砲さえ使えなければ、安宅船など図体《ずうたい》が大きいだけ却《かえ》って厄介な代物《しろもの》になる。たとえ関船でも、素早く大砲の死角内に入りこめば、五分と五分で闘える。安宅船の方が『いくさ人』の数も多く、鉄砲の数もまさっているが、この風と波では鉄砲もあまり役に立つまい。そうなれば舷と舷を接して斬り込む白兵戦になる……。

そこで正綱の思考が、はた、ととまった。

白兵戦になれば勝てるのか？　残念ながら答は否《いな》である。いくさ人の数が違いすぎるのがその原因だった。

北条方の安宅船一艘には、五十人の水夫と五十人のいくさ人を乗せるのが普通である。これに対して向井水軍の関船一艘に乗っている水夫は二十人、いくさ人に至っては僅《わず》かに十人である。水夫は戦闘に参加しないから、五倍の相手と闘わねばならぬ。しかも船数は二倍。ということは、いくさ人が相手の船上に乗り移って闘っている間に、肝心の船は撃沈されてしまうということだ。

いくさ人は帰るべき船を持たず、五倍の敵と闘い、万一その戦闘に勝ったとしても、次には五十人の水夫を制圧して櫓を漕《こ》がさねばならない。絶望的な作業に違いなかった。

斬り込みも駄目だ。

正綱は歯がみして、安宅船を見つめた。

十艘の安宅船は徐々に散開して、こちらの関船を包囲しようとしている。こちらが千本松原の浜に向うしかないように封鎖隊形を整えようとしているのだ。関船は次第にせばまる海面を右往左往して大砲の餌食《えじき》になるか、浜にどしあげるしか法がなくなる。しかも安宅船の大砲は、ついでに千本松原の陸兵をも叩くことが出来るのである。

そんなことになったら、武田の軍勢にとって、向井水軍の関船はさながら悪鬼を誘いこむ船としか映るまい。下手《へた》をすれば味方からさえ銃撃されることになる。そんな不名誉なことは金輪際《こんりんざい》出来ない。

といって果てしなく逃げ廻って醜悪をさらすこともならぬ。向井水軍に出来ることは果敢に安宅船に迫って、自殺することだけだった。正に犬死である。

「そんなことが出来るかッ」

正綱はまた波に向って喚いた。

百人の水夫、五十人の老いたるいくさ人たちの顔、顔、顔が閃光のように波間に浮んでは消えていった。正綱はその一人一人の顔を知っている。その家族たちの顔まで知っていた。

「犬死はさせんぞッ」

また喚いた。

不意に帆を一杯にあげ、舵《かじ》を切った。

正綱の小舟は強風をはらみ矢のように走った。半《なか》ば飛んでいた。敵にも味方にも狂ったとしか見えぬ操船ぶりだった。しかも飛んでゆく先は、敵の安宅船である。安宅船は慌《あわ》てて大砲を放った。だがこの荒れ狂う海の上で、片々《へんぺん》たる小舟を大砲の弾丸が捉《とら》えられるわけがない。

みるみる安宅船が近づいて来る。

大砲の俯角《ふかく》ぎりぎりの線に達した時、すぐ間近に水柱が立った。さすがにこの距離になると狙いも正確になる。だがすぐ舟は死角に入った。この俯角では大砲は射てない。

替って鉄砲の一斉射撃が起った。一発が帆に穴を開け、別の一発が正綱の頭上すれすれに通過しただけである。正綱は頭を下げようともしない。

これだけ近よって見ると、安宅船がいかに風浪に翻弄《ほんろう》されて苦しんでいるかが、よく分った。

巨大な舷側が本当とは思えぬほどのきわだった上下動を繰り返している。

片舷二十五挺の長い櫓が必死に動いていた。常に船を波に向って立たせておかなければ、安宅船といえども危いのである。

火薬箱のすべてに点火した上で、このまま突っこんだらどうなるか。正綱は一瞬そう思った。それで確実に安宅船を葬れるなら、正綱は遅疑《ちぎ》なくそうした筈である。

だが……。

正綱の脳裏に、黒々と鎮《しずま》り返った重須の入江が甦《よみが》えった。

あの時正綱は五箇の火薬箱を下層甲板《かんぱん》に積んだのである。今、舟内に残っているのと同数だった。それが一時にかついでゆける限界だったのだ。その五箱の火薬の爆発は、かなりの損傷を安宅船に与えた筈である。それによって起った火災も、艫のあたりを焼いた筈だった。現にこの近さまで来ると、その爆発と火災の痕《あと》が、醜《みにく》い傷痕のようにはっきりと見えた。

だが……。それだけのことだった。

安宅船はすぐさま反撃に移ったではないか。まるで鼠《ねずみ》に咬《か》まれた獅子《しし》のように、いまいましげに傷をなめながら、巨大な足をふりおろして来たではないか。この沼津沖まで半刻の休みもなく追って来た間に、火も消し、爆破の損傷にさえ手当を施している。今、正綱の眼は、うちつけられたま新しい椋《むく》の木の板を見ている。爆発も火災も、この巨人にとっては、たかだかそんな程度の傷だったのだ。

自分が火薬箱に点火して体当りを敢行しても、結果は又してもその程度に終るかもしれなかった。安宅船の船殻は二重構造になっている。外壁が破れてもまだ一重の船板がある。そこまで破ることが出来ても、まだ安宅船は沈まない。船底に防水区劃を設けて、一部に浸水しても他に及ばないようにしつらえてあるからだ。正に不死身の不沈艦だった。

駄目だ。この方法では自分だけ死んで楽になれるだけである。味方の関船を、その水夫たちを救うことにはならない。

正綱はほとんど絶望したと云っていい。

〈天は我を見棄てた〉

そう痛感した。

正綱の予定では、北条の安宅船はこの沼津沖まで追尾《ついび》してくる筈ではなかった。重須の船溜りで、火災炎上した僚船の消火と水夫の救出に狂奔《きょうほん》している筈だった。安宅船の呆《あき》れ返るほどの堅牢さへの認識が足りなかったのである。

この広大な駿河湾内まで追尾されては、もうどうにもならない。逃げ廻り、果ては砂浜にどし上げ、せめて水夫たちを陸《おか》に上げて生命を全《まっと》うさせるのが関の山である。

だがそんな真似《まね》は出来なかった。絶対に出来なかった。やれば向井水軍の名はなくなる。以後日本全国、どの海域だろうと向井の名を名乗って船を操ることは不可能になる。向井の名を残そうと思えば、同じ海の藻屑《もくず》となるにしても闘って闘い抜いて沈まねばならぬ。そうしなければ、清水に残して来た義兄政勝の二人の遺児は、終生、水軍とは無縁に生きなければならぬ。

だが闘いの果てに沈めば、百人の水夫の生命はない。その上、これは到底闘いの形をとれまい。単にみじめに逃げ廻った上で沈められるだけだ。そんな無益な闘いに百人の水夫を死なせていいものか。

正綱は黒帆に顔を押しつけるようにして泣いた。天を恨《うら》んで泣いた。

外艫《そとども》

武田水軍の戦団が一隊ずつ湊を出てゆく。間宮兄弟の関船十五艘。海賊奉行小浜景隆の本隊、安宅船一艘と小早十五艘。伊丹大隅守の関船五艘。そして岡部忠兵衛の遺児が率いる関船十二艘。

たとえ葬送のための出陣とはいえ、それはそれで堂々たる船出である。不吉さに沈黙を守っていた見送人たちは、そのつぐないをするかのように、一斉に歓声をあげ手を振った。

いくさ船の上には船大将といくさ人たちがずらりと立ち並んで、微動だにしない。家族たちに手を振り返すことはかたく禁じられている。一度櫓が動きはじめた以上、いくさ船は戦闘に突入したことになる。戦闘中の水軍に家族は無縁だった。

久は正綱の母やお秀たちと共に、辛《つら》い思いでこの船出を見送っていた。

この船出は無用の船出である。正綱さえ我慢していれば、これらの船は今もいつも通り、ひっそりと湊の中で憩《いこ》っていた筈なのだ。

この船出で恐らく何人かが死に、何人かが負傷するだろう。その死も手傷も、同じく無用のものである。武田水軍は逆立ちしても北条水軍の敵ではない。だからこの船出に続く戦闘は、ひたすら海の男の儀礼のためのいくさになる。初手から敗戦覚悟のいくさだった。だから各船大将は、今、どれだけすくない犠牲で、無事に湊に引き揚げて来れるか、それしか考えてはいまい。

そしてその犠牲になった死者。手負いの一人一人に対して、向井一族は負い目を背負うことになる。それが久の辛い思いになっているのだった。

出陣の前の正綱の仕草が唐突に脳裏に浮び、久はひとりで赧《あか》くなった。正綱は長いこと、久の秘所に顔を埋めていた。久が羞恥のあまり逃げようとしても、正綱の双の手がしっかり尻をかかえて動かさない。

「もう堪忍」

久がそっと云うと、やっと顔を上げた。

「いい薫りだ。全く変らないから不思議だな」

久は首を振って、いやいやをした。

「恥じることはないんだよ。久は心が綺麗《きれい》だから、こんなにいい薫りがするんだ。わしはそう思っている」

正綱はそう囁きながら脚を割って来た……。

久は急いで首を振り、自然にほてった頬を抑えた。

〈こんな時にこんなことを思い出すなんて……〉

自分がひどく不謹慎な女のような気がした。

そこがかすかに濡《ぬ》れて来ているのを感じて、久は益々己れを恥じた……。

久の匂いがした。

〈そんな馬鹿な〉

正綱は黒帆から顔をはなした。この潮に濡れた帆布から、久のあそこの匂いがするわけがない。

でも匂った。まごうことのない久の匂いである。

〈どうかしている〉

ぴしり、頬を張った。

〈俺はそんなに助平だったのかな〉

笑い出したくなった。いつの間にか軀《からだ》が柔軟になっている。

ひと泣きしたお蔭で、緊張がほぐれたのだとは、正綱は気づいていない。

〈くそ、この安宅の奴〉

危険なほど接近し、ほとんど並行して走っている巨大な舷側を、足をあげて蹴ろうとした。

その瞬間、正綱は射たれ、船から転がり落ちた。

鼻孔から浸入してくる潮水にむせた。その時、不意に痛みが全身を引き裂き、自分が射たれたことに気づいた。

顔を拭おうとしたが左手が云うことをきかない。どうやら射たれたのは左腕か肩らしかった。

右手も動かない。これは小舟のへりをしっかりつかんでいた。生れついての舟乗りの本能が、そうさせたのである。この手をはなせば、忽《たちま》ち小舟との距離がひらき、この波では二度とつかまえることは不可能だった。

とにかく舟に上らねばならない。だがこの荒れ狂う海の中で、右腕一本では体を引き上げることは出来なかった。

また銃弾が降って来て、雨のように水面を叩いた。このままでは更に手傷が増す。

正綱は歯を喰いしばって左腕をあげようとした。動かない。

〈弓矢八幡！〉

怒号して又あげた。僅かに動いた。だがそれきりである。小舟のへりの高さまではとても無理だった。

「久！　頼むよオ！　あげてくれえ！」

喚きながら、渾身《こんしん》の力を籠めた。左腕は依然動かなかったが、波が体全体を押し上げてくれた。

頭から舟底に突っこんだ。小舟が大きく揺れ、波が打ち込んで来た。

〈火薬がいかれる！〉

はね起きた。左腕に痛みが走ったが、そんなことに構ってはいられない。右手で帆を引きおろした。お蔭で舟の平衡は戻ったが、舵《かじ》を手放していたために、みよしが廻り、安宅船の外艫《そとども》に吸いよせられるように突っ込む形になった。

和船の舵は南蛮船のように船尾材に固着されていないのが特徴である。船尾に吊り下げて、床船梁《ゆかふなばり》の凹みを軸受けにする、浮動的な保持方式を持つ。これは当時の港が自然の海岸や川岸で水深が浅く、舵を海底にひっかけやすかったためだ。舵を簡単に引き上げられるように設計する必要があったわけだ。

この結果、舵を保持する力は弱くなり、しかも舵の面積が大きかったため、荒い波にあうとどうしても舵をとられやすくなる。

これを防ぐために、この外艫という船尾から張り出した防材を設けたのである。これは舵の効きを助け、追波の打ち込みを防ぐために高く反《そ》りあがっている。和船独特の形式だった。

この両舷から伸びた外艫の間に、舵をおさめた空間がある。江戸末期にはこの空間の上部は炊事場や飲料水の桶の置場にしたという。

正綱の小舟は、なんとこの空間につっこむ形になった。

正綱は慌てた。すぐ脱出しないことには、舵が動いた拍子に舟ははさみこまれ身動きも出来なくなる。下手をすれば粉々に砕《くだ》かれてしまう。

正綱は舵に足をかけ精一杯ふんばった。

動かない。

「このオ……」

巨大な舵をぶん殴った。痛みは左腕に走った。鉄砲傷は肉がはじけたような感じで、出血している。だが弾丸は抜けているようだった。

もう一度、舵を押そうとした瞬間、はっとなった。

「これだ！」

思わず声になった。

正にこれだった。不沈の安宅船の最大の弱点は舵にあった。

船殻こそ二重構造になり、火薬の爆発にも耐えられる隔壁方式になっているが、舵は違う。恐ろしく部厚いとはいえ、ただの板である。爆発に耐えられるわけがなかった。

当然、安宅船は舵の予備を積んでいるだろう。だが肝心の軸受けの部分まで破壊されてしまったらどうなるか。いくら新しい舵はあっても使えないことになる。そして舵を失った船ほどみじめなものはない。ましてこの風浪では致命的であろう。

船大将が老練沈着でさえあれば、櫓の漕ぎよう一つで、船の安定を保ち、波に向って立ち続けることが出来なくはない。だが咄嗟にそれだけの処置がとれるかどうか。船大将は老練でも、水夫の方はそうはゆかない。一度横波をくったら最後、船内には大混乱が起る筈だった。

船底の浅い、従って復原力の弱い和船の最大の弱点を衝《つ》かれるわけだ。十中八まで、船は横倒しになるか、よほど幸運でも浜に押し流され、どしあげることになる。そしてこの浜にいるのは敵である武田の陸兵なのだ。

正綱はまず自分の体を帆柱に縛りつけた。片手しか使えない以上、こうするしかない。舟底の油紙をはぎ、火薬箱を持ち上げた。だがこれをどうやって舵に密着させられるか。

まず箱に綱を掛けた。次いで鎧通《よろいどお》しを抜き、力一杯舵の高い部分につき立てる。刃を下にして斜めに深く刺しこんだ。その柄に火薬箱に掛けた綱を固く結びつける。火薬箱が大きく揺れる。抑えのために箱の下に小柄《こづか》をかい、同様に舵に打ち込んだ。これで揺れが少くなる。

これから先が正念場だった。

箱には既に火縄の導火索がついている。その導火索に点火しなければならない。火種は正綱が常に懐《ふとこ》ろに抱いている懐中火縄一つだった。これを海中に落したら万事休《きゆう》すだ。正綱は右手で懐中火縄の容器をまさぐった。容器は濡れている。さっき海に落ちたのだから、これは当然だった。だが中にまで水の通っていない確信があった。何度も水中に沈めては、火の絶えぬことを見届けた上で使用している火縄入れだった。

蓋を開けた時が勝負だった。素早く新たな火縄に点火し、蓋を閉め、更に点火した火を火薬箱の導火索につける。これだけの手続きがどうしても必要だった。

これほど荒れた海でなければ、また左右の手が無事なら、どうということのない作業である。だが波は絶えず打ち込み正綱の全身を水びたしにし、左腕は依然として全く動かない。

正綱は新たな火縄を口にくわえ、慎重に波の間隔をはかった。心中でまた久に頼んだ。一際《ひときわ》大きく打ち込んだ波が引き始めた瞬間に、火縄入れの蓋を開き、くわえた火縄に近づけて点火した。すぐ蓋を閉め、容器を懐中に押し込む。次いで素早く口の火縄をとり高く掲げた。

間髪《かんはつ》を入れず次の波が打ち込んで来た。

頭から濡れしょぼくれながら、正綱の眼は火薬箱と、掲げた火縄から一瞬もはなれなかった。

火縄からかすかに煙が上った。

有難い。濡れなかった。火薬箱も無事のようだ。

波が引きはじめるとすぐ、火縄の先をぷっと吹き、導火索に押しつけた。

不安が胸を焼いた。

導火索が濡れていたら終りである。この波の中で火薬箱を解体し、新たな火縄を押しこむことは出来ない。

それくらいなら導火索をひっこ抜き、今持っている火縄をそのまま差し込んだ方が早い。火の部分を先にして……。

爆発は瞬時に起るだろう。舵も自分の体も忽ち吹っとぶだろう。

正綱はぎょっとした。

奇妙なことだが、自分が吹っとぶという事実を全く忘れていたのである。足もと

今のままでも、導火索が濡れていなくとも、自分は確実に吹っとぶ。そして

を見た。舟のへさきは依然としてこの隙間にきっちりとはまっている。

自分の体は、帆柱に固く結ばれていた。

「おしまいだよオ、久」

正綱は喚いたが、不思議に満足だった。

もう一度、導火索を見た。かすかに煙の匂いがする。

〈大丈夫だ〉

一人頷《うなず》きながら、自分の方はちっとも大丈夫じゃないなと思い、苦笑した。

右手が帆縄に触れた。

〈そうだ〉

思いついて綱を引いた。黒帆が上って来る。少しは打ち込む波から火薬箱を

守る役割を果たす筈だった。どうしてもっと早く思いつかなかったのか。不意に舵が切られた。その動きが嵌《はま》りこんだ小舟のへさきを解放した。同時に風が、一杯に張られた黒帆を捉えた。

あっという間だった。

小舟は安宅船の艫から離れ、みよしの方へ恐ろしい早さで吹きよせられた。爆発はその瞬間に起った。それは舵をもぎとり外艫を破壊し去った。舵は海中に沈み、安宅船は横に傾いた。爆発の衝撃で、艫が振れた結果である。そしてそこへ一丈半はあろうという大波が来た。

安宅船はあっけないほど簡単に横倒しになり、正綱の視界が急に開けた。

正綱は安宅船が急に舵を切った理由を知った。

海坊主の指揮する向井水軍の関船が、凄まじい勢いで突進して来ていたのである。この関船だけがへさきに長く鋭い衝角《しょうかく》をつけていた。衝突するとこの衝角が相手の船腹を引き裂くのである。海坊主はこれを倭寇《わこう》として明国の沿岸を襲った時、覚えて来た。海坊主の乗った船は、明船の衝角に横腹をつき破られ、東シナ海に沈んだのである。海坊主は鮫だらけの海を漂いながら、生きて帰れたら、あれを使ってやると決心したのだと云う。

和船に衝角は不向きだった。吃水が浅いために重い金属の衝角をへさきにつけると、ひどく安定を失うのである。海坊主は散々苦労した末に、丸太の衝角に替え、しかも低くつけた。これは極めて有効だった。この衝角は必ず吃水線の下をつき刺すのである。ぶち当てられれば大方の船は沈んだ。安宅船が相手の場合は、一度の衝突では無理だったが、二度三度と繰り返せば必ず沈む筈である。筈であると云ったのは、まだ関船相手しか経験がなかったからだ。

それでも駿河湾一帯で海坊主の衝角は有名であり、北条の安宅船も厳重に警戒していた。ぶち当られたら最後である。なんとしてもその前に海坊主の方を大砲で射ち沈めねばならない。

海坊主の関船がまっしぐらに突進して来るのを見た時、安宅船の船大将は恐慌に駆られた。大至急砲撃して、沈めねば、こちらの船底を突き破られる。大砲の向きを変えるより船が動いた方が早い。そう判断して急角度に舵を切ったのである。それで正綱の舟は外艫からのがれられたのだから、結果的には正綱は海坊主に救われたと云っていい。数瞬遅れたら、正綱は粉々になって死んでいた筈だった。

転覆した安宅船の向うに黒い帆を見出した時の海坊主の安堵《あんど》の仕様は、呆れるばかりだった。どかっと甲板の上に坐り込んでしまったのである。まるで腰が抜けたようだった。

だが正綱が手傷を負ったらしいと見た途端に、再びしゃきっとなった。きびきびと命令して関船を小舟のそばにつけ、舟もろ共、ろくろで吊り上げたのである。この凄まじい揺れの中では奇蹟のような作業だった。

傷の手当を受けながら、正綱は海上を見渡していた。今日になって初めて高所から見る海上の情景だった。

向井水軍の関船は、安宅船の包囲を受けて羊の群のように一団にかたまりかけていた。かたまったら終りである。いかに荒天の海でも、ひとかたまりになった関船に当らない砲弾はない。

向井水軍はなんとかこの状況を破ろうと八方に散って脱出を試みるのだが、北条方の小早がそれを上廻る速さで、素早く針路を塞ぎ安宅船の砲弾がそれを助けるのである。小早とはいえ、衝突すればこちらも壊れることになる。関船は船を大事にする余り、みすみす脱出口を捨てて回頭せざるをえなくなっていた。——

「海坊主。小早に体当りしろと信号を上げろ」

正綱が怒鳴った。

「安宅にもぶつかる覚悟でゆけと云え。今日は大砲の当らぬ日だ」

さっき小舟の中で感じたことを信号に替えさせた。

信号が送られ、関船の動きが変った。

脱出路と見るとまっしぐらに走った。小早がいようと砲撃を受けようと、転針しない。

今度は小早の方が慌てる番だった。関船にぶちかまされては小早はばらばらになってしまう。それに転針してくれないと安宅船の砲弾は小早に命中しかねないのである。現に一艘の小早に砲弾が当り、船頭が激怒した身振りで安宅船に抗議している。以来、安宅船の砲撃回数ががくりと落ちた。

一つには味方の安宅船の転覆に仰天したためでもある。どうしてそんなことになったのか理解出来ないでいる。

「わしの舟をおろせ。もう一度、やってやる」

傷の手当が終った正綱が、海坊主に喚いた。

「船大将は見本を見せたらそれでええんや。見なはれ。皆、若の真似をしてま」

海坊主の云う通りだった。海上に残った四艘の小舟は水すましのようにすいすいと水を切りながら、それぞれ安宅船の舵を狙って走り廻っていた。弥助も三好軍兵衛も、そして伊勢から来たいずれも四十代らしい二人のいくさ人も、巧みに黒帆と舵を操って、なんとか安宅船の外艫にとりつこうとしていた。

〈無理だ〉

正綱はそう判断した。自分が成功したのは全くの偶然による。小舟のへさきが、勝手に外艫と舵の間にはさまれたのである。身動きもとれぬほど嵌りこんでしまったからこそ出来た業《わざ》であり、とても狙って出来るものではない。現に四艘とも、何度も狙ってははずれ、狙ってははずれを繰り返している。そのうち、安宅船の乗組員たちも彼等の狙いに気づいたらしい。必死になって防ぎだした。鉄砲隊、弓隊を艫に集め、乱射しはじめた。

忽ち四十代のいくさ人の一人が射たれ、舟から消えた。主を失った小舟が安宅船にぶつかり転覆し、巨大な船体に海中へ押し潰《つぶ》されてゆく無残な姿を、正綱は断腸の思いで見つめた。

「もうやめろと信号を送れ、海坊主」

「無理でんな。誰も信号なんか見てへんわ」

にべもなく海坊主が云う。その通りだった。残った三艘は必死になって舵めがけて突っこんで行っていた。関船の甲板など見る余裕がない。

弥助が射たれた。さすがに帆柱に体を結んであったと見えて、転落はしない。しゃがみこんだまま、帆を操って逃れようとしている。だが逃げてはいけないのだ。安宅船のまわりを廻っていなければ、狙い射ちされるのがおちである。

「あいつに突っこめ！　衝角でぶち抜け！」

正綱が喚いた。

海坊主が早口で命令を下し、関船はまっしぐらにその安宅船に向った。

安宅船の上甲板で人々がこちらを指して喚いている。衝角に気づいたのである。忽ち転針し、逃げながら船尾の大砲を放った。

　砲弾は関船の甲板すれすれに飛び、三人のいくさ人を即死させ、二人を傷つけ、更に正綱の頭上を通り抜けて海に消えた。濡れた髪が逆立つほどの至近距離である。

「今日は大砲の当らん日やて」

　海坊主が正綱を睨んで死人の方へ歩みよった。甲板は血まみれだった。正綱は眼をそらせた。

　弥助は安宅船の突然の転針で助かったらしい。別の関船に辿りつき、拾い上げられた。

「若、軍兵衛だす」

　海坊主が一方を指さした。

　六十歳を越した老いくさ人三好軍兵衛がようやく一艘の安宅船の外艫に突っこむことに成功したようだった。

　正綱同様、小舟のへさきを舵と外艫の間にはさみこみ、今、悠然と火薬箱を持ち上げたところだった。

安宅船も気づいたらしく、上甲板をいくさ人たちが走っている。皆、弓や鉄砲を持っていた。

「早くしろ、軍兵衛！」

正綱は叫んだが、もとより聞こえるわけがなかった。

軍兵衛は火薬箱を持ったものの、どう取りつけていいのか迷っているらしい。思案の揚句、脇差を抜くなり火薬箱につき立てた。

正綱は思わず冷やっと首をすくめた。衝撃で爆発するかと思ったのである。不思議に爆発は起らず、軍兵衛は突き抜けた脇差の先を舵に刺しこもうとしていた。

「あかん」

海坊主が呻《うめ》いた。

いくさ人たちが上甲板の艫に達したのである。

「逃げろ、軍兵衛！」

無駄を承知で正綱は叫んだ。

忽ち雨霰《あめあられ》のように、矢が降って来た。

鉄砲も鳴った。

軍兵衛は蓑虫のようになった。体のどこにもかしこにも矢が突き刺さってい

た。銃弾もたっぷり喰った筈である。

だがこの老人は正しく不死身だった。手傷をものともせず懐中火縄をとり出

した。

鉄砲が鳴った。

よほどの名手と見えて、見事にその懐中火縄をはじきとばした。

軍兵衛が顔を上げた。

海坊主の関船をひたと見つめた。

〈俺を見ている！〉

正綱はそう信じた。

軍兵衛は身を屈めてもう一つの火薬箱を抱いた。手を上げてその箱を指さ

し、又ひたと正綱を見た。

正綱は見つめ返した。

頭の中が、きーんと鳴ったような気がした。

次いで一切の音が消えた。

軍兵衛がもう一度、箱を指さした。

動作がひどく緩慢になっている。

口をあけると、かっと血を吐いた。

眼だけが強い意志を浮べて正綱を見ている。

「どういうつもりや」

海坊主が呟《つぶや》いた。

だが正綱には軍兵衛の意志が判っていた。

「俺の鉄砲」

軍兵衛を見つめたまま、手を伸ばした。

誰かが鉄砲を渡してくれた。装塡され、火縄にも点火されている。

構えようとしたが、左腕が上らない。手傷を負ったことを忘れていた。

「肩を貸してくれ、海坊主」

海坊主にもやっと軍兵衛の意志が判ったらしい。無言で正綱の前に立った。

背を向けている。

正綱はその右肩に、鉄砲を置いた。

狙った。

的は軍兵衛の抱いた火薬箱である。

軍兵衛の相好が崩れた。まるで歓喜の表情と云っていい。手をあげて大きく振った。別れの挨拶である。

正綱は無心に、柔らかく、まるで愛撫するように引金をしぼった。

轟音が湧いた。

安宅船の舵は勿論艫の部分がそっくり消失し、軍兵衛の姿もまた消えていた。

上甲板の人々が慌ただしく走り廻り、安宅船は尻餅をついたように後部を下げ、へさきが上った。夥《おびただ》しい海水が流れ込んだ結果なのは明白だった。

〈あれじゃ転がらないな〉

なんとなく正綱はそう思った。海水がバラストの役目を果したので、この安宅船は横転をまぬかれたのである。

「一突きくらわせたろ」

海坊主が呟いて、衝角をその船に向けるよう命令を下した。

「やめろよ」

正綱が云った。

「なんでですねん。弔《とむらい》合戦や」

海坊主が怒鳴った。

「軍兵衛のやったことに、けちをつける気か」

海坊主が黙った。

やがて命令を取消す声が聞こえた。

正綱は聞いていない。ゆっくり海上を見廻した。味方の関船二艘が消えている。これは沈没したのではなく、脱出に成功したのである。

北条の安宅船は九艘に減り、一艘は大破していた。曳航のためであろう、別の一艘がそちらに急行している。

これで三艘が脱落したことになる。

残るは安宅船七艘に対して向井の関船三艘。

不意に海上の情景のすべてがぼやけて来た。

正綱は声もなく泣いていた。

海坊主がその肩に手を置いた。

「海坊主」

「あい」

「あの安宅を追っ払え」

正綱は曳航に向っている安宅船を指さした。

「俺は……」

尻餅をついている船を指さした。

「俺はあの船が欲しい。斬り込んでかっ払おう」

「あい」

海坊主が命令を下し、曳航に向う安宅船目がけて矢のように突進しだした。

「斬込みの用意や、みんな」

海坊主は愉しそうだった。

「海坊主」

「あい」

「安宅に斬り込んだらすぐ、大砲にかかれ。尻餅ついたままでも大砲は射てるんだ。近づく奴には射って射って射ちまくれ。大砲が焼けて溶けだすまで射つんだ」

「あい、お頭」

海坊主が初めて『若』でなく『お頭』と呼んだことに正綱は気づいていない。何か当然の呼称のような気がしていたのである。

「お頭！　あれを……」

按針役《あんじん》（水先案内）の太助がそう云って西を指した。太助も今まで『若』としか呼んだことのない男だった。

正綱は涙を横なぐりに払って西の海を見た。

夥《おびただ》しい船団だった。

「遠眼鏡」

手を伸ばすと遠眼鏡が渡された。父正重の遺愛の品である。

正綱は遠眼鏡を引きのばして、焦点を合わせた。

先頭に立っているのは安宅船だった。

長い旗印しが強風に真横にたなびいている。

旗印しは嘗《かつ》ての伊勢北畠家の水軍、現在は武田の海賊奉行小浜景隆のものだった。

その左に展開している十五艘の関船の旗印しは間宮兄弟のものであり、右に展開しているのは伊丹大隅守と岡部の関船十七艘である。

正に武田水軍は総力をあげて、この戦場に向いつつある。あと半刻もすれば、戦闘に参加出来る。

北条の安宅船もこの船団の出現に気づいたらしく、信号旗のやりとりが急に忙しくなった。

突然、海坊主の衝角の的である安宅船が転針した。必死に櫓を漕いで離れてゆく。向っている方向は伊豆だった。

同時に他の七艘の安宅船も揃って転針した。いずれも伊豆を目指して駿河湾を横切ってゆく。

「なんと。逃げ出しよったわ」

海坊主が呆れたようにぼそっと云った。

たとえ安宅船は一艘しかなくても、三十二艘の関船の力は無視していいものではない。現にたった五艘の関船を相手にして、安宅船二艘を失っているのである。しかし昨夜半は昨夜半で、五十艘余の関船を焼かれているのだ。

　この上、身の軽い関船につきまとわれ、四方から攻め立てられては、八艘の安宅船といえども危い。

　海賊衆は常に現実家である。無用の体面のために船と人員を失う愚は犯さない。これが北条水軍の全面退却の理由だった。

　歓声が沸いた。いくさ人も水夫たちも、顔を真赧《まっか》にして手を振り、足踏みして、声を限りに喚いている。

　他の二艘の関船も同様だった。上甲板は人であふれ、それが残らず大口あけて歓声をあげている。

「お頭！　お頭！　お頭！」

　百人近い男たちが揃って正綱を呼んでいるのだった。

　正綱はまるでその歓声が聞こえないようなとぼんとした顔で、西の海を見ていた。

〈嘘を云わずにすんだよ、久〉

胸の中でそう呟いた途端に、凄まじい空腹感が正綱を襲った。考えてみれば、昨夜出陣前にめしを喰っただけで、水一滴飲んでいないのである。

〈次の合戦からは、きっと焼むすびを持ってゆこう〉

駿河湾海戦の勝者は、なんとそんなことしか考えられなかった。久の作る焼むすびは、なんともいえず香ばしくてうまかった。

＊

「近頃の殿のお振舞い、尋常に非《あら》ずという噂ですが……」

「聞いている。大事の家臣を粗末に扱い、あたら勇士まで上意討ちになさっているそうだな」

江尻《えじり》城の一室だった。

小浜景隆と伊丹大隅守が、余人を入れず、昼日中から二人だけで盃をかわしていた。

駿河湾海戦から一月たつ。

風薫る四月だった。現にこの海に面した一室も、爽やかな風が吹きぬけてゆく。

あの海戦の直後、浮島ケ原では、武田勝頼の本隊に、北条氏直が総攻撃をかけた。戦いは熾烈を極め、両軍泥だらけになっての一進一退が続いたが、最後には堪《こら》え性のない勝頼がいくさを投げ、退却してしまった。氏直は辛うじて勝ちを拾った。

以後、織田・徳川・北条の連合軍は、各地で武田の軍勢を破っていたが、奇体なことにこの清水湊は静穏そのものだった。勝頼からも何の命令も来ず、北条・徳川の水軍も絶えて仕掛けて来ない。まるで置き忘れられたような具合だった。

「武田も終りかも知れぬ」

景隆がぽつんと云った。苦そうに盃を干す。

「わしらもそろそろ身の振り方を考えんとあかんかもしれんな」

「間宮兄弟は北条に詫びを入れようと工作しているそうです」

「あの二人はもともと伊豆水軍や。帰ろうと思えば何としてでも帰れる。けどわしらはあかん。二度と伊勢へは帰れんわ」

景隆の声には深い悲しみの色がある。

「私の方はもっとひどい。元々水軍とはたいした関わりはなかったんですから」

伊丹大隅守は元摂津伊丹城主伊丹大和守雅興の子である。幼時、伊丹城落城の時、家臣に抱かれて逃れ、後に今川義元の同朋衆となり、後氏真《うじざね》に仕えていきなり海賊奉行にさせられたといわれる。

「それで御相談ですが……どうでしょう、三河の徳川家というのは……」

「三河水軍など吹けば飛ぶようなもんやぞ」

「いや、だからこそ我々が……」

いいかけた時、海上で砲声が響いた。大隅守が思わず膝を立てかけるのへ、景隆がものうげに手を振った。

「大事ない、大事ない。向井の大筒《おおづつ》気狂いや」

大隅守も苦笑した。

「また安宅で遊んでいるんですか、あの男」

「また右へそれたぞ、弥助。指一本左や」

正綱が声を張り上げた。これは勿論、あの時、尻餅をついた形になった北条の安宅船の上である。

あの後、正綱は武田勝頼から感状をさずけられ褒賞金と共に、この安宅船を正式に頂戴した。ついでに、沈没したが後に浜に打ち上げられた安宅船から、二門の大砲だけをはずしとって、この安宅船に積んだ。だからすっかり修復成ったこの船には、なんと四門の大砲が装備されていることになる。小浜景隆の安宅船に積まれた大砲は二門だから、正綱の船はその倍の火力を持つことになる。だが大砲の数ばかりあっても、肝心の砲手がいなくては話にならない。だから船が出来上ると、正綱は操船と大砲射撃の訓練に明け暮れて来た。

今では向井水軍のすべてのいくさ人、すべての水夫が大砲を操るすべを知っている。そのうちで達者だけを選んで、専門の砲手にした。弥助はその一人だったのである。何をやらせても器用な男だった。

弥助が口をとがらせて文句を云った。

「そら、無理や、お頭。これは鉄砲と違いまっせ。的が小さすぎますがな」

「阿呆。大砲かて鉄砲の血筋や。長鉄砲いうやないか」

正綱は伊勢の連中と話をする時は自然に西のなまりになる。

「そらそやけど……」

弥助が辟易した声を出した。

「けどお頭、わしらこんなにのんびりしとってええんですか」

「なんでや」

「皆、武田のお家はもうあかん云ってまっせ」

「知らん。わしら海人や。陸《おか》のことはなーんも知らん」

「そやかて武田が滅びたら、わしらどないなりますんや。江尻にも居《お》れんようになるのと違いますか」

「えやないか。その時は一族郎党、みんな船に乗りこんで海へ出たらええんや」

「海へ出てどないしなはるんや」

「知らんわい」

「そんな……」

「心配いらん。海がどないかしてくれるわい。委《まか》せといたらええんや」

「そやろか」

弥助が心細そうな声を出した時、海坊主が近づいて来た。

「お頭。めしにしとうおます」

「そうか、もう昼か。そう云えば、腹がへったよ」

海坊主が黙って焼むすびの包みを渡した。

「久の焼むすびや」

正綱がいそいそと、といった感じで包みを開いた。

「お頭は、江尻におれんようになったら、皆船に乗って海へ出たらええ、いうてはりまっせ」

弥助が海坊主に云った。

「そや、それでええんや」

海坊主が云う。

「海へ出てどないしまんね」

「海がどないかするわい、ど阿呆」

云い捨てると艫の方へ去った。

弥助が呆れたようにぽかんと口を開けた。

正綱を見た。いかにも嬉しそうに焼むすびにかぶりついたところだった。

弥助は首をふった。

「二人とも、揃いも揃って、倖せなお方や」

正綱は聞いていない。指についた飯粒を一粒一粒丹念にはいでは口に入れている。

海にはいかにも春らしい突風が起り、船を大きくゆすった。

鬼作左《おにさくざ》

魁偉《かいい》な容貌という言葉があるが、この老人の顔を形容するには不足だった。むしろ怪異と書く方が近い。それも顔だけではなかった。体全体がそうなのである。気の弱い子供が見たら忽《たちま》ちひきつけを起しかねない。それほどの凄《すさ》まじさだった。

大男ではない。当時としても背は低い方である。海坊主に較べたら、頭一つ違いそうだった。そのくせ小男という感じが微塵《みじん》もしないのは、その凄まじいまでの肉づきが理由である。

とにかく肥えている。現代風にいうならビヤ樽《だる》のような体だった。坂道など、走るより転がった方が早いのではないかと思わせる肉の厚みだった。そのくせ脂肪質ではない。肥っているのは筋肉のためなのである。首の太さといい、胸板の厚みといい、常人の数倍はあろうか。腕の太さも女の腿《もも》なみだった。槍《やり》で突いてもはね返しそうな恐ろしい筋肉である。

それだけなら別に怪異とは云えまい。

実はその岩のように頑丈を極めた体も顔も、無数の傷痕で覆《おお》われていたのだ。槍傷、刀傷、鉄砲傷。おまけに右眼が失われている。眼帯でも掛ければいいものを、この老人は平然と無残に潰《つぶ》された眼をさらしものにしていた。恐らく十代から、無数の戦場をかけめぐって来たに違いなかった。それだけの重みが、全身にみなぎっている。

この老人がいつ江尻《えじり》の町に姿を現したのか誰も知らない。

早朝、例によって大砲の訓練をしようと、安宅船《あたけぶね》の支度にかかった時、作業を見守っている正綱の前に突然立った。正綱は老人の足音を全《まった》く聞いていない。正に天から降って来たように正綱の前に立った。

「いい船だ」

横柄《おうへい》とも聞こえる喋《しゃべ》り方である。

「お主《ぬし》が長《おさ》か」

「左様」

精々重々しく答えたつもりだが、正綱は明らかに位負《くらいま》けしていた。

「乗ってみたいな」

この老人は簡単に云うのである。充分に日灼《ひや》けしていて、水軍のいくさ人と見えないこともない。だが何故か正綱は、陸《おか》の男だと直観した。

「無理だ」

陸の人間がいきなり安宅船に乗れるものではない。並の帆走をするのとはわけが違う。これは戦闘訓練なのである。縦横に船を操り、大砲をぶっ放すのだ。海に慣れた者でさえ、ちょっと体調を崩していると、忽ち深刻な船酔いにかかる。陸の人間では間違いなく死人同然になるにきまっていた。それでも船は港に帰ることはないし、夕刻まで目一杯訓練にはげむことになる。

「乗せて見れば分る」

強引だった。

「乗るぞ」

一方的に云い捨てると、さっさと船に上りはじめた。図々しいの一語に尽きた。

当然、襟首《えりくび》ひっつかんでも引きおろすべきだった。だが何かが正綱の手を控えさせた。襟首をひっつかんだ途端に、海へ叩きこまれるのはこっちではないか。ちらり、とそんな気がしたのだ。

それにいかにも命令し慣れたような態度が、若い正綱を畏怖《いふ》させたことも確かである。

火薬の積み込みを指揮していた海坊主がのそりと近づいて来て、

「誰ですか、あの男」

嶮《けわ》しい顔で訊《き》いたが、正綱は曖昧《あいまい》に唸《うな》ってみせただけだ。第一、名前も知らないのだから答えようもなかった。

「ま、いいじゃないか」

そんないい加減なことしか云えぬ自分が、我ながら奇妙だった。

船が沖に出ても老人は一向に酔った様子を見せない。子供のように嬉しそうに、海を眺め、空を眺めていた。

「老人。お主《ぬし》、水軍の出か」

正綱が近よって訊くと、

「船に乗ったのは今日が初めてだ」

無造作にそう答えた。開いた口が塞《ふさ》がらなかった。それにしては頑丈なものだった。かしぐ甲板《かんぱん》の上を平然と歩いてみせた。生れつき余程《よほど》適性があるとしか考えられない。

「老人、名は？」

じろりとこっちを見た。そちらから名乗るのが礼儀だろう。その目はそう云っている。勝手に乗込んでおいて礼儀もないものである。それでも正綱は、

「わしは向井正綱」

いまいましいが、一応名乗りを上げた。

「本多《ほんだ》作左衛門《さくざえもん》重次《しげつぐ》」

それが老人の返事だった。正綱は瞠目《どうもく》した。

本多作左衛門重次といえば『鬼の作左』の異名でこのあたりでは聞こえた名前だった。なにしろ遠い昔から、駿・遠・三の地域を駆けめぐって、合戦という合戦を戦って来た男なのである。享禄二年（一五二九）に生れ、松平広忠、徳川家康父子二代に仕《つか》え、この二人が戦った合戦のほとんどすべてに参加している。功名手柄も数知れないが、受けた傷も数しれない。とにかく気性が激しく、年譜に、

『性剛邁《ごうまい》ニシテ怒オホシ』

と書かれたほどだ。よほど怒りっぽかったと見える。

この男の気力の激しさを物語る挿話がある。家康が織田信長の手先のような同盟軍だった頃、陣内で家康の家臣と信長の家臣が争論したことがある。それぞれの云い分に理があり、にわかに結着つけがたく、遂に争いは信長のところまでいってしまった。信長は争論などという無用な軋轢《あつれき》を嫌う。即座に乱暴極まる決定を下した。双方代表者を一人ずつ出し、八幡宮の神前で鉄火《てつか》、つまり火で焼いた鉄片を握れ、というのだ。火傷《やけど》しない方の理屈を勝ちとせよ。無茶苦茶な話である。焼けた鉄を握って火傷しない人間がいるわけがない。結局双

方ともに火傷し、争論などというものの空《むな》しさを知るだろう、ということだったのであろうか。家康はこの代表に作左衛門を選《えら》んだ。いよいよ勝負となり、伊賀八幡宮の神前で、二人の代表者は同時に真赤に焼けた鉄片を握った。即座に棄てて掌を判定人に差出す。織田方代表の掌が焼けただれているのに対して、驚くべきことに作左衛門の掌には傷一つなかったと云う。

格別の仕掛けがあったわけではない。火傷をまぬがれる秘術があったわけでもない。ただ山岳修験者たちの言を信じれば、気力横溢《おういつ》した者は奇蹟のように傷を負わないと云う。本多作左衛門の凄まじい気力が、この奇蹟を生んだと考えてはいけないか。とにかくこれで争論は徳川方の勝利に帰した。合理主義者信長はさぞかし呆《あき》れ返ったことだろうと思うが、家康は深く感ずるところがあったと云う。

それにしても本多作左衛門といえば徳川家の家臣である。武田方にとっては明々白々たる敵だ。それが供もつれずたった一人、武田水軍の船に乗り込んで来るとはどういう了簡《りょうけん》か。大胆というより無謀ではないか。まるで殺されに来たようなものである。

正綱がそう云うと、呆れたことにこの老人は茶色に汚れた歯を見せて笑った。

「かたいことを云いなさんな」

気紛《きまぐ》れな老人が大きな船に乗ってみたいと思っただけのことである。こんないい日和《ひより》に敵も味方もないではないか。のんびりゆこう、のんびり。

確かに絶好の船日和だった。空気は冷たかったが、波は穏やかで、適度な風がある。水平線に巨大な白雲が湧き、船は軽《かろ》やかに走っていた。敵の味方のと尻《けつ》の穴の狭いことを云いたてるにしては、壮大な光景でありすぎた。

「いいでしょう。今日のところはただの風来坊ということにしておきましょう」

作左衛門が文句をつけた。

「わしは風より雲の方が好きだ。雲を見ていると心が昂《たか》ぶって来る」

芯から気持よさそうに、雲の峰に向って目を細めてみせた。なんともおかしな爺さまだった。

「お前さんも雲が好きだろう」

質問ではなく断定だった。

「好きですよ」

「そうだと思った。眉《まゆ》の間が広い。心の広い証拠だよ」

感心したように首を振り、

「海賊奉行向井正綱か。悪くない」

「海賊奉行は小浜景隆さまですよ。わしではない」

だが正綱は、その海賊奉行小浜景隆が、連日連夜酒に溺れ、急速に覇気《はき》を失って来ているのを知っていた。先ゆきの希望のなさがこの堕落を呼ぶのである。武田水軍はまるで台風の目のように、周囲の慌《あわ》ただしい戦乱からとり残され、一見平穏無事の毎日を送ってはいるが、肝心の主家武田家が滅亡寸前にあることを肌で感じていた。武田が滅びればこの清水・江尻の湊は無事にはすまない。北条か徳川か、どちらかに攻められ、どちらかの所領になるにきまっていた。武田水軍の船という船が、碇泊地を失うことになる。その時、船をどこに向けたらいいのか。その悩みが、江尻の船大将たちを酒に駆《か》るのである。決して小浜景隆だけのことではなかった。現にこうやって、日々訓練のため海に出ているのは、向井水軍だけなのである。

〈わしが北条の海賊奉行なら、たった今、江尻を攻める〉

正綱は内心そう思っている。夜半に重須《おむす》を出帆し、隠密行動をとって暗闇の中で江尻を封鎖する。港内に『小早《こばや》』を侵入させ、武田方の船という船に火をつけて廻る。燃え上った頃に夜明けが来る。安宅船から上陸した軍勢は、海上からの猛烈な援護射撃の中を江尻城攻撃にかかる。それで城はひとたまりもなく落ちるだろう。

或《あるい》は船を温存し拿捕《だほ》するつもりなら、港の包囲だけして、いきなり城攻めにかかる。一番に脱出しようとした船を港の入口に沈め、以後の船を封じこめて降伏をすすめる。きかなければ火矢と大砲を射ちこむことになるが、そこまでには至るまい。武田の船大将は確実に降服する筈だった。船は水軍の生命である。船を失うことに較べれば、降将の屈辱などさしたることではない。

要するに、正綱が重須港奇襲でやったことを、もっと大がかりにやればいいのである。それが出来るだけの兵力を、北条水軍は持っていた。

北条方が一向にそんな動きを見せないのはたかを括《くく》っているためだ。いくさなどしなくても、やがて江尻の湊は、いやでも自分たちの物になる、と計算しているからだ。主家が滅びれば水軍はゆくところがない。故郷に港を持っているならそこへ帰ればいいのだが、伊勢水軍を見捨てて出て来た、小浜・向井の船団には帰るべき港がない。岡部・伊丹の両水軍は元々この港が根拠地である。唯一間宮兄弟の船団だけが伊豆に帰るべき港を持っていた。

間宮兄弟が他の船大将を必死に説得して、北条への服従を決意させるだろう。北条方はそう読んでいた。事実、間宮兄弟は既に北条方と復帰の条件まできめ、小浜・伊丹両水軍の切崩しにかかっている。岡部水軍は今川以来のこの土地の生え抜きであり、武田信玄の厚遇を受けたため、俄《にわ》かに主家を棄てる決心がついていない。だから説得は後廻しになった。向井水軍に至っては、肝心の船大将がまだ餓鬼《がき》である。改めて説得などしなくても、小浜景隆さえ承知すれば、いやでも後に尾《つ》いてくる筈だった。

正綱はそうした動きを、海坊主の報告で逐一《ちくいち》知っている。軽く見られたものだ、という怒りはこの男にはない。自分が経験に乏しい若輩にすぎないことは、誰よりも正綱自身がよく知っているからだ。この男の頭には向井水軍の人々の生活のことしかない。百人の水夫《かこ》とその家族たち、五十人に欠ける行き所のないいくさ人たち。その人々のこれからの生活が自分一人の肩にかかっていることを、正綱は痛いほど感じている。これらの人々の生活の安定と、出来ればほんのちょっぴりの向上。そして向井水軍衆であると胸を張って云うことの出来る誇り。それだけが正綱の関心事だった。そのために果して北条水軍につくことが望ましいかどうか。こうして海上に出ていてさえ、その思案は片時《かたとき》も正綱の頭から離れてくれないのだ。

「やめておけ」

ずけりと作左衛門が云った。

「え？」

こういう時、正綱は本当に子供のように見える。ぽかんと口を開けて不審そうに見返すのである。船大将の重みなど薬にしたくもない。無邪気で虚心な子供に等しい。

「小浜景隆を海賊奉行などと云うな。あの男は腐っている。腐った魚だ」

非道《ひど》いことを云う。だが関わりのない人間から見たら、そう云われても仕方のない部分が景隆にもある。

「そんなことは……」

ありませんと云おうとしたのだが、作左衛門は右手を鋭く振って、後の言葉を続けさせなかった。まるで抜き討ちのような鋭く迅《はや》い腕の動きだった。

「今、江尻で海賊奉行の力を持っているのはお主《ぬし》だ。向井正綱ただ一人だ。誤《ご》魔化《まか》してはいかん」

「そんな……」

無茶苦茶なことを云う爺さまである。確かに安宅船一艘を加えることによって、向井水軍の戦力は大幅に増大したが、だからと云って思い上れるほどの力ではない。大砲四門を積みこんだ安宅船一艘と関船《せきぶね》五艘。それは数の上では小浜景隆の戦力を上廻るかもしれないが、肝心の人間が不足していた。といってこんな非常の時に、新たに水夫をつのるわけにはいかない。いくさ人に至っては、今の五十人さえ辛《かろ》うじてかき集めた人数である。滅びゆく武田水軍のために、死を覚悟で力を貸してくれるいくさ人がこれ以上みつかるわけがなかった。

「試みに江尻の水軍同士で戦ったらどうなる。間宮兄弟の関船十五艘、小浜景隆の安宅船一艘と小早十五艘。これが敵だ。そのかわり岡部忠兵衛の遺児は、お主につくだろう。十二艘の関船が味方につく。これでお主の戦力は安宅船一艘と関船十七艘」

岡部忠兵衛の遺児が異常なほど正綱を慕《した》っているのは事実である。駿河《するが》湾海戦の勝利が大きな理由だが、それよりも年齢が自分に近いためではないか、と正綱は睨《にら》んでいた。小浜景隆も間宮兄弟も、岡部の遺児を小僧子《こぞうつこ》扱いにして、顎《あご》で使っているようなところがあって、岡部の息子はひどく傷つけられた思いを抱いているのだ。いざという時に、この少年が正綱につくことは確実だが、問題はその戦力だった。少年の船大将に十二艘の関船がどれだけ操れるか全く不明なのだ。

「伊丹大隅は動くまいな。最後まで様子を見て、勝つときまった側につくだろう」

これも伊丹大隅守の優柔不断な性格を見抜いた正確な判断だった。伊丹水軍の関船五艘は最後の切札として、海戦に参加することなく、温存されるにきまっている。
「どうだ。それでも負けると思うか」
まるでけしかけてでもいるかのように、作左衛門が迫った。確かに負けると
は思わない。人手こそ不足だが、絶え間のない訓練で、向井水軍の水夫たちは
一人で何役もこなせるように成長している。一人一人が帆も操れれば櫓《ろ》も漕《こ》げ
る。舵《かじ》もとれれば、大砲まで射《う》てるのである。こんな優秀な水夫たちは、絶対
に他の水軍にはいない。それだけの自信はあった。
「海の機嫌によります」
正綱はぽつんと云った。その通りである。海戦の帰趨《きすう》をきめるのは所詮《しょせん》海で
ある。断じて兵力ではない。海が味方してくれた者は勝ち、海に逆《さか》った者は負
ける。駿河湾海戦で正綱はそのことをいやというほど思い知らされていた。あ
の時の海がおだやかな凪《なぎ》の海だったら、向井水軍はとうに消滅していた筈であ
る。恐らく一人も残すことなく、海底の藻屑《もくず》と化していたにきまっていた。
作左衛門が大きな口を開けて笑った。そこかしこ歯が抜けて、空洞のような

口だ。

「何をぬかすか。海はお主の味方ではないか」

「冗談じゃ……」

「冗談じゃないさ。間違いなく海はお主の味方だ。お主は海の申し子だ」

強力な暗示にかけるような物言いだった。正綱は体をくねらせるようにしてもがき、ようやくこの言葉の魔力から脱《のが》れた。

「海は海です。誰の味方でもない。誰の敵でもない。非情でとてつもなく気ままな生き物なんです」

「よいかな、その言」

作左衛門がどすんと正綱の肩を叩いた。とても老人とは思えない馬鹿力に、肩が一瞬しびれた。

正綱はこの老人にいいようにあしらわれているような気がして愉快でなかった。作左衛門を置き去りにして、大砲の方へ歩きだした。そろそろ標的射撃の訓練をはじめる時間でもあった。

「海賊奉行は怒らない」

老人は平然と肩を並べて来てそう云う。もっとも現実に肩が並んだわけではない。作左衛門の肩は正綱の腕のつけ根あたりにしかなかった。

正綱はうんざりした。

「怒ってなんかいませんよ」

と云ったのは老人に対する儀礼からだけだ。もう沢山だった。爺さま相手のお喋《しゃべ》りをするために、海に出て来たわけではない。

「標的《まと》を落せえ」

それ以上のお喋りを封ずるように、正綱は精一杯声を張って喚《わめ》いた。

「充分に間隔をとれよオ」

舷側から一つ又一つと口をとざした蛸壺《たこつぼ》のような甕《かめ》が落されてゆく。甕の中は火薬だ。上に小さな旗印がついている。大砲の弾丸が当れば爆発する仕組になっているのだが、大砲相手にこんな小さな標的を使うのは元々無茶である。波間に漂《ただよ》う小旗をみつけ出すことさえ、距離によっては至難《しなん》のわざなのである。その無茶を百も承知で訓練を続けて来たお蔭《かげ》で、この安宅船の砲手たち、特に弥助は、海さえ穏やかなら、十発のうち六発は正確にこの微小な標的にどでかい大砲の弾丸を当てられるようになっている。恐ろしい腕といえた。標的を撒《ま》き終り、充分の距離をとると、すぐ砲撃の訓練がはじまった。今日は目一杯離れて、ほとんどぎりぎりの地点からの遠距離射撃である。馬鹿が。あんなところから射ちよって。当るわけがないではないか。敵がそう思い、こちらの臆病を嘲笑《あざわら》った……正にその瞬間に、船のど真中に砲弾が落下したらどうなるか。衝撃の大きさに、相手は緒戦から戦意を喪失してしまうにきまっていた。戦わずして勝敗は明らかになるだろう。それが正綱の狙いだった。

さすがにこの射撃は難かしかった。弥助のような名手が射ってさえ、十発のうち精々一発当ればいい方だった。

「せめて三発は当てろ」

正綱は無理を承知でいう。訓練の一発は、実戦では零ということになりかねない。三発なら、一発は当るだろう。弥助は歯をくいしばって、波間に一点のしみとしか見えない小旗を狙った。慎重に引綱を引いた。

だーん。

大砲が火を吹き、同時にひどい勢いで後退する。別の水夫が砲身を掃除し次の弾丸《たま》ごめに入るが、弥助の眼は海上の一点を見つめたままだ。

がーん。

命中だった。甕が爆発し煙が上る。

「やんや、やんや、やんや」

振返ると作左衛門が白扇を拡げて大仰《おおぎよう》に囃《はや》したてている。皆、初めて見る老人の派手やかな振舞いに、怪訝《けげん》そうに眉を寄せた。正綱は辟易《へきえき》した。その気持も知らず、作左衛門は弥助をほめ上げるのである。

「見事だ。いやア見事だ。天下一の大砲射ちだ」

「御老人。少し静かにして貰えぬか。訓練中だ」

たまりかねて正綱が云った。

「すまぬ」

作左衛門は慌てふためいて、ぺこりと頭を下げた。

「いやア、あまりの見事さに我を忘れたのだよ。素晴しい。いや、まったく素晴しい。わしは心底《しんそこ》惚れたぞ。こうなったら、どうあっても欲しい。どうあってもだ！」

作左衛門の言葉に嘘はなさそうだった。その証拠に顔に真赧《まつか》に血が上っている。大きなひしゃげた鼻の先が、てらてら光っている。

だが吐かれた言葉は重大である。作左衛門は今、「どうあっても欲しい」と云ったのだ。この向井水軍を欲しい、と喚いたのである。

「続けろ。三発だぞ、三発」

正綱は弥助たちに指を三本立てて見せると、作左衛門を拉致《らち》するようにして、声の届かぬ舷側まで連れていった。

「説明していただきましょう。雲を見に来ただけじゃないんでしょう」

「聞こえたか」

作左衛門はちょっとずるそうに正綱の顔を窺《うかが》った。勿論《もちろん》、擬態《ぎたい》である。なんとも喰えない老人であることに、正綱はようやく気がついた。

「聞こえるように云ったくせに」

「そこまで見抜いたか。どうして馬鹿ではないな」

「御老人！」

「怒らぬと云っただろ」

作左衛門は抑《おさ》えるように両手を上げた。

正綱は溜息をついた。老人の話したいように話させるしかなかった。それに話の方向は大方判るような気がした。

果して作左衛門は云った。

「浜松へ来ぬか、向井。殿へはわしが推挙する。浜松へ来て、徳川水軍の主軸になってくれ。頼む。確かに今のところ、徳川水軍などたかの知れたものだ。なきに等しい。だからこそお主に来て貰いたいのだ。人はいくらでも集める。水夫でもいくさ人でも、いくらでもだ。船も作るぞ。安宅船でも関船でも、お主のいう通り造らせる」

正綱は苦笑した。泥の舟ではあるまいし、安宅船一艘を造るには千両近い金がかかる。しかも水軍に縁の薄い徳川家に、船造りの技術があるわけがない。伊勢あたりに注文を出すしかないが、そうすれば余計金がかかる。しかも徳川家は織田信長の先鋒として、ここ数年、合戦につぐ合戦である。戦争が莫大な金を喰うのは、今も昔も変らない。元々蓄財のない徳川家に余分の金はない筈だった。

だが人間を集めること、これは出来るかもしれない。落ち目の武田家に対して、徳川家は旭日昇天《きょくじつしょうてん》の勢いにある織田信長の同盟軍である。しかもあまたの合戦を通じて、武将としての家康の声価はかなり上って来ている。家康は降服した敵兵を、ほとんど無際限に自分の家臣団に加え、決して依怙《えこ》の沙汰《さた》をしないことで有名である。主君としてこれ以上仕え甲斐のある男はいない。だから人を集めることが出来る。そして今、正綱が欲しいのはその人だった。充分の水夫と、充分のいくさ人を揃《そろ》えることが出来れば、向井水軍はそれこそ北条水軍さえ悩ますような強力な力になれる。自信をもってそう云いきることが出来る。正綱の胸が騒いだ。だが……。

海坊主の背にぶらさがった、父正重の蒼黒《あおぐろ》い首が一瞬正綱の眼前を掠《かす》めた。父ばかりではない。向井一族は、正綱一人を残して、悉《ことごと》くこの徳川軍団に攻められて討死しているのだ。徳川家は恨み重なる敵なのである。

「御老人」

正綱の声は苦渋《くじゅう》にしわがれていた。

「お志《こころざし》は有難いが、われら向井一族、悉《ことごと》く徳川殿との合戦にて死んでおります。全滅といっていい」

語尾が僅かに震えた。

これだけ云えば諦《あきら》める筈だった。常識で考えればそうなる。だが本多作左衛門は、常識で計れる相手ではなかった。

「下らぬことを云うなッ」

逆に目を三角にして怒った。それも、射撃訓練中の水夫たちが、仰天《ぎょうてん》して振返ったほどの大声だった。

「生死興亡は戦国の常だ。生きるといい死ぬといい、いずれも皮一枚。所詮は運一つだ」

それはそうかもしれないが……。

「攻めるといい、攻められるといい、すべて時の勢いだ。成行きだよ。愛憎とは何のかかわりもないッ」

これも正論である。だが、生き残った者にとっては、成行きだとすましていられる問題ではなかろう。

「むしろ、お主はそれほど徳川家と縁が深いということではないか。そうだろうが。一族悉く死に絶えて、その力でお主を徳川家に仕えさせようとしているのだ。徒《あだ》やおろそかに思ってはならぬ」

正綱は又もや、ぽかんと口を開けてしまった。こんな手前勝手な理屈は聞いたことがない。そのくせ奇妙にずしりと重く胸にこたえた。

「浜松に来い。わしと一緒に徳川水軍を作ろう。武田はもう半年ともたぬ。やがて織田・徳川連合軍の甲斐総攻めが始るのだ。そうなる前に抜けろ。それが皆の者のためだ」

作左衛門はぐるりと腕を廻して弥助たちを示した。

がーんと頭が鳴った。不思議だった。武田家が早晩《そうばん》滅びることは周知のことだった。江尻の者でそれを疑っている者は一人もいまい。正綱だってそんなことは百も承知だった筈だ。それが、今、改めてこの敵方の老将の口から聞くと、急激に凄まじい現実感を伴って正綱に衝撃を与えたのである。今までは絵《え》空事《そらごと》と思っていたことが、突然なまなましい現実となって眼前に迫って来たのである。

「総攻めですって？」

無意識に繰り返した。

「そうだ。ここ一月か二月の間だ。信長殿は西国の平定を急いでいられる。それには先ず甲斐を鎮《しず》めねばならぬ。だからやる。あのお方はやらねばならぬことは必ずやる」

作左衛門の言葉に力が入った。

「どうだ、それで。来るか、来ぬか？」

急に信長並みの短兵急になって促《うなが》した。

正綱は、自分がほとんど無意識に、首を横に振っているのを感じた。

「いやだと云うのか！」

破《わ》れ鐘のような声だ、とぼんやり思った。

「いやじゃありませんよ」

声に乱れがないのが不思議だった。正綱はまだ常態に戻っていないのである。

「でも武田家が滅びてからのことです。わしは、わしの父も一族も、武田の家臣です」

「違うな」

作左衛門の声は意外に穏やかだった。

「お主は誰の家臣でもない。たって云うなら海の家来か」

正綱は気が抜けたように遠い雲を見た。

〈海の家来か。悪くないな〉

ぼんやりとそう思った。

だーん。

弥助がまた一発発射した。遠くで甕の爆発する音がする。命中だった。

天正九年の冬が漸《ようや》く暮れようとしていた。

滅亡

織田信長が甲斐《かい》総攻めの諸将の配置を決定したのは、天正十年二月三日と云われている。本多作左衛門の言葉は正確だったということになる。この時の陣ぎめで、信長は嫡子《ちゃくし》信忠と共に美濃から、徳川家康は駿河から、北条氏政は関東から、金森長近は飛驒から甲斐に進撃を開始することにきまった。織田信忠が先陣として岐阜を発したのは、同月十二日である。徳川家康は同じく十八日、浜松城を出て、駿河口から甲斐に入った。武田総攻めの幕が切って落されたのである。

だがこの総攻めは、期待されたような華々しい合戦もなく、急速に幕が降されることになった。武田軍団の諸将は、とうの昔に勝頼を見限っていたのである。あっけない降服と裏切りが続出し、勝頼は田野《たの》の地でわびしく自殺し、武田家はここに滅亡した。三月十一日のことである。総攻めが始って一月も経《た》っていなかった。

三月二十九日、信長は諸将に恩賞を行い、家康には駿河の国一国を与えた。清水・江尻の地はこの日をもって徳川の領国になった。

武田水軍は、勝頼の自殺を三日の後に知った。

海賊奉行小浜景隆以下船大将の全員が、江尻城に集合したのはその夜のことである。

今後の去就を決定するのが目的だったのは当然のことだ。

口を切ったのは間宮武兵衛である。この武兵衛と造酒丞《みきのじょう》兄弟がもともと北条水軍の船大将であることは既に述べた。父は北条二十将衆の一人間宮豊前守康俊であり、当時神奈川城主だったし、兄は南伊豆の妻良《めら》・子浦を基地とする船大将間宮康信である。北条水軍中の名門といえた。

武田家から千五百貫文の知行を得ていたが、恩賞ずくで武田に仕えたわけではない。元亀元年の信玄による伊豆侵攻の前に敗れ、降服したのである。これは陸地の戦いであり、海戦ではない。船大将としての敗北ではないのである。だからこの兄弟は、大威張りで伊豆に帰ることが出来た。すぐさまもとの港に帰ることは出来なくても、長兄のいる妻良の港にでも入れば、一身の安全は保障される。実は既に北条方との連絡もとれ、暗黙の承諾も得ていたのである。残余の武田水軍をつれてゆけば、その分が手柄になる。これは今後の処遇にかかわる大事だった。だから口をきわめて北条方に降る有利さを説いた。

正綱は始終無言だった。理由は簡単である。間宮兄弟がなんと云おうと、向井水軍だけは北条に降ることは出来ないのだ。降れば安宅船を取り上げられることになる。元々は北条の船なのだから、当り前と云えば当り前なのだが、それでは向井水軍は成り立たない。

正綱がこの席で聞きたいことはたった一つだった。間宮兄弟がこの安宅船を北条方へもってゆく気でいるかどうかだ。北条方からそういう条件が出ている可能性は充分ある。だから正綱はこの評定に出る前に、海坊主にすべての水夫といくさ人を集合させ、安宅船と五艘の関船にあるったけの食糧とあるったけの武器弾薬を積ませ、沖に出るように命じて来た。奇襲を警戒したのである。それは陸から来るかも知れず、正々堂々と海から来るかも知れなかった。

間宮武兵衛の饒舌《じょうぜつ》は、いつ果てるともなく続いた。異常だった。単に諸将を北条水軍に誘うためなら、これほど喋りまくる必要はない。一人一人に対して、端的に覚悟のほどを聞けばすむ。饒舌は何かを待って、時を引きのばすために相違ないと一同が悟った時、間宮の家臣が来て何事かを造酒丞に耳うちした。造酒丞はじろりと正綱を見、兄に耳うちした。

「本当か」

武兵衛は顔色を変えている。造酒丞がうなずき、今度は兄弟揃って正綱を睨んだ。

「向井」

武兵衛が呼びかけた。

「お主の船団がすべて港を出ていったと云うが誠《まこと》か」

矢張りそうだった。正綱は疑問に対する答を得た。兄弟に向ってゆっくりうなずいた。

「何故だ？」

苛《いら》だったように武兵衛が畳みかけて来た。馬鹿な質問だった。答えるかわりに正綱は云った。

「充分のいくさ支度をしています。そのつもりでおかかり下さい」

あからさまな挑戦の言葉である。兄弟が色を失った。

「な、何故だ？　何故そんなことを……」

これも馬鹿な質問である。

「手前の家族、水夫どもの家族、すべて乗っています。今、陸《おか》にいる向井水軍は手前一人です。二刻たって手前が船にゆかねば、港とこの城を砲撃し始めます」

今度こそ一座が沸《わ》き返った。対岸の火事ではすまなくなったのである。

「向井」

小浜景隆が甲高《かんだか》い声で云った。

「一体何のための用心だ？」

「間宮殿にお訊き下さい。ご兄弟配下の方々は今、船溜りと手前の屋敷うちをうろうろしている筈です。勿論、いくさ支度でです。そうでしょう、間宮殿」

正綱の声が鞭《むち》の鋭さに変った。

兄弟の顔が赤くなり蒼くなった。

「まことか、間宮」

景隆が吼《ほ》えた。さすがに怒っている。

「し、しかし……向井の安宅船は元々北条のものです。北条を頼るとすれば返すのは当然の話で……」

しどろもどろの答弁だった。

「それで評定の前に安宅を取り返そうとしたのか」

温厚な伊丹大隅まで怒りに顔色が変っている。

「わしらはまだ北条に降るとは決めておらんのだぞ」

「しかし、それよりほかに法がありますまい。ことわれば北条水軍は江尻を叩く」

「そんなことがあるわけがありません」

岡部忠兵衛の息子が少年らしいきんきん声で叫んだ。

「駿河は徳川殿の御領地になったそうです。北条は徳川殿と戦うつもりですか。織田さまの軍団がまだ甲斐にいるというのに」

信長は武田家滅亡のために一兵も失っていない。その兵をそのまま南下させて北条を叩くことも出来ない相談ではなかった。従ってこの時点で北条氏政がそんな危険を冒《おか》すわけがない。

「徳川か」

景隆が呟《つぶや》いた。

「向井。お主のもとへ本多作左が来たそうだな」

さすがは海賊奉行だった。そのくらいの情報は握っていたらしい。もっとも正綱は、作左衛門の来訪を別に隠しだてしてはいない。

「昨年の暮のことです。徳川水軍の要《かなめ》になってくれと……その時はことわりました。わしは武田の家臣でしたから。しかし、今になると……」

正綱は黙った。実のところ、まだ徳川方につく気になっていたわけではない。

「本多作左という男、噂ほどの男か」

これは伊丹大隅である。

「なんともおかしげな爺さまですが……」

あの活力ではち切れそうな、丈《たけ》こそ低いがでかい体が忽ち眼前に彷彿《ほうふつ》とした。

「浜松に来い。わしと一緒に徳川水軍を作ろう」

声まで聞こえて来る。

「お主は誰の家臣でもない。たって云うなら海の家来か」

そうか。海の家来か！

豁然《かつぜん》と眼が開けた。

そうだよ。海人は海の家来だ！　陸《おか》の主君など仮初《かりそめ》のものに過ぎない。真の主君は海と決まっている。ならば仮初の主君の方も、海の都合によって選ぶのが本当ではないか。嘘でも船はいくらでも作ると云い、水夫もいくさ人も用意すると云う徳川家の方が、安宅船をとり上げようとする北条より、何倍も望ましい仮初の主君であるに決まっている。

迷いが一瞬に消えた。

徳川家につこう。はっきりそう決心した。

〈許して下さいますね、父上〉

父正重と義兄の政勝の顔が浮んだ。二人とも微笑《わら》っていた。

「おかしげな爺さまですが……どうした？」

伊丹大隅の声が聞こえた。

正綱はきっぱりと云った。

「一緒に戦い、一緒に死ぬには、仲々いい男かと思います」

一瞬、一座がしんとなった。

「それほどの男か」

小浜景隆が云った。

「待ってくれ、御一同」

と間宮武兵衛が喚くのと、

「岡部水軍は向井殿に従います」

と岡部の息子が云ったのが全く同時だった。

「死にたいのか、お主」

間宮武兵衛は少年をはたと睨み、恫喝《どうかつ》した。

「徳川水軍など、北条の前ではひとたまりもないぞ」

少年の返答は果敢だった。

「わしは向井殿と一緒ならいつでも死にます」

正綱は当惑したと云っていい。ひどく重たい物を、いきなりずしりと手渡されたような感じだった。

「それは……」

云いかけてやめた。

この少年も海の家来なんだ。そう思った。海で生き、海で死ぬ海人の一族なんだ。そう云っているだけなんだ。

正綱は黙って頭を下げた。

いいだろう。一緒に戦い、一緒に死のうじゃないか。そう云っているつもりだった。

間宮武兵衛は一瞬絶句した。恐ろしいものを見るように少年を見、正綱を見た。

安宅船一艘、関船五艘。そこへ今十二艘の関船が加わったことになる。関船の数は併《あわ》せて十七艘になる。これは堂々たる戦力だった。特にこの安宅船は四門の大砲を積んでいるのだ。

今や向井水軍の実力は、この江尻の湊で最大のものになった。間宮兄弟の関船十五艘など最早《もはや》ものの数でもない。仮りに小浜景隆の安宅船一艘と伊丹大隅の関船五艘を入れてもほぼ互角というところだろうか。しかも向井水軍の射撃術は神わざに近いと、江尻の湊ではもっぱらの噂だった。安宅船を手に入れてから二年の訓練は、立派にその成果をあげていた。

とんでもない成行きになった。向井の安宅船をとり上げるどころの話ではない。間宮水軍が、生きて江尻の湊を出れるか出れないかの問題になってしまった。何しろ港の外には、その安宅船が四門の大砲の砲口を開いて待ち構えているのである。十五艘の関船も港を出る時は一艘ずつだ。そこへ噂通り正確な大砲の弾丸が飛んで来たら、間宮水軍は一発も射ち返すことも出来ず、全滅するだろう。

兄弟ともに蒼白になり、同時に火のついたように喋りだした。

小浜景隆がそれを遮《さえぎ》った。

「お主たちには、徳川につく気は全くないのだな」

咽喉《のど》もとに匕首《あいくち》をつきつけられたような感じだった。辛《かろ》うじて云った。

「ない」

「では下って貰おうか。わしらは徳川につく条件について語り合わねばならぬ。そうだな？」

最後の言葉は伊丹大隅守に向けられた言葉である。大隅が黙ってうなずいた。

間宮兄弟はすぐには立てなかった。明らかに城から追い出されたのである。それは江尻の湊から追い出されたのと同じだった。

すぐ港を脱出しなければならぬ。そうしなければ、兄弟の十五艘の関船は力ずくでとり上げられるかもしれぬ。彼等が正綱の安宅船をそうしようとした通りに、だ。それは徳川家への恰好《かっこう》の贈り物となる筈である。

だが脱出したくても、港外には向井水軍がいる。その四門の大砲がいる。

「永年の友誼《ゆうぎ》に免じ……」

景隆が正綱に云った。

「間宮兄弟が港を出、伊豆に向うことを見逃してやって貰えぬだろうか。どうかな、向井殿」

景隆が正綱を『殿』などと呼んだのは、これが初めてである。一座の者はこの時、海賊奉行の交替をはっきりと感じた。

「いいでしょう」

若き海賊奉行は言下に云った。いかにも新しい海賊奉行らしい爽《さわ》やかさだった。

「一走り、沖まで行って来なければなりませんが……」

「談合は帰られてからに致そう」

これできまりだった。

初戦

『原本信長記』『当代記』等によれば、織田信長はこの四月三日、陣中に到った勅使万里小路《までのこうじ》充房《みつふさ》を通じて東国平定の旨を上奏し、安土《あづち》への帰路についたと云う。四月十三日には江尻に到り、ここで一泊している。この記録はそのまま、武田水軍がこの一ヵ月の間に、徳川方に帰属したことを示している。帰属不明の旧武田水軍の城に、信長が泊る筈もないし、家康も泊らせるわけがない。この頃、江尻城には既に本多作左衛門が入っていたと思われる。

武田の滅亡によって、関東・甲・信の地には漸《ようや》く平和が訪れたかに見えた。だがそれも僅か二ヵ月足らずのことだった。この年の六月二日、京本能寺において信長は明智光秀の凶刃《きょうじん》に斃《たお》れたからである。折から信長の招きにより穴山信君と共に堺《さかい》に遊んでいた徳川家康は、後年『伊賀越えの大難』といわれる苦難の道を辿《たど》って伊勢白子《しろこ》に到り、伊勢大湊《おおみなと》の船奉行吉川平助に助けられて、からくも帰国することが出来た。別途を辿った穴山信君は土寇《どこう》の手にかかって無残に死んだ。

関東と甲斐は再度戦乱の巷《ちまた》と化した。北条氏政、徳川家康、滝川一益が三つ巴《どもえ》になってこの地を争ったのである。一益が最初に脱落し、北条対徳川の戦いになった。北条氏直と家康が甲州新府の地で八十日間にわたる長い対峙《たいじ》を行ったことは、史上余りにも有名である。

この時期、家康は三方で北条と戦っている。一つが信濃から南下して来た、この氏直の大軍、一つが都留《つる》郡を経て黒駒に出て家康の後方を攪乱《かくらん》しようとする北条氏忠の一軍、そして最後が伊豆、駿河の国境に出没する韮山《にらやま》城主北条氏《うじ》規《のり》の軍勢である。黒駒方面は幸いにして鳥居元忠、水野勝成、三宅康貞、松平清宗、内藤信成の諸将が力を集めて反撃し、遂に八月十二日にこれを破り、潰《かい》走《そう》せしめた。そして伊豆の氏規に向ったのは老将本多作左衛門重次だった。

作左衛門はこの時、江尻城から沼津城に移っている。韮山城とは指呼《しこ》の間《かん》である。この移動に伴って、向井水軍もまた沼津の港に移った。狩野川の河口を使った港で、江尻ほどの良港ではないが、沼津城を守るためにはやむをえなかった。正綱は岡部水軍の関船十二艘を伴って沼津へいった。

作左衛門は約束を守り、直ちに正綱に水夫といくさ人を補充してくれたが、僅か四月あまりではいくさ人はまだしも、水夫の訓練は不充分である。まだまだ旧向井水軍の水夫だけが頼みの綱だった。これでは数の上で圧倒的に優勢な北条水軍と戦うのは不安だった。それが岡部水軍を連れて来た理由である。

北条水軍が出動すれば、岡部の船大将である少年にとっては、初陣になる。苛烈《かれつ》な闘いが予想されるだけに、正綱の胸は痛んだ。だが海で生きてゆく以上、これは乗り越えなければならぬ試練である。少年は己の運を、己が海にどれほど愛されているかを、身をもって確かめるしかない。

正綱は常識に逆って、安宅船を港の外に置いた。関船五艘と共にである。船溜りには、残りの関船十二艘を入れ、これを日毎交替させた。これは北条水軍の奇襲に備えたものだ。船が河口を一艘ずつ出て来る間に、潰滅的な打撃を受けることもありうるのだ。特に多数の安宅船を持ち、砲撃に慣れた北条水軍相手ではその恐れが強い。

沼津へ移る前から大砲の移動訓練をみっちりやった。そのくせ射撃訓練はぴたりとやめてしまった。正綱は向井水軍の射程距離を敵につかまれるのを極度に警戒したのである。正綱の胸には、ひそかな成算があった。絶え間のない訓練と、火薬量の研究によって、自分たちの大砲の射程距離が北条方を遥《はる》かに上廻るという確信である。それが確実なら、そして実戦でも訓練通りの射撃が出来るのなら、味方の砲弾は敵の砲弾の届かぬ距離から、敵を打ちくだくことが出来る。それこそ海戦でいう『先《せん》をつかむ』ということである。そして『先をつかむ』には、この布陣しか考えられなかった。

この布陣にとって恐ろしいのは嵐である。嵐が来たら最後、港外の船は必死に遥か沖合に逃れ、夜っぴて風雨と戦いながら船を激浪に向って立て続けなければならぬ。船の破損、水夫たちの疲労、どれをとっても致命傷になりかねない。しかも時は旧暦八月。正に台風の季節である。海坊主さえこの布陣に難色を示したのはこのためだった。

だが正綱は海を信じていた。海の自分に対する愛を信じていた。

〈自分の家来を殺すようなことはしないさ〉

それでも天候には充分用心している。雲の動き、波の気配、海鳥の啼《な》き方に僅かでも異変を感じたら即座に申し出るよう、全乗組員に厳しく命じてあった。自分も朝昼夕の見張りを欠かさない。そして北条水軍の攻撃を待った。

北条氏規は氏政の三番目の弟であり、剽悍《ひょうかん》で知られた猛将である。いつまでも睨み合いを続けているわけがなかった。

八月十日の早暁《そうぎょう》。

仮眠していた正綱は、はね起きた。風の音が変っているのに気づいたのである。船体の異常な揺れが眠りを破ったのだ。それは海の与えてくれた警告だった。

甲板にとび出して目を瞠《みは》った。

海の形相《ぎょうそう》が一変している。鉛色の空を映した黯《くろ》い波が船をゆすり、風が恐ろしい迅さで吹き抜けてゆく。

「嵐が来まっせ」

海坊主が口とは裏腹にのんびりと歯をせせりながら近よって来た。素早く朝めしをすませたに違いなかった。

「まだ間があるんじゃないか。風が変るかもしれない」

風については海坊主さえ正綱にかなわない。今は強い東南の風が吹いていた。

「そろそろ港へ入った方がええのと違いますか。どうせ一度には入れませんで」

入港の途中に荒れだすと厄介だ、というのだ。

「いや」

正綱は強く云った。

「それより余分の帆を流す用意をしろ」

これはシー・アンカーである。水面に帆を流して船の動揺を抑えるものだ。

海坊主が目を剝《む》いた。

「北条が来ますかいな。よりによってこないな日に」

「俺なら狙うな。この風に乗れば、あっという間に着く。しけて来る前に叩いてさっと引く。風が変ればしめたものだし、駄目なら櫓を漕ぎに漕ぐ。逃げこむ場所はいくらでもあるんだ」

伊豆半島の西岸はリアス式海岸で無数の入江を持っている。嵐を避けるには恰好だった。

「そうやろか。それだけの度胸……」

海坊主がいい終る間もなく、見張り人の声が響いた。

「船だぞオ」

海坊主がぎょっとなり舷側にとんでいった。正綱は父の愛用した遠眼鏡をぱしっと延ばした。

「ひい、ふう、みい、よう……うわア、とても数え切れねえよオ。北条のいくさ船だア」

そう。正しく北条水軍だった。正綱の遠眼鏡は安宅船五艘、関船三十艘、小早二十艘を数えた。こちらの倍以上の兵力だった。東南の風を帆一杯に受けて、恐ろしい迅さで接近しつつあった。

同時に沼津城の上空に狼火《のろし》が上った。こちらでも攻撃が始ったらしい。海陸双方からの挟撃作戦である。

「戦闘準備」

一声大きく喚くと、

「帆を早く流せ、海坊主」

シー・アンカーの催促をした。この波と風では心もとないが、遠距離射撃を試みてみなければならぬ。それには船の安定が何よりも必要だった。

水夫たちが甲板に砂を撒《ま》いてゆく。血のりで滑らぬ用意である。砲弾を運ぶ者、火薬を運ぶ者。火災に備えて水と火ばたきを配置してゆく者。それでもさほどごった返した感じのないのは日頃の訓練のたまものであろう。

碇《いかり》があげられて船がぐらりと揺れた。

胴丸をつけたいくさ人が走って来た。

「いつでも斬り込めます」

「めしをくっておけ。まだまだ先だ」

いいながら大砲に近づいた。弥助がもう四門とも装塡《そうてん》を終えている。

「どうだ」

「御機嫌でっせ。ま、見てなはれ」

船の揺れも風の強さも、一言も口に出さない。そんな障碍《しょうがい》は当り前だと思っている証拠だった。なんとも頼もしい男だった。正綱は鼻の奥がつんとするのを感じ、慌ててその場を離れた。

狩野川の河口から、関船が一艘また一艘と吐き出されて来る。岡部水軍の関船だった。

〈しっかりやれよ、坊主〉

少年に一言声をかけてやれないのが心残りだった。

沼津城の方を見る。燃えている様子はなく、喊声《かんせい》が聞こえて来た。

〈やってるな、爺さま〉

短躯に鎧《よろい》を窮屈そうに着て、はね廻っている本多作左衛門の姿が浮かんだ。正に頑丈そのもので、こんなものを貫ける如何なる武器もないように見え、正綱は思わずにたりと笑ってしまった。

突然、船の揺れがとまった。海坊主の流した帆が効果を発揮したのだ。

「弥助！」

正綱は喚いた。

「そろそろゆくか」

「ええですよ。もうちょい、もうちょい」

北条水軍は五艘の安宅船を前面に並べて迫って来ていた。関船はその両翼。小早は前面に群がっている。砲撃主体の攻撃であることは明らかだった。

「もうほんのちょい。そや。そこや。ほれ、いてまえ」

弥助が引綱を引いた。

轟然《ごうぜん》と音を立てて砲弾がとび出してゆく。

弥助はその弾着を見ようともしなかった。次々に残り三門の大砲を修正し、引綱を引き続けた。恐ろしい早さだった。待ち構えていた水夫たちが砲身を掃除しだすと、初めて敵船の方を見た。

丁度《ちょうど》初弾が落下してゆくところだった。それは正に正面の安宅船の胴の間を目ざして、まっすぐに落ちていった。

「とどいた！　おい、とどいたぞ」

正綱は弥助の背を思い切りひっぱたいた。

「そら、とどきまんがな。痛いなア」

弥助が口をとがらして文句を云った瞬間、爆発が起った。

中央の安宅船だった。胴の間のど真中で爆発し、同時に火を発した。火焰弾だったのである。

二発目がそれよりも後方に落ちて爆発した。これには無数の鉄片が入っている。殺傷用の砲弾である。火災を鎮めようとしていた水夫たちが、ばたばたと倒れた。

第三弾目ははずれた。二艘目の安宅船の、それでも舷側のすぐそばの海中で爆発した。

四発目はその船の中央で爆発し、船大将をはじめ多くの人々を殺傷した。

「四発中三発や。ほめとくなはれ」

弥助が装塡の終った大砲にかかりながら云った。

「ほめてやるとも」

作左衛門の真赧に上気した顔を思い出した。正綱はさっと軍扇を開き、弥助を煽《あお》ぎながら叫んだ。

「やんや、やんや」

水夫たちがどっと笑った。

「阿呆くさ」

弥助は照れ臭そうに呟き、引綱を引いた。

向井水軍の先制攻撃は絶大な効果を発揮した。北条水軍は瞬《また》く間に安宅船二艘、関船三艘を失い、慌てふためいて遁走《とんそう》したのである。呆れたことに、一発の砲弾も発射しなかった。

水軍の支援を全く欠いた陸兵は、本多作左衛門の猛反撃にひとたまりもなく崩れた。この時、作左衛門は韮山城下にまで敵を追っている。いかに凄まじい追撃戦だったか想像出来ると思う。

ここに一枚の書状がある。日付は天正十年八月十四日。差出人は阿部正勝、本多正信、大久保忠泰（後の忠隣《ただちか》）の連署で、宛名は本多作左衛門重次である。この三人は当時新府の家康の本営にいた。家康の意を受けて発した感状であることは明らかだ。

この書状は次のように始っている。

『返々〈かえすがえす〉、むかひ〈向井〉殿御高名之段、御手柄不レ及レ申〈申すに及ばず〉候。御心得可レ有、ふかふかと御喜悦之御意候』

これが向井水軍の一番手柄だった。

冬の海

空は鈍色《にびいろ》で海は荒れていた。風も強い。

船体に似合わぬ大きな帆を目一杯ふくらませた小舟は、今も天空に翔《か》けのぼるのではないかと思われた。現実に波の背から背へと兎《うさぎ》のように跳《と》んでいた。

帆綱を摑《つか》んでいるのは少年だった。大柄で真黒に日灼《ひや》けした体が、齢より大きく見せているが、実際はまだ七歳である。体ぐるみ持っていかれそうな強風に必死に耐えていることは、腕の筋肉が震えていることでも判る。

「舵はどうした⁉　弟を風に攫《さら》わせたいか、忠太郎」

向井正綱が喚《わめ》いた。

舵にかかっている忠太郎は、九歳。帆綱を握った弟の正次郎よりいくらか小さ目だった。その上、船に弱いらしく、舵を握りながらどうしようもなく吐いている。胃袋を裏返しにしているような、凄《すさ》まじい吐きっぷりだった。

「船に酔うのは恥じゃない。吐きたきゃいくらでも吐け。だが吐いたために作業が出来ないとなったら、そいつは船乗りじゃない。吐きながらでも、仕事はきちんとやれ」

正綱はいつでもそう繰り返し云っている。事実これは現代にまで通ずる船乗りの鉄則である。船酔いは全く個人的なもので、どんな勇猛果敢な男でも、酔う時は酔う。イギリスの誇る提督ネルソンさえ、船に乗った初日は必ず船酔いしたと云われる。だから船酔いは恥にはならない。だが作業が出来ないのは恥だ。

忠太郎は蒼白の顔を上げ、舵を押して風を逃がした。正次郎はそれでほっと一息つくことが出来た。

忠太郎は天正十年、正次郎は十二年の生れである。天正十年は武田家滅亡の年であり、向井家が徳川家康の海賊奉行になった年だ。十二年は家康が尾張長《なが》久手《くて》で羽柴秀吉を破った年だ。正綱はこの時、伊勢まで行って天下に名だたる九鬼水軍と戦っている。どの年も、到底生き延びることは出来まいと思ったのに、不思議に生命を拾った。正綱にとっては何とも縁起のいい年なのである。だからこの兄弟は自分の守り神が遣《つか》わされたものに違いない。正綱は固くそう信じていた。

それにしても惣領の忠太郎は腑甲斐《ふがい》ない子だった。母の久に似て色は白く、整いすぎるほど整った顔立ちである。体つきもどこか華奢《きやしや》で、姿は美しいが力強さがない。おまけに船に乗ると必ず酔うのである。

弟の正次郎の方は正綱似である。無細工《ぶさいく》だが見るからに頑丈な体つきで、背丈まであっという間に兄を抜いてしまった。天性の海の男らしく、船酔いなど一度もしたことがない。どんな荒れ狂う海の上でも、平然と立っていられるし、父親同様握り飯をいくらでも喰う。兄の方はそれを見ただけでもう吐くという有様だった。

もっとも正綱は忠太郎を咎《とが》めるようなことはしない。忠太郎より、正次郎の方が海に適性がある。それだけのことなのだ。適性があるから立派な船乗りになれるわけではない。正次郎の知らぬ苦労をしなければならぬ分だけ、忠太郎の方がいい船乗りになるかもしれない。正綱は勘でそれを知っていた。

正綱も今年三十四歳。向井水軍の棟梁となって十一年の歳月が流れている。その間に三度、大きな海戦を経験した。今や押しも押されもしない徳川水軍の海賊奉行である。その十一年の歳月が、この兄弟の資質を曇りなく判断させているのだった。

「怠《なま》けるな、正次」

帆綱が弛《ゆる》み船の速力が落ちている。正次郎が腕を休めている証拠だった。

正次郎が口をとがらせた。

「でも、父上……」

別段時を定めてどこかへ行き着く必要のある船ではない。速力がゆるんだっていいじゃないか。正次郎はそう云いたかったに相違なかった。

「でも、はないッ！」

正綱は怒鳴ると同時に手を振った。海水に濡れて重い綱を握っている。その綱が正次郎の太腿をぴしりと打った。

正次郎は無言で腕に力を籠め、帆綱を一杯に引いた。

船の速力が急速に増す。だが正綱はそれが正次郎の帆綱が張ったためばかりではないのを知っている。忠太郎が相変らず吐きながらなにげなく舵を切り、帆が風を捉えるようにしたのである。それは忠太郎の優しさだった。もっとも正次郎は気付いていない。そこが正次郎の幼なさであり、正綱に云わせれば欠陥だった。それに船長《ふなおさ》に口答えするのは船乗りにとって御法度《ごはっと》である。戦闘行動中だったら即座に斬り殺されても文句は云えない。これは欠陥の中でも致命的とも云えるものだ。これだけはなんとしてでも早い時期に矯正しておかなければならなかった。正綱が敢《あ》えて綱を使った理由はそこにある。

空が益々暗くなった。黄昏《たそがれ》が迫って来たのである。

「忠太郎、江尻へ帰るぞ」

「江尻へ帰ります」

きちんと復唱して舵を切りながら叫んだ。

「綱を弛めろ」

「もう弛めとる」

小馬鹿にしたように正次郎が応えた。

ぴしり。正綱の手の中でもう一度綱が鳴った。

天正十八年正月の風は凍《い》てつくばかりだった。この十日、豊臣軍団は関東に向けて京を出発したところだった。

小田原攻め

江尻の屋敷へ戻ると、久が迎えに出て、

「作左さまが、書院の方に……」

と囁いた。これは本多作左衛門重次《しげつぐ》が来ているということだ。

「二人を先に風呂に入れろ」

正綱は寒さでがじがじになったような兄弟の方に顎をしゃくって見せ、そのまま書院へ向った。

本多作左衛門はこの年六十二になった。

相変らず矍鑠《かくしゃく》としている。一人でゆったりと酒を飲んでいた。

「すまぬが酒を貰ったぞ。齢かな、咽喉《のど》が渇いてならん」

正綱が入ってゆくとすぐそう云った。正綱は苦笑した。作左衛門一流の強がりである。寒さしのぎに違いないのだ。だがこの強情我慢の男は、口が腐っても寒いなどとは云わない。

「倅《せがれ》を鍛えるのもいいが、死なせては何もならんぞ」

この寒さに海上訓練はひどすぎると云っているのだ。

「あの子たちも海に仕える者たちです。少しでも早くそのことを体に刻みこむ必要があります。それに私が教えられる間に教えておきませんと……」

結局はそれなのだった。この戦闘の絶え間ない乱世で『いくさ人』は常に死の危険にさらされている。正綱自身、三度の海戦で、いつも生きて帰れるとは夢にも思っていなかった。今度こそ死ぬだろうと思い、事実死とすれすれの境を辿って、不思議に生命を拾って来た。今また四度目の海戦を目前に控えている。これまでに二度闘った北条水軍と今度こそ決戦になる。生き死にだけではない。双方の水軍の興亡を賭けた決戦になる。正綱は今まで以上に死の覚悟を固めていた。自分が死んだらどのように対処すればいいか、既に繰り返し繰り返し久に教えこんである。

自分一箇の死など何程のことでもなかった。問題は向井水軍の生死である。自分の死で向井水軍を殺してはならなかった。持舟城で死んだ義兄政勝の息子権十郎政盛《まさもり》は今年十七歳になる。正綱と海坊主のつきっきりで施《ほどこ》した訓練によって、ほぼ一人前の海の男に育っている。今度のいくさが初陣だが、これに生き延びれば立派な海の『いくさ人』になるだろう。その弟の五左衛門政良《まさよし》は十五歳。これもなんとか船の仕事は出来る。本来なら兄同様この合戦に連れて行くべきだが、敢て江尻に留守部隊として置いてゆくつもりだった。海戦での敗北は多くの場合全滅につながる。そこが陸上の戦いと異なるところだ。自分も甥の政盛も諸共に死ぬかもしれない。その時に向井水軍を継ぐのは当然政良になる。

同じ意味で正綱は今度のいくさに、忠太郎を連れてゆくつもりでいる。九歳の子には無理な話だが、一回の実戦の経験は三年の訓練にまさる。忠太郎の将来を思えば、これは千載一遇の機会だった。そして弟の正次郎の方は江尻に残す。正綱の船が沈めば、以後の向井水軍は五左衛門政良と正次郎のものになる……。

本多作左衛門は呆れ返って正綱の話を聞いていた。この頃の武士に自分の血筋を残そうという気持が強かったことは確かだが、正綱ほど計画的に配慮している者は少い。

「血筋の問題じゃないんです。向井水軍の問題なんです」

と正綱は抗議した。向井水軍に属する水夫、『いくさ人』とその家族たち。正綱はそのすべてに責任がある。彼等を生き延びさせるためにはそこまで考えておく必要があった。

「成程な」

作左衛門は納得したようなふりをしたが、内心信じていない。持舟城だ。あの落城が正綱のすべての出発点になっているに違いなかった。船も城も変りはない。あの城で父と義兄と夥《おびただ》しい部下たちの全滅するさまを見たことがこの男の一生を変えたのである。一族の確保と云うことに、これほど細心になったのは、あの時の心細さが原因になっているとしか考えられなかった。孤児《みなしご》の心細さのなせる業だった。それが哀れだった。

「えへん」

作左がわざとらしい咳払いをした。奇態に感傷的になった自分を感じとったからだ。鬼のようないかつい顔に似ず、作左にはその癖がある。

「ところで今回の合戦だが……どうかな、今度はお主だけで闘ってみぬか」

正綱が怪訝な顔になった。徳川家の海賊奉行になってから二度の海戦を、正綱はこの老人と闘って来ている。別段作左が海戦に詳しいからではない。最初の時は江尻の城をあずかっていたからであり、長久手の合戦では、伊勢方面の全般的な作戦司令官だったからである。一応はそう云うことになっているが、実のところ、徳川家康が正綱についての責任をあくまで作左にとらせているということなのだった。それが家康の慎重さであると同時に、優れた人材を発掘した腹心の部下への褒賞でもあった。今回に限り家康はそれを放棄しようと云うことなのだろうか。それとも作左が後楯《うしろだて》となるべき新しい人材を見つけたということなのか。

「どう云うことでしょう」

多少心穏《おだや》かならざるものを感じながら、正綱は問い返した。

「それはな、つまりわしと一緒ではお主が損をすると思うのさ」

「損？」

これはおよそ正綱には欠けている感覚である。

「判りません」

作左は苦笑したが、この老人は正綱のそんな所が好きなのである。

「困った男だな。海賊大将が損得も判らずにやってゆけるか」

「先年、太閤の母御を人質としてとったことがあるだろう」

これは何としてでも家康に臣従の礼をとらせようとした秀吉の苦肉の策だった。天正十四年のことだ。なんと頼んでも京へ上って来ない用心深い家康に手を焼いた秀吉が、自分の実母である大政所《おおまんどころ》を家康の在京期間中、岡崎へ人質として送ろうという思い切った提案をして来たのである。天下人秀吉がそこまで譲ると云う以上、家康も上京せざるを得なかった。秀吉としては家康の臣従を諸大名に見せつけない限り、厳密な意味で天下を取ったことにならない。それほどの大事だった。

この時大政所を岡崎城にあずかったのが本多作左衛門だった。

作左の眼に秀吉も大政所もない。あるのは家康ただ一人。だからこの人質を本気でとった。形ばかりと云う手ぬるい手段はとらなかった。具体的に云えば、大政所の起居する部屋を薪で囲んだのである。万々一、家康が京で殺されるようなことがあれば、直ちにこの薪に火を放って、大政所を焼き殺すつもりだった。

家康は無事京から帰り、大政所もまた恙無《つつがな》く京に戻ったが、秀吉にこの薪積みの部屋の恐怖を告げた。秀吉は当然怒った。本多作左衛門重次の名が怒りと共にその脳裏に刻まれた。

そのつけがどうやら今度の合戦で払わされることになるのではないか。作左衛門はそう云うのだった。

「つけを払うって……？」

正綱にはまだよく判らない。

「味方同士じゃありませんか。仕返しなど出来るわけがないでしょう」

「それが生憎《あいにく》いくらでも出来るんだな」

それも簡単だと云う。作左衛門を困難で犠牲の多いいくさ場に振り向ければいいのである。つまり敵に殺して貰うようにすればいいのだ。その場合、馬鹿を見るのは作左衛門と一緒に行動する部隊だ。作左衛門のお蔭で下手をすると全滅の憂目に会うことになる。

「これが損でなくてどうする？」

「しかし味方同士でそんな卑劣なことを……」

「敵よりも味方がこわいという場合は、よくあることだ」

作左に動揺はない。こんな処置ぐらい大政所の身のまわりに薪を積み上げた時から承知している。それでも敢て憎まれ役を買って出たのは、大政所に二度と人質などご免だと思わせるためだった。こうでもしないと、秀吉は家康を利用したい時は、又ぞろ大政所を人質に送り出すに相違なかった。そしてそのどれかの時点で家康は殺されることになる。正直に云って老いさらばえた大政所と家康では交換になる道理がない。秀吉は母を喪えば声を上げて泣くかもしれないが、それで滅亡などしない。徳川家は家康を失えば、ほぼ確実に滅びるのだ。こんな間尺《ましやく》に合わぬ交換はない。薪はそれを防ぐための手段だったわけだ。太閤秀吉の復讐が作左一人に向けられる分にはたいしたことではない。作左が死ねばいいのである。だが多くの道連れをつれて死ぬと云うことになると話が違ってくる。だから正綱に独立して戦えと云っているのだ。

正綱は暫くこの人好きのしない老人を見つめていた。人に好かれないのは作左がいつも正直でありすぎるためだ。どんな場合にも私心は全くない。すべて徳川家という観点から見て、正しいと思われることだけを直截にやってのける。お蔭で敵にも味方にも何となく嫌われることになるのだ。

「ご老人には私の生きている限り竜王丸に乗っていただきます。私を無理矢理徳川家に引きこんだ責任をとって貰います」

作左の物いいに似せて、出来るだけ素っ気なくそう云った。

竜王丸は例の北条水軍から奪った安宅船《あたけぶね》である。この頃、向井水軍はなんと三艘の安宅船を持っていた。二百挺櫓という巨大安宅丸、八十挺櫓の天地丸、それにこの昔ながらの竜王丸である。安宅丸と天地丸は豊臣秀次から家康への贈り物だった。作左はそれをそのまま正綱に与えるように家康に働きかけたのだ。だが徳川水軍の総元締である正綱がその中でも最も小さな竜王丸に乗っているのは、四門の大砲を搭載しているという破天荒なほど強力な武力のためだったし、永年使い慣れて今では正綱の体の一部のようになっているためでもあった。

作左衛門の方がしげしげと正綱を見つめる番だった。

「知っているのか。お主は途方もない阿呆だぞ」

心底呆れたような声だった。相変らずこの老人は人に好かれぬ本当の話しかしない。

「海というものは小ざかしい人間を嫌うようです。阿呆で結構です」

これは作左への迎合の言葉ではない。正綱は心底そう信じている。

作左が、ひひっ、と妙な声をあげて笑った。

本音を云えば涙が出るほど嬉しいのである。

「覚悟しておけ。修羅場になるぞ」

「益々結構ですね」

平然と正綱は応じた。

小田原評定《ひょうじょう》

この合戦に北条氏がかき集めた総兵力は五万三千と云われている。

これは文字通りかき集めたものだった。北条の全家臣団ばかりでなく、小田原では近在の町人、職人まで徴発して武器を持たせた。伊豆でも農漁民に至るまで、すべての成年男子が動員された。

これに対して太閤秀吉が集めた軍勢は実に二十二万という空前の大軍団だった。それも北条氏の軍勢のような即席の俄《にわ》か軍団ではない。完全に組織された、職業的な『いくさ人』によって構成される近代的な戦闘集団だった。その恐るべき豊臣軍団の進発の様は、北条に属する風魔の忍び衆の探索によって逐一北条家に伝えられた。北条氏政・氏直父子を筆頭とする北条家の幹部たちは色を失った。信じ難いまでの巨大な軍団だったからである。嘗《かつ》て日本に於ける合戦で二十二万などという軍勢が使われたものは一つもない。

天正十八年一月二十日。北条親子は部下の諸将を小田原城に召集して、最後の軍議を開いた。これが後世『小田原評定《ひょうじょう》』という言葉さえ作り出した延々たる大評定である。とにかく意見がまとまらないのである。

この当時、北条の作戦としては防衛戦しかなかった。五万三千と二十二万の兵力では、野戦は考えられることではない。だが防衛戦にも二通りあった。積極的防衛策と消極的防衛策だ。積極的な方は、富士川を防衛の第一線とし、豊臣軍の先鋒を駿府《すんぷ》で叩くことであり、消極的な方は小田原城に籠城して、箱根の天嶮を第一線とするという考え方だ。

議論百出の評定というものが、冒険的な作戦をしりぞけ、安全な作戦を採用することになりがちなのは今も昔も同じである。小田原評定の結果はこの消極的防衛作戦にきまってしまった。北条氏はそれほど箱根の天嶮《てんけん》と小田原城の堅固さを頼りにしていたことになる。

この大方針は優秀な北条伊豆水軍の牙を抜くものだった。陸兵が駿河まで出て闘うとなれば、水軍も伊豆を出て陸兵の援護に当ることになる。その時こそ武田との浮島ケ原での合戦のように、水軍はその効果を十全に発揮出来ることになる。箱根が防衛第一線となっては、海陸一体のいくさは不可能だ。水軍は単独で豊臣軍を叩くことになるが、それは必然的に豊臣水軍との正面切っての海戦ということになる。そして豊臣水軍はこの時、軍船数百艘、人員一万四千余という大軍だった。熊野、瀬戸内の海賊大名たちの連合水軍だったからだ。

さすがの伊豆水軍も、こんな強大な相手と闘えるわけがない。結局は港に籠ってのこれまた防衛戦にならざるをえないのだ。それは水軍の有利さをわれから捨てることになる。

この時、伊豆の城砦は小さいものは放棄され、城兵は次の五ヵ所に重点的に配備された。下に書いたのは城代である。

獅子浜城　大石直久（関宿城代）

重須砦　　水軍

安良里《あらり》砦　梶原景宗・援将三浦茂信（三浦半島の船大将）

田子《たご》砦　山本常任

下田城　清水康英（城主）援将江戸朝忠ら総勢二千八百

補足すれば重須は水軍の集結地であり、ここから各砦に軍船を派遣して戦うのである。
これに対する豊臣方の水軍編成は次の通りだった。

九鬼嘉隆（志摩・鳥羽城主）兵数千五百
加藤嘉明（淡路・志智城主）兵数六百
菅達長（淡路・客将）兵数二百三十
脇坂安治（淡路・洲本城主）兵数千三百
来島通総（伊予・来島城主）兵数五百
長宗我部元親（土佐・岡豊《おこう》城主）兵数二千五百
羽柴秀長（大和・郡山城主）兵数千五百
宇喜多秀家（備前・岡山城主）兵数千
毛利輝元（安芸・吉田城主）兵数五千

この上に正綱の率いる徳川水軍が加わることになる。

これらの水軍が、熊野灘・遠州灘を乗り切って、江尻の港に集結を果したのは、天正十八年二月二十六日のことだ。港に入り切れない船は、その外に延々と帆柱を立て列《なら》べた。

正綱は正に圧倒されたと云っていい。清水・江尻の港に、これだけの軍船が集ったのは恐らく港開設以来のことだったろう。軍船の数は数百艘に及び、為に水面が見えなくなるほどだった。

中でも見事なのは九鬼水軍の特大の装甲船だった。船体に鉄板をはりめぐらし、大型の大砲を三門装備したもので、速度は遅く小廻りもきかず、接近戦には不向きだが、湾口を塞いで碇をおろし、そこから長距離まで届く大砲を発射するには最適である。小早や関船で襲っても、鉄板は鉛砲弾をはじき返し、丈の高い舷側によじ登る手だてもない。鈍重ながら恐ろしい攻撃力を持っていた。

長宗我部元親の船大将、池六右衛門が乗り込んでいる大黒丸という軍船も見事だった。十八反帆、二百挺櫓の超大型船で、大砲が二門、鉄砲二百挺、弓百張、槍二百、長刀六十を積んでいた。

北条水軍の安宅船は精々五十挺櫓で、積んでいる大砲も一門か、稀れに二門である。こんな化け物のような大船を相手にして勝てるわけがなかった。豊臣の連合水軍は北条水軍と戦うのを目的とはしていないことを、正綱は知った。これは明かに城攻めのためのものだ。それも小城ではない。恐らくは小田原城攻略のためだ。当時の小田原城は大坂城と共に天下の堅城と云われ、武田や上杉の軍勢の攻撃をもはね返した歴史がある。それが今度の作戦が小田原籠城に決った理由だったが、これを海側から巨大な大砲で間断なく打ち叩こうと云うのが、秀吉の作戦だった。

もっともそれまでに小うるさい伊豆水軍を徹底的に叩いておく必要があった。

二十七日に江尻城で水軍の作戦会議が開かれ、各水軍の戦闘区分が示された。徳川水軍の攻撃対象は安良里砦と田子砦、更に土肥の八木沢丸山城と決められた。それも単独で攻撃すべしと云う。他の諸水軍は合同で西伊豆一帯の城や砦を落し更に小さな入江すべての掃討を行う。それがすんだら、全軍一致で清水城にかかると云う。

どう見てもこれは依怙《えこ》の沙汰だった。西国連合水軍の任務は楽で、徳川水軍の任務は困難を極める。しかもこれは秀吉直々の命令だと云う。

〈やはり来たか〉

作左衛門から事情を聞いていたお蔭で、正綱にはすぐそのことが判った。だが別に不満はない。同じ闘うなら死力を尽くして戦いたいと思う。物見遊山のような楽ないくさなど頼まれても御免だった。その意味でこの任務が気に入っていた。

だが伊勢水軍の九鬼嘉隆はこの采配が気に入らなかったらしい。嘉隆は長久手の合戦の時、正綱の徳川水軍と闘って兵力の差があるにも拘わらずほぼ互角の戦いに巻きこまれている。結局日没勝負なしに持ちこまれてしまった。以来正綱及び徳川水軍の力量を高く買っている。それだけにこの戦闘配置に不満だった。徳川水軍だけに苛烈ないくさを負わせることが、同じ水軍として、しかも惣棟梁《そうとうりよう》の立場上いやだし困るのだ。だが秀吉直々の命令に逆うわけにもゆかない。困難な立場だった。

「どうもな、太閤殿下にはお主に含むところがおありのようなのだな。わしにはわけが判らぬが、これほどの依怙の沙汰は珍しいとも云える。わしとしては誠に心苦しい限りなのだが……」

「構いませんよ。もともと北条水軍は我等の宿敵です。我等だけでもいずれ決着をつけなければならぬところでした。だから少しも依怙の御沙汰とは思いません。この辺の海は庭のようなものですし……」

思い切り陽気に云ってのけた。九鬼嘉隆は救われたように息をつき、他の諸将は、ほう、といった顔で一斉に正綱を見た。こんな厄介な事態をこれほど明るく無造作に受けとめる男はそうそうはいない。全くの馬鹿か真の勇者かどちらかであろう。圧倒的に優勢な九鬼水軍を相手にして互角に闘った男が馬鹿である筈がなかった。

西国の船大将たちが揃って微笑した。これは正綱が気に入ったということだ。同じ船大将として、真の勇者として認めたということでもある。

「徳川殿はさすがに見事な水軍をお持ちのようだな」

そう云ったのは秀吉の弟である羽柴秀長の船大将である。

「それにしてもこれほどの水軍を何故太閤殿下はお気に入らぬのか不思議だ。心当りがおありかな」

本多作左衛門のためであるとは、口が腐っても云えなかった。

「手前が若すぎるからじゃないでしょうか。何をしでかしても気にしませんから」

秀吉が聞いたら烈火のように怒り出しそうな言葉だった。正綱は関白が老いて些細なことを根に持ちすぎると云ったようなものだったからである。

九鬼嘉隆をはじめ一同、一瞬どきっとしたような顔になったが、すぐどっと笑い崩れた。問いを発した羽柴秀長の船大将など、ひっくり返りそうになって笑っている。近頃ようやく専制君主ぶりを発揮しだした秀吉への、痛烈な皮肉だったからだ。それは正に若さしか発することの出来ぬ言葉だった。

「それでは気の毒がるのはやめよう。こちらは向井殿ほど若くはないからな。齢に免じて甘んじて楽をさせて貰おうか」

九鬼嘉隆が笑いながら云った。

「ついでに若者の見事ないくさ振りもな」

これは羽柴水軍の船大将である。一座の者全員がむしろ羨しそうに正綱を見た。

田子攻め

豊臣方の連合大水軍が、駿河湾を吹き渡る烈しい西風の落ちるのを待って、伊豆侵攻の帆を上げたのは、三月はじめのことである。

正綱は徳川水軍を三隊に分け、小浜景隆を将とする一隊を八木沢丸山城へ、本多作左衛門を将とする一隊を安良里砦へ、自分の本隊は田子砦へ向けた。作左衛門の隊には海坊主をつけてある。実際の戦闘指揮はこの男がする。委せておいて心配なかった。作左衛門は勝手な感慨を吐き散らしながら、観戦していればいいのである。

甥の権十郎政盛は、この作左衛門の船に乗せた。海坊主のいくさ振りを見、作左衛門の妙に穿《うが》った批評を聞くことが、船大将としての政盛の器量を一気に大きくする筈だった。

長男の忠太郎は自分の竜王丸だ。出陣前に正綱はこの子を元服させ、向井忠勝を名乗らせた。いくらなんでも元服前の子をいくさに連れ出すのは、周囲の抵抗が強すぎたからだ。奇妙なことに久だけが彼の味方だった。

「忠太郎は早く一人前の船乗りにならなきゃいけないんです」

誰に対してもそう云う。但しその理由は必ずしも正綱の気に入るものではなかった。

「あの人は苦労のしすぎです。あんなに何時《いっ》も何時も張りつめていては、そのうちぷつんと切れてしまうに決っています。その前に忠太郎が支えて上げなければ……」

何を云いやがる。腹の中で正綱はそう思っている。苦労という感覚が正綱には欠如している。これが当り前だと思っているのだ。張りつめている、という感覚もない。ただ単に齢と共に油断がなくなって来ているだけだ。一瞬の緊張の弛み、集中力の欠如が、とんでもない事故につながりかねないのが船というものなのだ。だから海の『いくさ人』たちはどれほどぶったるんでいるように見えても、内心では緊張している。正綱が緊張しているように久に見えたとしたら、それは未熟ということだった。さりげなく緊張しているのが海の男の、特に船大将の条件なのだ。自分はまだまだ若僧だと云うことだ。正綱は久の言葉をそう受けとっている。

忠太郎、いや忠勝が、いつの日か自分を支えてくれる時が来るのだろうか。竜王丸の甲板に立って、緊張の余りがじがじに固くなっている我が子を見ながら、正綱はそう思った。ひどく馬鹿々々しいことのようでもあり、ひどく望ましいことのようにも思えた。

正綱はどすんと重い手を忠勝の肩に下した。忠勝は驚いてほとんど跳び上った。

正綱はにやっと笑ってみせた。

「さあて、そろそろ行くかね」

「は、はい」

「もっとでかい声を出さんか。嵐の中じゃそんな蚊の鳴くような声は聞こえんぞ」

正綱が喚いた。

「はいッ」

忠勝が精一杯大きな声を出した。

「帆を上げろオ」

正綱は展帆を命じた。

徳川水軍は水先案内を兼ねて豊臣連合水軍の先頭を切って進むことになっている。それが土地の水軍に対する礼儀であり、かつまた若さと勇気を誇る船大将向井正綱に対する全軍の褒賞でもあった。

竜王丸は抜錨し、帆に一杯の風をはらんですべるように江尻の港を出た。安《あ》宅丸《たけまる》と天地丸、そして小浜景隆の乗る大竜丸がそれに続く。

港の外に碇をおろしていた豊臣連合水軍の水夫たちが一斉に歓声を上げて、先頭の竜王丸に向って手を振った。

歓声は船から船へ走り、やがて何百艘もの船の歓声が海上を満した。

何とも晴れがましい船出だった。

正綱は鼻をこすった。こんな思いをするのは生れて初めてである。正綱は感動すると同時にひどく照れていた。

「どうも、その、なんだな……」

正綱は忠勝に話しかけた。

「はいッ」

これも感動で痺れるようになっていた忠勝は注意された通り大声で応えながら、不審だった。父上は何を云おうとしているんだろう。船の上の言葉は、いつでも明晰で判りやすいものでなければならぬ。父上はいつでも厳しくそう云っていたではないか。

「この状況は……あれだ……いくら何でも……」

益々不審だった。何を云っているのか、何を云いたいのか、忠勝にはさっぱり伝わって来ない。

「判りません」

忠勝はこれも大声で叫んだ。近くにいた舵とりが仰天したように忠勝を見た。

正綱が慌てた。早口で云った。

「いや、少々晴れがましさが過ぎると云っただけさ。それだけだ」

云い捨てるとぷいと船首の方へ行ってしまった。怒ったような顔だった。

〈あれは……〉

忠勝は呆れたように父を見送った。

〈あれは照れてるんだ〉

漸く正綱の気持が判って来た。急に自分の体から力が脱け、いつもの柔かさに戻ってゆくのを感じた。

〈父上が照れていらした〉

忠勝はそんな正綱をいまだ嘗て見たことがない。

〈父上でも照れるんだ〉

なんだか馬鹿に嬉しくなって来た。初めて本物の父親に触れたような気がした。

〈合戦っていいな〉

忠勝は昂揚した気分の中で沁々《しみじみ》そう思った。

接近

うねりが馬鹿に強い。

風も迅《はや》かった。

先刻まで晴れ渡っていた空が、いつの間にかどんよりとした鈍色《にびいろ》になっている。

春先の変りやすい海だった。

向井正綱は嫡子の忠太郎忠勝と並んで竜王丸の舷側からその海を見ていた。

「この海をどう見る、忠勝」

「荒れます」

忠勝が言下に云った。

「そんなことは海人でなくても判る」

正綱の云い方はにべもない冷たさだった。

「海人なら陸《おか》の人間には読めないことを読め。奴等に云えないことしか云うな」

忠勝が首をかしげた。その無意識の所作が、表情が真剣なだけに、ひどく可愛らしい。九歳という年齢がもろに出ている感じだった。

「判りません」

唇を噛《か》んで云った。

「弥助」

正綱は大筒係りの弥助を呼んだ。この大砲の名人も、もう五十代にさしかかって、肥満体と云ってもいい体になっている。もっとも機敏さは衰えず、さっと正綱の前に飛んで来た。

「様子はどうだ、弥助」

この男相手に海とか空とか云う言葉は不要だった。

「一刻半でがぶりはじめまんなあ。二刻したら荒れ狂いますやろ。それまでにすまさなあきまへん」

　すまさねばいけないと云うのは海戦のことである。海が荒れては大砲による射撃戦はおろか、接舷しての斬り込みさえ難しくなってしまう。

「どうだ」

　正綱は忠勝を見た。

「これが海人の答えだ。少しは判ったか」

「どうして時刻まで当てられるんですか」

　畏怖《いふ》の眼差《まなざ》しで弥助を見上げながら忠勝が訊《き》いた。

「慣れですがな、ぼん。なあに、二、三年すればぼんにも判りまんが」

「そんな暇はないんだ。この子はこのいくさで死ぬかもしれないんだからな」

「死ぬ時はわしらも一緒や。あの世へ行ってからじっくり教えますさかい、心配せんでよろし」

　弥助は豪快に笑った。あの世もこの世と変りないと心から思いこんでいる明るさだった。忠勝の顔を僅《わず》かに恐怖の色が掠《かす》めたのを、正綱は見た、と云うより感じとった。

「死ぬのがこわいか、忠勝」

「いえ……」

勢いよく否定しかけてやめた。海人は正直でなければならぬと、しつこいほど教えられて来ている。

「時々、どこか深みに吸いこまれてゆくような気がします。それがこわいってことなんでしょうか。よく判りません」

出来るだけ正確に語ろうとしていることがはっきり伝わって気持がよかった。同時にこの齢《とし》で死について考えねばならぬ奇怪な生きざまを辿《たど》らねばならぬ我が子に、一抹の不憫《ふびん》さを感じた。海人の一族に生れなければ、恐らく考えもしないことの筈だった。

「こわいのは少しも恥じではない。船酔いと同じさ。作業に差障《さしさわ》りがなければ、何でもないんだ」

少年の顔がぱっと明るくなった。船酔いのことなら充分承知している。散々悩まされた揚句、今では全く気にしなくなっているのだ。

「そうですか。船酔いと同じなんですか」

安堵《あんど》したような顔がなんとも哀れで、正綱は眼をそらせて怒鳴《とな》った。

「西へ一点だ。帆を張り増せ。半刻で田子へ入るぞオ」

舵とりが大声で応え、船首に臨時の帆を掛けようと水夫《かこ》たちが動き出した。田子の湊《みなと》には何艘かの関船がいる筈である。ひょっとすると安宅船もいるかもしれない。先ずそれを湊から出さずに撃破しなければならない。その上で上陸して田子の砦《とりで》を攻めるのである。大時化《おおしけ》になる前になんとか海戦だけはすませて置かなければならなかった。

西浦田子砦は小松城とも云い、山本氏の本拠地である。山本氏は近江浅井郡山本村の発祥で、清和源氏山本義経の末裔《まつえい》と云われた。熊野水軍となり、次いで伊豆に来て初めは子浦に住んだが、後に田子に移った。この頃の当主は山本信濃守常任だった。小松城は湊を見おろす高台にある。従ってこの城に大砲があるかないかが大問題だった。

以前の小松城に大砲はなかった。だが今現在は判らない。この合戦に備えて、新たに備えつけられたかも知れないのだ。

もし大砲が何門かでも備えつけられていたら、湊の中はすべて射程距離に入ってしまう。高所から撃ちおろしの砲弾をまともに受けては、安宅船といえどもひとたまりもなかった。

だから向井水軍にとっての最大の危機は、入港時にある。湊に入るや否や何より先に大砲の有無を確かめねばならなかった。さもないと、海戦をはじめる以前に撃沈されるかもしれないのだ。

北条氏の伊豆沿海作戦は、すべての水軍戦力を獅子浜城・重須砦・安良里砦・田子砦（小松城）・下田城の五ヵ所に集結して、巨大な豊臣水軍の侵入を阻むと云うものだった。このため五ヵ所以外の砦や湊はすべて放棄された。それらの守備軍はこの五ヵ所に再配分され、各湊の戦力を数倍に増大している筈だった。

「焼玉に気イつけなあきまへんな」

弥助が正綱に云う。

「あれ喰ったらおしゃかでっせ」

焼玉とは鉄と鉛の砲弾を炉で真赤になるまで焼いた上で、大砲から発射するものだ。当時の船はすべて木造である。この焼玉を喰ったら最後、確実に火災を起すことになる。そして火薬をふんだんに積んでいる船にとって、火災ほど恐ろしいものはなかった。

「忠勝」

正綱は傍らにぴったりへばりついている倅《せがれ》に命じた。

「お前は眼がいい。城から煙が上っているかどうか、そのいい眼で確かめてわしに云え」

焼玉を使う以上、炉を使わねばならず、そうなれば必ず砲台の近くで煙が上がる筈だった。

「他のことに気をとられるな。それだけに全力をつくせ」

「煙の有無をつきとめます」

忠勝は復唱すると同時に、ぶるっと一つ震えた。自分の視力一つに、船の運命が賭かっているのだ。震えが来て当然だった。

「田子が見えまっせえ」

帆柱の上に登っていた水夫が喚いた。

「戦闘準備」

正綱は落着いた声で命じると、遠眼鏡を延ばして眼に当てた。田子の湊の入口が見える。小船が二艘狂ったように湊に入って行った。北条方の見張りにきまっていた。

うねりは先刻より更に強くなり、風は烈風に変っている。それでもまだ嵐と云うには遠い。「弥助。半分は仰角一杯にとっとけ」

仰角一杯とは高所へ砲弾を叩きこむ用意である。砲台を狙うためだった。

「判っとりまんがな。抜かりおまへん」

弥助がにたにた笑いながら応えた。その笑いがひどく頼もしげで、忠勝は急に気持が落着いて来るのを感じた。

海戦

岬を廻るといきなり小松城が眼に入って来た。湊も一望の中にあった。

安宅船がいた。但し一艘だけだ。胴の間で水夫たちが忙しく働いているのが見える。

他に関船が五艘。それだけなら何ほどのことはない。向井水軍は同じ安宅船である竜王丸一艘と関船五艘。ほかに岡部水軍の関船十二艘がついて来ているが、正綱はそれを湊に入れる気はなかった。既に『港外で待機』の信号を出してある。城の大砲の有無を確認するまでは、その方が安全だった。

忠勝は目を瞠《みひら》いて城を見つめている。

石垣の湊寄りのあたりで薄い煙が一筋、強い風に流されている。

「煙があります」

忠勝が喚いた。

正綱はじめ全員が石垣を見つめ、煙を視認した。煙の色が次第に濃くなって来ている。

「船を廻せ」

正綱は回頭にかかった。ジグザグに船を走らせて、狙いにくくするしかなかった。

「弥助」

「行きまっせえ」

さすがと云えた。弥助は次の瞬間引綱を引いていた。

どかーん。

砲声と共に、精一杯仰角に構えた大砲が火を吐いた。

弥助が素早く次の砲の引綱を引く。再び砲声。まっ黒な砲弾がゆっくり城壁の上に飛んでゆくのが見えた。それが落下の態勢に入る。まっすぐ急速に落ちてゆく。

初弾には何の反応もなかった。だが次弾が落下し石垣の中に消えた瞬間、途《と》轍《てつ》もない爆発音と共に、様々な破片が宙に舞い上ったのである。その中に人体の一部が混じっていることを、忠勝は明瞭に見た。

一瞬に紙のように白くなった。眼の前がぼやけた。吐気がどっとこみ上げてくる。船酔いの豊富な経験が忠勝を助けた。辛うじて舷側に辿りつき、首を大きく伸ばして吐いた。

「火薬樽をぶち抜いたな」

正綱は忠勝に眼もくれず云った。

弥助はもうあと二門の大砲の発射をすませ、最初の大砲の装塡《そうてん》を手伝っていた。

後の二門の標的は安宅船である。見る間に船首のあたりにぽかりと穴があいた。

安宅船も一拍遅れて大砲を発射したが、砲弾は掠りもしない。動き回る竜王丸を捉えられるほど、安宅船の砲手は訓練を積んでいない。

だが城からの砲撃は正確だった。

ひゅる　ひゅる　ひゅる
独得の不気味な落下音に、はっと振り仰ぐと砲弾が降って来るところだった。回避行動が僅かに間に合わない。右舷をぶち抜くか、掠めるか……。

「忠勝、跳《と》べ！」

正綱が喚いた。まだ吐いていた忠勝がやっと顔を上げた。動く余裕もない。

〈間に合わない〉

正綱は観念して眼を閉じた。

弾丸はすれすれのところで舷側をはずれ、海中につっこんで巨大な水柱をあげた。

「忠勝！」

その時になって漸《ようや》く忠勝がぴょんと跳んだ。頭のてっぺんから爪先まで水びたしである。自分の水で滑って転んだ。

正綱は手を延ばしかけてやめた。見たところ水をかぶっただけで怪我《けが》はなさそうだ。

「お前一人、水遊びか」

忠勝はぺたりと坐りこんだ。眼がうつろだった。

「び、びっくりしました。何か海へ落っこって来て……」

「砲弾だ。城から撃ちおろした奴だ」

忠勝がぽかんと口を開けた。

「もう三寸手前だったら、お前は真っ二つに引き裂かれていた。少くともお前は運がいい」

忠勝の顔にやっと理解の色が見え、同時に又ぞろ蒼白になった。

「ひょっとするとお前も海に愛されているのかも知れん」

「お前も、って？」

緩慢に訊いた。

「俺もそうだからさ」

「父上と一緒？」

悲しいほど幼い顔だった。抱いてやりたいほど可愛げだった。

「船長《ふなおさ》と云え、馬鹿者！」

「はい。船長と、同じなんでしょうか」

「そうだ」

「じゃあもう大丈夫ですね、わたしは死なないんだ」

本気でそう信じたらしい。明るい表情と声だった。

「そうやがな。誰がぼんを殺すかいな」

弥助が大砲の引綱を握ったまま喚いた。

父子のやりとりを聞いていたらしい。

「城の大砲を黙らせろ。安宅を早くなんとかしろ」

「せわしないこっちゃ」

引綱を二本たて続けに引いた。一弾は城へ、一弾は安宅船へ飛んだ。走るようにしてあと二門の大砲を撃つ。安宅船の大砲が吹っとんだ。北条の安宅船は大砲を一門しか積んでいない。関船には鉄砲の装備しかなかった。だからこれで海上からの砲撃の不安はなくなった。

「煙」

忠勝が叫んだ。この子はまだ引続き城壁に煙しか見ていなかった。

石垣の上に又ぞろ煙がたなびいている。

「弥助！　城に集中砲撃。安宅は放っとけ」

「了解。ひちこい奴ちゃ」

弥助が四門共に最大の仰角をとらせた。

「左舷！　安宅がつっこんで来まあす！」

水夫の大声に、正綱が左舷にとんで行った。忠勝も一緒に走りながら、ちらちらと城壁を見ている。

左舷に立つと鉄砲玉がとんで来た。防禦板にぷすぷすと突き刺さるが、正綱は目もくれない。

「取舵一杯！」

喚くと、船がぐっとかしいだ。

「鉄砲隊、左舷へ集れ。一斉射撃」

立て続けに命令を発しながら、一方では城を見ている。

「弥助。炉は砲台の二度右だ。まだ煙が出てるぞ。おーい。焙烙玉《ほうろくだま》の用意だ。すれちがいざまに放り込むぞ。向うからも来るぞ。水と火ばたきの用意、いいかあ」

忠勝は胆をつぶしていた。

〈一人で何人の役をやってるんだ！〉

自分には眼が廻るようで、命令の中身もすぐには捉え切れない。やっと理解出来た時には父は、いや、船長は二つも三つも先の命令を喚いているのだった。

〈なんて忙しさだ！〉

こんなに忙しくては、船酔いする暇もこわがる暇もないのは当り前だった。

〈わしにあんな真似が出来るか〉

ひどく心細くなった。父親の姿が巨人のように見えた。

「焙烙玉、来るぞお！」

焙烙玉とは爆裂弾の一種である。炸薬と鉛弾を内蔵し、破裂すると鉛弾がとび散って人々を殺傷する。但しこの頃の焙烙玉には火縄の口火がついていて、それに点火した上で投げる。落下の衝撃で爆発することはなく、着地しても火縄の火が芯に達するまでは、火を噴《ふ》き続けているだけだった。

竜王丸は突っこんで来る安宅船を船尾でかわした。相互に鉄砲の一斉射撃が起り、焙烙玉が宙を飛んだ。

忠勝の目の前にその一つが転って来た。椀を二つ合わせたような球体で、紙が貼りつめられてある。口火がぶすぶすと燃えていた。

忠勝は身動きが出来ない。どうすればいいのかさえ判らなかった。

「舵を戻せえ」

喚きながら正綱がすっ飛んで来ると、口火の火を両掌で擦り合わせてもみ消した。その上で海へ放った。

〈そうか。あれでいいんだ。でも……〉

忠勝は自分の掌を見つめた。この手で火をもみ消したら、さぞひどい火傷《やけど》をするだろうな。父の板のように堅く部厚い手を思い出した。

〈あの手でなくちゃいけないんだ〉

常時綱を扱い、船具をいじっているうちにあんなごつい手になるんだ。

〈鍛えることが沢山あるなあ〉

自分の柔い手を見ながら、そう思った。

「焼玉来まあす！」

弥助が我鳴《がな》った。

この男も我鳴りながら引綱を引いている。忙しい男だった。

忠勝は父の視線を追った。

あった！

真赤に焼けた砲弾がまっすぐこちらに向って来る。

「取舵一杯！　水の用意いいかあ！　艫櫓《ともやぐら》の辺に落ちるぞお！　あたり全部濡らしとけえ！」

水夫たちが桶を持って艫に走った。手当り次第に水をぶっかけてゆく。

船はかしぎ、急速に旋回したが、間に合わなかった。艫櫓のはしのあたりに落ち、喰いこんだ。見る間にぶすぶすといぶり出し、煙が上った。水夫たちが懸命に水をかけ、或る者は金《かな》てこを使って弾丸をほじくり返している。やがて砲弾は引き上げられ、海に放り出された。真っ黒な色に変っている。更に大量の水が注がれ、手鉤がそのあたりを破壊した。

「火、消えましたあ」

水夫の一人が喚く。

「念を入れて見ろよお」

正綱は喚きながら、次々と舵を切り替えさせ、後続の焼玉を避けている。

「やったあ!」

弥助の歓声と同時に、爆発音が響き渡った。城壁から濛々《もうもう》たる煙が上っている。壁の一部と共に大砲の砲身がごろんと転げ落ち、海に消えた。弥助の砲弾が大砲を直撃したに相違なかった。

「城の大砲が一門だけだといいな」

正綱が云った。

「撃っとったのはあれだけや。心配いりまへん」

弥助はきっぱりと云うと、大砲の射角を直した。

「どーれ、引導わたしたろか」

「その必要はなさそうだな」

正綱が云った。

今の砲撃に驚いたのか、安宅船も関船も、懸命に岸をめがけて漕いでいた。岸に近づくと碇《いかり》を投げ、水夫たちは水にとびこんで陸へ向って泳いでゆく。船を放棄して城へ逃げこむつもりなのは明らかだった。

見ると関船の五艘が三艘に減っている。

残る二艘は湊の真中で燃えていた。向井水軍の関船にやられたのだ。斬り込まれ、火を放たれたのである。

「関船に信号」

正綱がぱしっと云った。

「無人の船を焼け、だ」

信号手の水夫が手旗で信号を伝え出した。船は貴重品である。本来なら戦利品として曳《ひ》いて帰りたいところだった。だが戦さはここだけで終るわけではない。ここの戦闘を終えたら、すぐ下田城攻撃に出発しなければならなかった。船を曳いて行く余裕はないのだ。口惜しいが焼き捨てるしかなかった。

城攻め

闇の中で赤々と船が燃えている。

黒い海にその火が映《うつ》って、幻を見るような美しさだった。

風が熄《や》んでいる。うねりだけが大きい。と云って嵐が熄んだわけではない。どうやら台風の眼に入ったようだった。唐突な静かさの中にあった。

空気が湿っぽい。

「雨もまじるか」

碇泊《ていはく》した竜王丸の艫櫓の屋根に坐った正綱が弥助に云った。

忠勝がそのそばで居眠りをしていた。生れて初めての海戦に疲労困憊その極に達したのである。そのくせ、櫓の中でちゃんと眠れと云っても、

「眠くありません」

と頑張るのだ。眠くない筈がないのだが、正綱はくどくは云わず、放って置いた。

大人たちの方はまだ戦さが終ったわけではないのだ。

正綱は今夜のうちに、小松城へ夜襲をかけるつもりでいる。これから明け方近くまで、かなりの嵐になる筈だった。風だけかと思っていたのに雨まで降るらしい。願ってもない夜襲日和である。暴風雨の中では多少の物音は消えてしまう。それに海人にとってこの気象は敵である。船を安全に保持するために全力を尽くさねばならない。だから小松城の北条方は今夜ばかりは安心していられるのだ。昼の海戦に引続き、嵐と闘わねばならぬとは、何とも御苦労なことだった。

正綱は逆にその機会を捉えるつもりだった。関船のうち三艘は既に湊の外に出してある。今田子の湊に碇泊しているのは竜王丸と二艘の関船だけだ。その

三艘をほとんど縛りつけるようにし、出来る限りのシー・アンカーもいつでも投げられるように用意して、嵐に備えている。

嵐と逆襲に備えて水夫は一晩じゅう起こしておく必要があった。だから嵐の始まるまで強引に眠らせてある。夜食もたっぷりとらせられるように支度は出来ている。

城攻めに向う人員も既に選定ずみだった。港外に去った関船から選んだ五十人と竜王丸の三十人、併せて八十人が夜討ちの人数だった。これも今は眠らせてある。

武器も揃《そろ》えた。鉄砲は論外である。音を立てる上に、嵐の中では恐らく使い物にならない。代って矢まで黒く塗られた半弓が全員に渡されることになる。いざという時のために、焙烙玉だけが完全に防水した葛籠《つづら》に収められてある。何人かがこれを背負って行くのだった。鉤縄も梯子も用意されていた。

問題はたった一つ。城の中に何人のいくさ人がいるかと云う点だった。だが正綱はそれほど心配していない。小松城の大きさから考えて、籠城出来る限度は五百。そこへ安宅船・関船から逃れた水夫たちが恐らく百五十から二百。併せて精々七百である。七百に対して八十は少なすぎるようだが、嵐と云う強い味方がいる。少くとも互角には闘える筈だった。正綱自身に城攻めの経験はないが、それを云うなら、小松城の方も田子の砦と云った方がふさわしい小規模な堡塁にすぎない。正綱が気になるのは、海の加護が陸の闘いにも続くものだろうかと云うことだけだった。

「きつい雨になりまっせ」

「大砲は撃てるんだろうな」

本気で心配だった。正綱の狙いは城の火薬蔵である。持って行った焙烙玉で爆発させられればよし、駄目だったら花火玉をうち上げ、そこを目がけて大砲を撃って貰おうと云うのだ。その肝心の大砲が嵐で撃てないとなると、下手をすると虻蜂《あぶはち》とらずに終ることになる。

「委《まか》せときなはれ。今日までわしが撃ち損じたことがありまっか」

弥助はえらそうに云ってのけた。

実のところ、今夜ばかりは弥助は不安なのである。宵から妙に胸が騒ぐのである。城攻めに正綱自身が参加するというのがそもそも気に入らない。船長はあくまで船にいるべきだといくら云っても、正綱はきこうともしない。

「どうしても行かはりますか」

もう一度訊いた時、あたりがふっと暗くなった。

燃えさかっていた船の火が消えたのである。眼を凝《こ》らすと、安宅船が音もなく沈んでゆくところだった。それさえ弥助には不吉の前兆のように見えた。

「ぼん」

久しぶりに正綱をそう呼んだ途端に、正綱が天を仰いだ。

「雨だ」

大粒の雨が落ちはじめ、あっという間にどしゃぶりになった。

風が轟々と音をたてはじめ、雨が横殴りになって来た。

暴風雨がはじまったのである。

田子砦

「艀《はしけ》をおろせえ」

正綱が激しい風雨に負けぬ大声で喚《わめ》いた。敵を気にかける必要はなかった。この嵐ではどんな物音も陸まで聞える筈がない。

「乗り込み次第、出発させろ」

深い闇の中で八十人の斬込隊が次々に艀《はしけ》に乗り移ると、浜を目がけて、狂気のように櫓《ろ》を漕ぎ始めた。

「忠勝」

正綱は手招きした。甲板に灯はないが、そこにいるのは判っていた。嵐をついて斬込みにゆく父から一瞬も眼が離せないのだ。

「小舟の時と同様、体を帆柱に縛りつけろ。お前は軽いから、風にもってゆかれるかも知れん」

「はいッ」

大きな声が返って来た。父のいいつけを必死に守っているのだ。正綱は微笑した。明るいところでは絶対に見せられない微笑である。この暗さでは見えるわけがない。それが正綱を安堵《あんど》させていた。

「お前に命令を与える」

「はいッ」

「小松城の方向は判るな」

「はいッ」

「よし。そちらの空に注意していろ。花火が上がる。その上った場所が敵の煙硝蔵《えんしょうぐら》だ。その場所を眼の奥に刻みつけて、弥助に指示しろ。すぐ大筒を撃ち込ませろ。いいな。弾着修正はお前がするんだ」

「はいッ」

これで忠勝は船酔いも嵐の恐怖も忘れる筈だった。

「斬込隊が生きているかどうかは、お前の目ン玉にかかっている。忘れるな」

「はいッ」

「じゃあ行ってくるよ」

正綱は忠勝の肩をどすんと一つ叩くと、綱を伝ってするすると艀におりていった。

〈父上はどうして微笑《わら》っていられたのだろう〉

忠勝は首をひねった。この九歳の男の子の視力は抜群だった。この闇の中でも見えるのである。だが父の微笑が自分へのいとしさのためであることを見抜く眼は、まだ持っていなかった。

正綱は自分の艀にだけは帆柱を立てさせてあった。すぐ黒い帆が上った。正綱が自分で帆綱を握っている。この狂風の中でも充分帆を操《あやつ》れる自信があった。他の艀に櫓を使わせたのは、それほど帆走に熟練した者がいなかったからだ。

艀はとぶように走り、みるみる先行する味方の艀を抜き去り、先頭に立った。巧みに大浪に乗って、波乗りの迅《はや》さでまっしぐらに浜に向った。

正綱ははじめから真先に浜に上るつもりだった。浜のはずれに伏勢《ふせぜい》がいる危険性が大だったからだ。

『敵の領土に船を着け、軍勢を上陸させるにあたっては、その港の地形を選ぶのが肝要である。……軍勢を上陸させるによい地形とは、潮の流れが速くなく、岩が多くなく、落石の危険性もない所……陸地には山が少なく、入江の広い海辺、といった条件である』

これは瀬戸内の海賊村上水軍の秘伝で、海賊大将なら誰でも心得ていることだ。

だが田子《たご》は海辺にすぐ山が迫っている。つまり上陸には不向きな港である。田子砦の城兵は浜に近接した林の中から、容易に浜全体を見渡すことが出来た。しかも海側から林の中の伏勢は見えない。選べるものなら、正綱もこんなところに上陸したくはない。だが命令とあっては仕方がなかった。

十中九まで伏勢の待ち構える浜辺に艀を着けるのは愚《ぐ》の骨頂《こっちょう》である。いくら闇夜の、しかも嵐の真只中とはいえ、林に守られた敵は簡単に艀の到着に気づく筈だった。雨で鉄砲は使えないかもしれないが、弓がある。向井水軍の斬込隊は、艀をおりる暇《ひま》もなく矢で射すくめられるにきまっていた。しかも砦にはすぐ連絡がゆき、すぐさま防戦態勢がとられるだろう。

正綱の上陸作戦は意表をつく大胆不敵なものだった。

正綱の黒舟が向っている先は、浜の端にある切り立った断崖だった。後続の艀もすべてその崖を目指している。正綱は八十人の部下と共に、その断崖をよじ登るつもりだった。崖を登り切ればすぐそこに田子の砦がある。砦は上の山と呼ばれる頂上ではなく、山の中腹にあった。江戸期には城の平と呼ばれた、山を削りとった平坦な場所である。断崖の真上である。

正綱は浜を見張っている伏勢を置き去りにする気だった。同様に自分たちの艀も置き去りにする。それでなくても、艀は断崖にぶつかって破壊される筈だった。

〈帰りの心配は無用〉

正綱はそう思っている。夜襲が成功すれば敵の艀がいくらでも使えるのだ。壊れた艀は浜にうち上げられるかもしれないが、敵の伏勢はそれを見ても、この嵐に操船を誤ったためと信ずるに違いなかった。

問題は断崖の登攀《とうはん》である。全員胴丸《どうまる》だけの軽装だが、雨で滑りやすくなっている断崖をどれだけ確実に登れるかどうか。戦闘の帰趨《きすう》は一《いっ》にかかってそこにあった。


その断崖がすぐそこにあった。

闇の中に黒々と聳《そび》えている。下に打ちつける波頭の白さで、それが辛うじて判った。

艀の帆は三分の一に縮帆されていた。帆がなくて、波に運ばれるままに、断崖に激突することになる。碇《いかり》も投げこまれていた。その碇綱を調整して、僅《わず》かずつ艀を岩肌に寄せてゆく。

「跳べ」

正綱が喚いた。

どの艀にも十人の向井水軍が乗っている。そのうちの一人が、岩肌に向って跳んだ。普段から軽業師《かるわざし》のように身の軽い男だった。からげた綱を輪にして背に負っている。その端は艀の正綱が握っている。

　岩肌に手の指をつき立てるようにしてとまった。と見る間に、ずるっと滑った。

〈駄目か〉

　正綱が綱の端を引こうとした瞬間に、男がとまった。一息ついて登りだす。

〈頼むぞ〉

　祈る思いで見守った。

　登るこつを摑んだらしく、次第に速度を増した。それでも何度か途中で滑った。その度《たび》に、正綱は血の凍る思いをした。

〈やっぱりわしが行けばよかった〉

　それなら少くとも、こんな思いだけはしなくてすむ。

　だが思ううちに、男は断崖を登り切った。

　綱が弛《ゆる》み、次いで何度か引かれた。これは綱の先を固定したという合図である。

　正綱はつんつんと二度引いて合図を送ると、綱をつかんで舟べりを蹴った。

断崖に叩きつけられかけて、足で支える。そのまま岩肌を踏み、綱に頼って登り出した。

武者草鞋《むしやわらじ》の足が無闇に滑る。

烈風で綱が揺れ、体が岩肌に押しつけられた。

それでも休まず登り切った。

先に登った男が、嬉しそうににたりと笑ったのが、白い歯で判った。

正綱も背に斜めにかけた別の綱を手近の木に結びつけ、三度引いた。これで同時に二人が上って来れるようになった。

さすがに鍛えこんだ向井水軍の水夫《かこ》たちである。後の八人が、あっという間に登って来た。

それまでに正綱は更に二本の綱を断崖と艀の間に張った。

後続の艀の連中が、次々と正綱の艀に乗り移っては、その四本の綱を伝って登って来る。彼等の舟は流されるままになっていた。

半刻あまりの間に、八十人全員が崖を登った。

それまでに砦には物見を出していた。砦の見張りはたった四人しかいなかった。この嵐でもあり、浜近くに伏勢を出しているので安心だと思ったらしい。正綱の水夫たちが、忍んで近づくとその四人を声も出させずに刺し殺した。

正綱は八十人を三手に分けた。三十人二組と二十人一組。二十人は正綱が指揮する役だ。弾薬庫を見つけ出すのがその役目である。他の二隊は砦の建物に放火する役だ。この嵐の中で果して放火出来るか。火はつけられても巧い具合に燃えてくれるかどうか。風が勝つか、雨が勝つか。

「焙烙玉《ほうろくだま》を使え」

正綱は両隊の小頭《こがしら》の耳に口をつけるようにして囁《ささや》いた。小頭二人が肯いて散ってゆく。

正綱も二十人をつれて前進した。

とにかくひどい風雨だった。面と向うと呼吸も出来ない。勿論、目も開けてはいられなかった。高所だけに当りがきついのである。

砦の中はさほど広くない。建物は急造されたのがはっきり判る簡単な普請《ふしん》だった。とても七百人などいそうには思えなかった。水夫たちを入れても精々三、四百、それも横にもなれない狭さの筈だった。

弱ったことに煙硝蔵《えんしょうぐら》などどこにも見当らない。そんなものを建てる余裕がないようだった。

〈床下か〉

城兵たちには恐ろしい話だが、この様子ではそう考えるしかない。

〈参ったな〉

これでは忠勝に約束した花火を揚げることが出来ないではないか。床下を這い廻って、煙硝蔵の所在地を見つけるなど、この闇の中では考えもつかない。それに建物に火がつけば煙硝蔵も自然に爆発する筈だった。

がが一ん。

爆発音が響いた。同時に違う場所からも同じ爆発音が起る。二組の部下がそれぞれの場所で焙烙玉を使ったのだ。

「鬨《とき》の声をあげろ」

素早く正綱が命じ、自分から、

「わあーッ」

凄まじい大声で喚いた。部下たちも喚く。砦の二ヵ所で同じような喚声が上った。

これはかねての手筈《てはず》である。敵に気付かれたら大喚声をあげ、大人数の兵が攻め寄せたと思わそうというのだ。焙烙玉が爆発した以上、隠密行動は終った。あとは斬込みに勝敗を賭けるしかなかった。

北条方の城兵が建物の外にとび出して来た。一様《いちよう》に風雨に曝《さら》された瞬間に踞《うずくま》った。今までぬくぬくと家の中にいたために咄嗟《とっさ》の対応が出来ないでいる。

〈今だ〉

先手をとって斬込まねばならぬ。その命令を出そうとした瞬間、ぴかりと脳裏に閃《ひらめ》くものがあった。

「斬込め！　お前は走りながら建物に片端から焙烙玉を投げ込め！」

焙烙玉を入れた防水葛籠《つづら》をかついだ男に我鳴《がな》った。

城兵はどの床下に煙硝があるか知っている筈である。そこへ焙烙玉を投げ込まれたら当然仰天して一瞬でも早く逃げようとするに極っていた。敵の反応を見ていれば、床下の煙硝蔵が判明する道理である。

向井水軍の水夫たちは、いずれも大刀を閃かして突進した。断崖を登るために、槍を持参するわけにはいかなかった。半数が半弓を立て続けに射た。とまどっている敵に立直る余裕を与えてはいけない。何と云っても、味方は八十人しかいないのである。

暗闇の中で斬り合いになった。葛籠を背負った男は命令通り走りながら立て続けに焙烙玉を放った。爆発は余計敵を慌てさせたようだ。みるみる死体の数が増えてゆく。他の二隊も各々夢中で闘っているらしく、叫び声が聞えた。こちらのやり方を真似て焙烙玉を投げているらしく、爆発音が絶え間なく続いた。

〈妙だ〉

刀が苦手な正綱は、途中から敵の短槍を奪うと、それを振り廻しながら思った。

〈火が見えない〉

いつまでたっても周囲は暗闇なのである。

焙烙玉は爆発するが、建物に火がつかないのだ。雨の方が風にまさっているのだった。

〈まずいな〉

焙烙玉の数は限られている。そのうちなくなる。おまけに敵がようやく嵐に慣れて来ていた。闘いのしぶりにそれが現れて来た。ねばりが出て来たのである。

相手を我に返らせては奇襲は失敗である。そうなれば結局は数が物を云う。

「焙烙玉、なくなりました。この一発で終りです」

葛籠をかついだ男が近づいて叫んだ。

「よこせ」

「点火してあります」

「いいからよこせ」

正綱は最後の焙烙玉を男の手からもぎとった。火縄が赤い。じりじりと燃えている。

「早く！　早く投げて……」

「やかましい！」

煙硝蔵はどの床下だ。そいつを見つけ出さないことには、味方は負けいくさだ。

「チッ」

建物から矢がとんで来た。一本は槍で払ったが、二本目が右肩に突き刺さった。焙烙玉を落した。

「この野郎！」

喚くなり焙烙玉を拾い上げて、建物に向って投げた。

爆発が起った。悲鳴が上る。

「ざまあ見ろ」

葛籠の男に、突き立った矢を根本から切らせていると、十人近い男たちが、建物からとび出して来るのが見えた。迎撃《げいげき》に出て来たのではなかった。皆、ひどくおびえて、出来るだけ建物から離れようとしている。ぴんと来た。

〈ここだ〉

焙烙玉を続けて投げ込まれると信じて、慌ててとび出して来たのに違いなかった。床下に煙硝があるからだ。

〈勝った〉
正綱はその場に坐りこむと、
「花火を出せ。ここで揚げろ」
ゆっくりと云った。
葛籠の男が、慎重に花火筒をとり出した。懐中火縄で口火に点火した。
〈よく見ろよ、忠勝〉
正綱は胸の中で叫んだ。
不意にさっきの甲板での忠勝の返事が浮んだ。なんとも可愛かった。
〈心細かったんだろうな〉
だからあんな突拍子《とっぴょうし》もない大声で返事をしたんだ。正綱はまた微笑《わら》った。
竜王丸の甲板では、その忠勝が、帆柱に体を縛りつけ、小松城の方をじっと見ていた。
「一ヵ所をじっと見とったらあきまへんで」
弥助が云った。

「ぼんやりその辺を見とった方がええんや。その方が余計見えるもんや」

焦点を一ヵ所に合せない方が、視界は拡がるのである。

「焼打ちは巧くゆかんようでんなあ。この雨のせいや。これでは船長《ふなおさ》も苦戦してはりまっせ」

確かに先刻から爆発音ばかり聞こえて、一向に火の色は見えないのである。

煙硝蔵が爆発した様子も全くなかった。

〈父上！〉

忠勝は胸の中で精一杯叫んだ。

〈死なないで下さい！　生きてわしを鍛えて下さい！〉

涙が溢《あふ》れて来たのを手の甲で乱暴に拭《ぬぐ》った。その瞬間である。

漆黒の空に、突如大輪の花が咲いた。花火だった。

「は、は、花火！　弥助！　花火だ！」

父に云われた通り、花火の上った位置をしかと瞼《まぶた》の裏に刻みこんだ。

「見えましたがな」

弥助は素早く大砲にかけた蓑《みの》をとった。既に四門とも火薬も弾丸も装塡《そうてん》ずみで、口火に点火さえすれば発射出来る状態になっている。仰角《ぎょうかく》をとって、後は微調整で足りた。

弥助は素早く懐中火縄から短い口火に点火すると、

「こっちやったな」

云うなり縄を引いた。

嵐の中でも大砲の音は頼もしく響き渡った。

闇の中を飛んでゆく弾丸の軌跡を、忠勝の見えすぎる眼が執拗に追った。瞼の裏の花火の位置と重ね合せようとしている。

「駄目ッ。一度右だ」

忠勝が叫んだのは、弾丸がまだ落下しかかっている時だった。

「一度右！」

弥助は素直に復唱すると、二門目の大砲の蓑をはぎ、同じ手続きで引綱を引いた。

果して第一弾は何の反応もなかった。

「いいぞ！　ぴったり！　今度は大丈夫だ！」

これも落下しかけた途端だった。

〈おっそろしい眼をしてはるわ、このぼん〉

弥助には弾丸の軌跡が追えないのである。忠勝を信じるしかなかった。

第三、第四の大砲の蓑をひっぺがすと、恐ろしい迅さで、正確に二回目と同じ方向と仰角で撃った。

手早く再装塡にかかりながら砦から眼を離さない。

効果はすぐには現れなかった。四門ともに再装塡を終えて、

「右によりすぎたんと……」

云いかけた時、耳を聾《ろう》するような轟音が田子の入江に木魂《こだま》した。

凄まじいまでの火柱が立った。

轟音は一つきりで終らず次から次へと連続して聞こえた。その度に新しい火柱が上る。火薬樽が一つまた一つと爆発している証拠だった。

「煙硝蔵だ」

「お手柄どしたなあ」

弥助が忠勝の小さな掌を鷲摑みにして夢中で握りしめた。

「痛いよッ」

忠勝が悲鳴を上げた。

「情けないこと云いなはんな」

弥助は更に力を籠めた。

「船長を救ったんは、ぼんやおまへんか。これでもう一丁前の船乗りや。立派な向井水軍の若大将でっせ」

まわりじゅうから歓声が湧いた。斬込隊を除く竜王丸の全乗組員が集っていた。

熱いものが忠勝の背筋を伝った。それは火のような感動だった。

「そ、そうだといいけど……」

忠勝は吃《ども》り吃りそう云った。

煙硝蔵の爆発で、正綱は二、三間吹きとばされた。もろに爆風を受けたのである。首の骨が折れたかと思うような衝撃だった。

起き上ろうとしたが容易に起きられない。ひどい鼻血だった。

だがこの男にとって、これくらいのことは日常茶飯事に等しい。首を一つ振ると、もう常態に戻っていた。喚いた。

「喚けえ！　鬨の声をあげんかあ！」

云うなり自分から、血も凍るような雄叫《おたけ》びをあげた。

そこかしこで向井水軍が力の限り叫んだ。

「わあああ！」

それは追討ちに似ていた。煙硝蔵の爆発で現実に多数の死者手負《ておい》いを出した北条方は、折角《せっかく》盛り返しかけていたねばりを一挙に失ってしまったのである。

敗北とは一人々々の兵が負けたと思うことだ、とは旧帝国陸軍の作戦要務令中の有名な一節である。どこか負け惜しみに似た言葉だが、少くとも小規模の戦闘行為においてはこの言葉は飽くまでも真実である。

北条方はこの意味で完全な敗北を喫したことになる。

おさまるどころか、益々荒れ狂う暴風雨の中を、城将山本常任はじめ北条方の武士、水夫たちは、四分五裂の有様で逃走した。

正綱は追跡を固く禁じてあった。もともと追撃戦で勝ちをおさめるほどの手勢ではなかったし、かねて合図の呼子《よびこ》を吹いて集めてみると、八十人の斬込隊は半数近い四十五人に減っていた。危いところだった。煙硝蔵が爆発してくれなかったら、事態は逆転していたかもしれなかった。

〈いつまでもこんな戦《いく》さをしていちゃいかんなあ〉

正綱は安堵の思いの中で沁々《しみじみ》そう思った。

右肩の矢傷が馬鹿に痛かった。

台風一過の眩《まぶ》しいほどの陽光の海だった。

正綱は竜王丸の甲板に立って、目を細めていた。右肩の矢傷は、筋を切ったのかひどく痛み、右腕がほとんど動かなかったが、正綱は気にもかけていない。心は専《もっぱ》ら安良里《あらり》砦に向った本多作左衛門と海坊主の安否に向けられていた。

正綱は向井水軍の関船五艘と、岡部水軍の関船十二艘を引きつれて、あらかじめ定められた合流海域に来ていたが、作左衛門と海坊主の乗った天地丸と安《あ》宅丸《たけまる》は一向に現れようとしないのである。二艘の安宅船のほかに関船五艘もいる。よもや海戦で負ける筈はなかった。負けいくさの危険があるとすれば上陸戦である。自分たちと同じ嵐の中で行われた上陸戦では、何が起るか判ったものではない。本多作左は歴戦の『いくさ人』だが、恐らくあれほどの風雨の中で闘ったことなどあるわけがなかった。

〈待つ身はいやだ〉

正綱は左手でぴしゃりと舷側を叩いて顔をしかめた。右肩に激痛が走ったからだ。

「辛かったか、昨夜は」

忠勝に声をかけた。昨夜は一睡もしていない筈なのに、ぴちぴちした肌の色は若さの証拠であろう。試みに自分の顔を撫でて見るとがさがさに荒れていた。

「少しも辛くなんかありませんでした」

忠勝は叫ぶように云った。

「花火を見つけるだけでしたから。あとはみんな弥助がやりました」

正綱は待つことの辛さを云ったつもりだが、通じなかったようだ。

「お前、闇でも眼が見えるそうだな。弾着修正が実に正確だったそうじゃないか」

「判りません。でも昨夜は確かに見えました。いつもは違います」

「それでいい」

頭を撫でてやろうと左腕を動かしかけて、急いでやめた。この子も実戦を味わった以上、今日は曲りなりにも一箇の『いくさ人』である。『いくさ人』の頭を撫でるなど不遜《ふそん》もいいところだろう。

「船が見えまーす。安宅丸と天地丸でーす」

帆柱のてっぺんから声が降って来た。昨夜まっさきに断崖を登った、あの身軽な水夫である。

〈あいつも生きていてよかった〉

死んだ部下たちへの思いがちくりと胸を刺したが、すぐ振り払った。まだ戦闘中である。死者への悼《いた》みはいくさが終るまでおあずけだった。

正綱の出した左手に、忠勝が素早く遠眼鏡を手渡した。動かない右腕を思ってか、きちんと引き伸ばしてある。

「肩を貸せ」

「はいッ」

忠勝の肩に遠眼鏡を置いてのぞいた。

天地丸の舳《へさき》に作左と海坊主が並び、こちらに向って手を上げているのが見える。二人とも無傷のようだった。

「碇を揚げろ」

正綱は怒鳴った。ここでくつろいでいる暇はなかった。向井水軍は勢揃いしたらすぐ南下しなければならない。豊臣水軍の一翼を荷《にな》って、下田城の攻略にかからねばならないのである。下田城を守る清水上野介康英は、北条家譜代《ふだい》の中でも、関八州に勇名をうたわれた武将であり、船大将だった。

三艘の安宅船の前を十艘の関船が行く。背後には岡部水軍の関船十二艘。堂々たる艦隊だった。それが一斉に帆を揚げ、陽光の下一路駿河湾を南下してゆく姿は凜々《りり》しく美しい。

正綱はちらりとそばに立つ忠勝を見た。

口を半ば開け、酔ったような表情だった。

「どうだ？」

正綱はにやっと笑って訊いた。

「凄いです。船はいいなあって思います」

忠勝が眼を輝かせて、弾むように応《こた》えた。

正綱は無言で頷き、再び眼を水路に戻した。

下田城

下田城は内陸部の韮山《にらやま》城と共に、北条家の伊豆支配の要である。この南北の城はだからこそ北条家切っての強剛の武将に委されていた。韮山城の主は北条氏政の弟氏規《うじのり》であり、下田城の主は伊豆衆二十一家の筆頭であり、全伊豆水軍を統《す》べる船大将清水上野介康英だった。だからこそ豊臣水軍にとって下田城は全力を賭しても攻め落さねばならぬ城だったのである。

下田城は現在の下田市城山を中心とした一帯にあった。城山は下田港の港口を扼《やく》する位置にある。直径一キロ弱、高さ六十メートルほどの円形の半島で、周りに幾つかの入江のある要地である。ただ相模灘側にあるために、西国からの敵と闘う戦略基地としては不都合な面が多い。だが西伊豆の全水軍基地が壊滅した現在、ここ下田城こそ、豊臣水軍を阻止する文字通り最後の砦だった。

『関八州古戦録』には、

『伊豆の国下田の城は、南方の清水上野介信久（康英）、六百余の兵にて相守りける処に、志州鳥羽の城主九鬼大隅守嘉隆、殿下の命を受けて伊勢・志摩・尾張・三河の海賊を駈《かり》集め、大船数十艘に取乗り、海面の攻手として相州表へ渡海しけるが、爰《ここ》に至りて兵船を漕ぎつけ、浸々と陸へあがり、押し寄せて攻めたりける。上野介さる覚《おぼえ》の剛の者ゆゑ、防ぎ戦ひて手並を震《ふる》ひ数日を送る』

とあるが、現実には下田城には援将として江戸朝忠がおり、総勢二千八百だったらしい。

対する豊臣水軍は九鬼嘉隆を船大将として将兵約一万五千、船数は数百艘だったと云う。

この合戦で向井水軍は城攻めに直接参加していない。堅塁と云われた田子・安良里《あらり》両砦の攻撃に、向井水軍が単独で向わされ、かなりの損害を自軍に受けながらもこれを見事に攻略したことを、船大将の九鬼嘉隆は知っている。将である向井兵庫正綱さえ手傷を負ったほどの激戦だったようだ。しかもそれが関白秀吉のいわれのない憎しみのためであることも嘉隆は熟知していた。この先、小田原沖に達すれば、関白はまたどんな無理難題を正綱に吹きかけて来るか判らない。せめて下田城攻略戦には、骨休みして貰おうと云うのが九鬼嘉隆の腹だった。

正綱は竜王丸の舳《へさき》に立って遠眼鏡を忠勝の肩で支え、下田城の攻防の様を見ていた。

隣りに海坊主が並んで、これも遠眼鏡を構えていた。向井水軍は休養を申し渡されたも同様なので、天地丸から遊びに来ていたのである。

「合戦の調子はどうですか、船長《ふなおさ》?」

忠勝が一丁前の口をきいた。田子砦の攻撃で急激に成長したように見えた。

下田城のあたりは、下田の町の焼ける煙と、大砲と数千挺の鉄砲の煙で、肉眼ではどうなっているのか分明しない。

「混戦だな」

と正綱は云い、

「あきまへんな」

と海坊主が云った。

九鬼嘉隆は、須崎半島東岸の外浦に軍勢を上陸させ、下田城の北側にある武《ぶ》山《ざん》の出城を占領した。下田の町に火を放って炎上させると、前後から下田城に攻めかかったのである。

下田沖に碇泊した諸国の軍船は、それぞれ大砲を放ち、軍勢の数も圧倒的な多数であるにもかかわらず、下田城は頑として落ちなかった。一時は大手の木戸口まで押し寄せたが、忽ち城方の猛反撃を喰って退却を余儀なくさせられている。さすがは関東に名の聞こえた猛将清水康英と江戸朝忠である。それに西国の兵はこうしたぎりぎりの白兵戦に弱い。合戦の規模が大きく、作戦で勝つことが多い結果である。それに対して関東の兵は、経験した合戦の数も多く、白兵戦に慣れている。容易に後に退かないねばりがあった。又、そのねばりの強さを知っていた。

「九鬼殿は手を焼かれるようだな」

「長うかかりまっせ。関白はんがしびれ切らさんとええんやが」

海坊主の言葉は急所を射ていた。丁度この頃、陸を進む豊臣の軍勢は箱根の山中城を攻略し、四月二日には早くも小田原城下に達したのである。

秀吉は陸から小田原城を完全包囲すると同時に、北条軍の手も足も出せない海上から、間断なく大砲を撃たせる計画だった。大砲の砲弾はたとえ僅かずつでも確実に城を破壊し、死傷者を増やしてゆく筈だった。反撃の仕様のない攻撃ぐらい参るものはない。一種の心理作戦である。現実の戦死者の数は少くとも、兵士たちは陰鬱になってゆく。落ち込むのだ。そして落ち込んだ兵は、およそ使いものにならない。

ところが小田原に着陣してみると、肝心かなめの水軍が来ていない。小田原沖は見渡す限り海の青一色で、白帆の影さえ見えないのだ。

当然、秀吉は不機嫌になった。水軍の現状を調べさせた。

豊臣水軍は総力をあげて下田城を囲んでいた。海など三重・四重の包囲陣で、小舟一艘這い出す隙はなかった。陸でも武山の出城ががっちりと脱出口を抑え、東には一万を越える軍勢が陣を敷いている。つまり下田城は絶体絶命の土壇場にいた。そのくせ落城しない。このままでも、遠からず食糧がなくなって降服するしか法がなくなる筈なのだが、東国武士はそんな計算はしない。いよいよ現実に飢え渇くまで、断乎として旗を降さず、攻めれば凄まじい反撃を見せる。豊臣軍は正直死にたくない。どうせ勝ちいくさになるのに、自分だけそんな貧乏籤は引きたくないのだ。そんな兵士が必死の反撃に勝てるわけがない。忽《たちま》ち算を乱して逃げることになった。

総船大将の九鬼嘉隆自身が、すっかり厭気がさしていた。

清水康英は伊豆のカツギ衆と呼ばれる潜水漁師を使い、夜陰に乗じて潜って軍船に近づいては、碇を切ってみたり、吃水線に爆薬を仕掛けたりして、わるさをする。既に馬鹿にならない数の船が、このカツギ衆の犠牲になっている。それも軍船が自由に走行出来ないほど下田港外に船がひしめいているためだった。

下田城の状況を見る限り、こんなに厳重な包囲陣は不必要なのである。だから一隊か二隊を此処に残して、あとは一気に小田原沖に進むのが妥当な策だった。だがそれでは誰の船団を残すか。ここが頭の痛いところだった。誰一人ここに残りたくないのだ。誰もが安全でしかも関白の眼につき易い小田原沖に移動したいのだ。混成の船団だけに九鬼嘉隆はこの選定に迷った。

さすがは秀吉である。嘉隆の苦衷《くちゅう》を一瞬に見抜いた。即座に命令を下した。

『長宗我部元親の船団ほか若干を残し、他の水軍は小田原沖に集結すべし』

長宗我部を残した理由は明白だった。長宗我部の水軍は二千五百の兵を持ち、豊臣水軍中第二位の大きさだったからだ。ちなみに第一位は毛利水軍の五千である。九鬼水軍に至っては千五百、羽柴秀長と三位を分け合う数だった。長宗我部元親としては当然不満である。こんな頑固な城に単独で向けられては、下手をすればいくさの終るまでここに釘づけになってしまう。その上、後々責任を問われでもしたらたまったものではない。責任を分け合う意味でも、他の船団に残って欲しいと、嘉隆に強硬に訴えた。嘉隆は各船団の長を招いて会議を開き、残留者をきめようとしたが、なんやかんや云い立てて、誰一人残ろうとしない。いっそ籤引きででもきめるかと半ば自棄になって思った時、向井正綱が進み出た。

「その御役、三河水軍がお引き受け申す」

正綱らしくあっさりと云ってのけた。

九鬼嘉隆はこの淡泊な態度に感動したと云っていい。

「忝《かたじ》けない。お手前《てまえ》こそ真の海将じゃ。このこと一生忘れぬ。いつか必ずお返し申す」

きちんと頭を下げて明言した。水軍の長にとって九鬼水軍の全面的協力を得ることは、百万の味方を得たに等しい。なにしろ九鬼には例の不敗の鉄船があるからだ。長さ十三間（約二十四メートル）幅七間（約十三メートル）大砲三門を積み、舷側にくまなく鉄板を張ったこの装甲船は、火矢も銃弾も焙烙《ほうろく》（爆弾に似たもの）も一切効を果さず、正に化け物の如き代物であり、それまでの海戦戦法を一気にくつがえしたものだった。

だが正綱は照れ臭そうに手を振って、この気前のいい申し込みに応えただけである。

正綱としては本多作左衛門のために、出来る限り秀吉から離れていた方がいいと思っただけだ。それに下田へ来てから何の働きもしていないことが、正綱には心苦しい。つまりはそれだけのために残留の決心をしたのであり、嘉隆の言葉は過褒《かほう》とも云うべきものだと信じていた。

カツギ衆

「冗談ではないぞ。このままでは合戦が終るまでここに足留めを喰ってしまう。何とかして早急に清水康英を殺さねばならん」

長宗我部水軍の旗艦とも云うべき大黒丸の艫館の中である。元親はくいつくような口調で正綱に云った。

今日は全豊臣水軍が小田原沖に去って以来はじめての会議だった。向井水軍からは正綱と本多作左衛門、海坊主の三人が来ている。

「左様」

正綱はぼんやりと応えた。何か他のことを考えているような茫漠たる顔である。

「左様ではない。わしはそんな馬鹿な目に会うのは、金輪際ご免だ。明日にも総攻撃をかける。三河水軍も全兵力を投入して貰いたい」

強引且《か》つ強硬な申し入れだった。長宗我部水軍の船大将、池六右衛門が苦笑してとりなすように云った。

「我が殿のせっかちは有名でして……。お気にさわられたら御容赦願いたい」

「そんなことは全くありません」

正綱は例によって手をひらひら振りながら云う。本多作左衛門がこわい顔で正綱を睨んだ。かねてからこの癖が嫌いなのである。何とも軽々しい性格に思われてよろしくない、というのが作左の意見だった。

「ただ……」

正綱が言葉を継いだ。

「清水康英の方もそう思っているかも知れません」

「何を申す」

元親が喚いた。

「下田城に反撃の力など残っているわけがない。船はすべて我が方に抑えられ、城兵の数も大幅に減っている。そうだろう、六右衛門」

「只今の兵力約六百と物見の者は申しております」

「それ見ろ。たかが六百の兵で何が出来る。わしの手勢二千五百にお主の兵を足せば、ほぼ十倍の兵力だぞ」

「北条水軍は寡兵《かへい》のいくさに慣れてますわ。やらんとは限りまへん。六百の死兵は恐ろしゅまっせ」

海坊主が口を出した。

「攻めるも守るも死ぬのは一緒や。わしなら一か八かやってみまんなあ」

海坊主の言葉は説得力がある。その風貌から来る奇妙な迫力があった。

「一刻勝ったとてどうなる。奴等には船がないのだ。城へ戻るしかあるまい」

元親は海坊主を遮二無二《しやにむに》捻じ伏せようとしている。

「ですから先ず、その船を手に入れようとしているのではないでしょうか」

正綱のものいいはどこまでも穏やかだった。

「どうやってだ？」

「全員がカツギ衆と化したらどうでしょう。夜の中《うち》に警備の手薄そうな船に潜って近づき、奇襲の利を使って船を乗取る……」

「長宗我部水軍は、それほどたるんではおらぬ」

正綱は聞こえなかったかのように平然と言葉を続けた。

「そして夜のうちに帆を上げてまっすぐ小田原沖に向う。豊臣水軍を背後から襲うために」

「くどい！　我が水軍は……」

「殿」

池六右衛門が手をあげて元親の言葉を遮《さえぎ》った。およそ家臣らしからぬ振舞だった。そこに六右衛門の不安の大きさが、はっきり示されていた。

「向井殿」

切迫した口調だった。

「清水が襲うとしたら、どの船とお思いか」

「左様」

正綱は窓の外に眼をやった。

「たった一艘で豊臣水軍の背後をつき、多少なりと攻撃の実をあげようとするなら、最低二門の大砲が必要でしょう。二門の砲を積んでいる船は、この夥《おびただ》しい水軍の中でも二艘しかおりません。一艘は向井水軍の竜王丸。そして今一艘はこの大黒丸」

六右衛門の眼が大きく瞠かれた。

大黒丸は十八反帆、二百挺櫓、大砲二門、鉄砲二百挺、弓百張、槍二百本、長刀六十本を積んだ超大型船である。これがあるからこそ秀吉は長宗我部水軍に残留を命じたのだ。それほど全国の水軍に聞こえた軍船でもあった。それだけに、清水康英がこの船を奪って小田原沖に現れても、豊臣水軍は誰一人敵だとは疑わない筈である。思いのまま接近することが出来るし、どの船の大砲もこちらに向けられる虞《おそれ》はない。充分に照準された二門の大砲の砲弾は、安宅船の二艘や三艘は軽く破壊しつくすだろう。

そんなことになったら、いかに長宗我部が土佐の大藩といえども、到底無事にはすむまい。何よりも船大将としての池六右衛門の面目は丸つぶれである。恐らく二度と水軍で働くことは出来まい。

元親が吼えた。正綱の予想におびえた結果だった。

「大黒丸には七百のいくさ人が乗ってるんだぞ。闇々《やみやみ》と奪われる筈が……」

「精々三百です。半数以上が城攻めのために陸《おか》に上っているんですから。清水康英が全軍をカツギ衆と化していたら、その数六百。乗組員の倍です。それでも勝てますか」

元親は何か云おうとして口を開けたが、声にならなかった。半分口を開いたままの元親の姿が、恐ろしく愚鈍なものに、本多作左には思われた。

〈これが兵庫の悪い癖だ〉

作左は腹の中で呟いた。

〈こいつはいつでも他人に、自分は阿呆かと思わせるんだ〉

作左は溜息をつく。

〈悪気は全くないんだがなあ〉

正綱の言葉に充分おどかされたとはいえ、元親も六右衛門も腹の底ではまさかと思っていた。それが紛れもない現実と化したのは、なんとこの会合の夜半すぎのことだ。

夢一つ見ずに眠りこけていた六右衛門は、小さな悲鳴にはっと目覚めた。さすがは歴戦の〝いくさ人〟だった。それが死に落ちる際の悲鳴であることを、忽ち悟ったのである。

「一同、出会え！」

喚きながら裸のまま槍を握り、刀を褌《ふんどし》にたばさんで胴の間へとび出していった。なりふりよりより、迅速な反撃が大事であることを、六右衛門は知っている。

胴の間では既に激烈な戦闘が始っていた。見張り人が次から次と舷側を越えて来る、これも褌一本の下田城方の兵と斬り合っていた。

〈見張りを増やしておいてよかった〉

六右衛門は正綱が立去るなり、今までの見張りの人数を一挙に四倍にしたのである。

「舵とり舵座へつけえ。帆を上げろお。碇綱を切るぞお」

立て続けに怒鳴りながら、六右衛門は艫に走り、大刀を抜くなり碇綱を叩っ斬った。

身軽になった大黒丸が浜に向けて漂いはじめる。

「舵とり！　きちんと仕事せんか！　帆はまだか。浜にどしあげるつもりか！」

喚く間に、三人の敵を槍で突き伏せていた。

元親が出て来た。これは寝巻のままで手なれた長巻を握っている。

「貴様らあ！」

吼えるなり長巻の一振りで二箇の首を宙にとばした。

ぐらっと船が揺れ、向きが変った。広い帆が上り、舵とりが位置についた。もう大丈夫である。船が走りはじめれば、残余の敵兵は移乗することが出来ない。既に乗り込んだ敵さえ殺せば、船は安泰だった。

〈恐ろしい男だ〉

六右衛門はまた二人の敵を田楽刺しにしながら心底からそう思った。奇妙なことに敵の顔と正綱の顔が重って見えた。

〈あんな男と、間違っても戦いたくないな〉

それは六右衛門の実感だった。

詐術《さじゅつ》

清水康英とすればあの斬込みは勝負を賭けた一大冒険だった筈である。それが無残な失敗に終った以上、最早降服のほかはない。長宗我部元親も池六右衛門もそう信じて疑わなかった。

だがこの関東武者のしぶとさは無類と云えた。下田城は依然として頑強な抵抗をやめようとしなかったのである。

「どういうんだ、これは」

元親の言葉はほとんど嘆息だった。

「あの男に理非分別はないのか。部下をいたずらに死なせて、それでいいと思っているのか」

これは正に愚痴である。

他の豊臣水軍が小田原沖に去ってから既に五日が経っている。この五日間は戦闘に継ぐ戦闘だった。長宗我部水軍にも向井水軍にも、かなりの死傷者が出ている。城方の死傷者はそれを遥かに上廻っている筈だった。軍船から撃ち込んだ大砲の弾丸数だけでも凄まじいものがある。下田城は粉微塵となり、城兵は全員死亡しても少しもおかしくないだけの猛攻だった。それでも城に降服の白旗は上らなかった。

「こうなったら非常の手を使うしかない」

元親は云い切った。

「非常の手って何ですか？」

正綱が訊く。またしても打合せ会議に大黒丸に来ていた。本多作左衛門と海坊主も一緒だ。誰も彼も会議にうんざりしていた。

「詐術《さじゅつ》を使う」

「詐術ですか」

「下田城の最大の弱点は、完全に囲まれていることだ。米も味噌も城には入れぬ。小田原合戦の詳細もそうだ。そこを狙う」

正綱には何が何だか判らない。思わず作左を見た。こういうことにかけては、作左の方が呑みこみが早い。

果してこの喰えない老人は身を乗り出し、眼を輝かせている。

「と云うと……」

無礼とも云える口調だが、元親はそんなことに気も廻らないほど、己の計画に熱くなっている。

「先ず矢文を送る。小田原城は既に落ちた……」

「なんですって！」

正綱が眼を剝いた。作左がその膝を抑えた。

「詐術だよ、詐術」

元親は知らぬ顔で話を続けた。

「今や抵抗しているのは下田城だけである。この上の戦いは無益である。貴殿方の武勇のほどは元親の充分認めるところだ。関白殿下の御前もよしなに取りはからう所存であるから、速《すみ》やかに城を開け渡しては如何《いかが》」

「だってそれじゃ嘘じゃありませんか」

正綱は熱くなって叫んだ。

「だから詐術だと云ったろ」

作左がまた正綱を抑えた。

「でもそんな嘘に、清水康英ほどの武将がひっかかる筈がありません。仮りにひっかかったとしても、後味《あとあじ》の悪いいくさになります」

正綱はまだ釈然としていない。

「後味などどうでもいい。とにかく速やかに下田城を落すことが問題だ。それに清水は必ずひっかかると思う。内心では危いなと思っても、必ず乗って来る。それが今日までの大砲の効果だ」

要するに弱気になっていると云うのだ。いかにも百戦練磨の武将らしい洞察ではあった。だが正綱には依然として気に入らない。

「しかし……」

三度、本多作左が抑えた。

「無用の死人手負いが出ぬことはよいことじゃ。確かに清水は乗らぬかもしれぬ。だが乗って来れば、それはあの男の決断なのだ。欺し欺されるのは、合戦の常。要は人死《ひとじに》を出さぬのがよい。詐術といえども試みるべきだと思う」

作左にそこまで云われては、正綱は逆えない。それに人死を出さないため、という理由は大きい。今は口を噤《つぐ》むしかなかった。

正綱の予想ははずれた。

射込まれた矢文に対して、清水康英は承知を伝える矢文を返してよこした。康英はまんまと話に乗ったのである。

その上、康英は指定された対岸の武ケ浜まで出向いて来た。その場で康英と元親の間に和議が結ばれた。正綱も本多作左もその席に列っている。

下田城は大手門を開き、長宗我部水軍を受け入れた。四月八日のことだ。

味方の兵が下田城を占拠すると、元親の態度が豹変した。対等の和議を結んだ筈なのに、清水康英を降将として監禁し、北条軍将士の武装を悉《ことごと》く解除し、これを捕虜として扱ったのである。康英は当然怒った。

「それでは話が違う。長宗我部氏ほどの武将が二枚舌を使われるか」

康英は舌鋒鋭く責めたが、元親はせせら笑った。

「話が違うのははじめからだ。小田原城はまだ落ちてはおらん。各地の北条方の出城で、合戦はまだ熾烈に続いておる。すべて下田城を落さんがための詐略だ。それにまんまと乗ったお主が阿呆だったと云うことだ」

康英は茫然自失し、次いで己の不明を強く恥じた。この時、脇差が与えられていたら、康英は死んでいた筈である。

真相を伝えられた北条水軍の将兵は、地団駄踏んで口惜しがった。その夜のうちに叛乱が起きた。長宗我部水軍の警備の眼をかいくぐって、これを倒し、武器蔵を襲って得物を手に入れた百人余りの捕虜が、脱出を試みたのだ。

もっとも百人では所詮無理だった。武器も槍、長巻、太刀のたぐいだけで、鉄砲は手に入らなかった。四十人余りが戦闘で殺され、六十人足らずが再び捕虜になった。不意をつかれた長宗我部水軍の犠牲は大きく、百四、五十人にのぼる死人、手負いを出した。

元親は激怒し、生き残りの六十人足らずの北条兵を浜に集め、日の出と共に、訓練がわりに大砲の標的にして処刑すると云い放った。

正綱がこの話を聞いたのは夜半である。すぐ艀《はしけ》を出して大黒丸に向った。本多作左衛門と海坊主も同道している。

「そもそも清水康英を降将として扱ったのが間違いです。長宗我部殿ははっきりと対等の和議と云われた。それは手前も、本多氏も、海坊主も聞いています」

正綱は元親に迫った。相変らず穏やかなものいいだが、後には退かぬという迫力があった。

「小田原城落城と嘘を云ったのは人死をさける手段として許せます。だが対等の和議を唱《うた》いながら清水殿を降将として扱い、部下は悉く捕虜とするのは、明かな約定違反です。城方が怒るのは当然、叛乱が起きて当り前でしょう。それを又残忍な手だてで処刑するのでは、明かに不義になる。和議に立合った者の一人として、この処置に断乎反対します。早速にも清水殿、並びに配下の面々をお召し放ち願いたい」

正綱には珍しい長広舌だった。

だが元親には青臭い議論としかとれない。合戦に義も不義もありはしない。あるのは勝敗と生死だけである。

「断わる。召し放てば敵対するのは明かだ。そんな相手は殺すしかない」

「人死を避けるのが、この詐略の目的だった筈ですが……」

「味方の死を避けるのがな。敵の死とは云っておらん」

正綱は呆れたように元親を見つめた。

「大分話が違ったようですね。長宗我部殿は味方まで詐略にかけられるのですか」

これは明かな罵言である。それに元親は一箇の大名だが、正綱は徳川家康の家臣だ。つまり又者《またもの》といわれた陪臣である。身分が違った。元親は怒鳴った。

「又者の分際で無礼を申すなッ」

「又者も大名も水軍に変りはない。海の上では対等の筈です」

「黙れ！　重ねて申すとお主も大砲の餌食にしてくれるぞ。わしの意見に変りはない。引っこんでいろ」

正綱は暫く元親の顔を見つめていたが、

「それでは仕方ありませんな」

と呟くように云って艀に戻って行った。

池六右衛門はこの最後の一言が気にかかった。仕方がないとはどういう意味だ。処刑も仕方ないと云うのか。それとも……。六右衛門の胸がざわざわと騒ぎ出した。

〈あの男はうわべは大人しいが、簡単に自説を翻《ひるが》えしたりしない〉

その確信があった。それに、

〈殿はご自分の家臣のように怒鳴りつけられた〉

そうも思う。自由を身上とする水軍の長《おさ》にとっては、最大の侮辱である。だが今更それを元親に云っても何にもならなかった。自分の疑惑が思い過しであることを祈るしかなかった。

翌早朝。城山の入江の一つに、六十人近い叛乱兵たちが集められ、それぞれ棒杭にくくりつけられた。作業を終ると長宗我部水軍の者はそそくさと引き揚げた。自分たちまで大砲の餌食にされては、たまったものではない。沖では大黒丸が自慢の二門の大砲をこの入江に向けて、元親の命令を待っていた。

その大黒丸の舷側で、池六右衛門は遠眼鏡を構えて、入江とは反対の沖合をしきりに見張っていた。その手がぎくっとしたように僅かに震えた時、元親が声を掛けて来た。

「どこを見ている、六右衛門。弾着を計るなら、入江に遠眼鏡を向けろ」

「入江どころではござらん。殿も御覧あれ」

沖合を指さした。緊張で顎がこわばり、顔色まで変っている。

元親も自分の遠眼鏡を構えた。

忽ち帆を一杯に張った安宅船が映じた。安宅船が他に三艘、そのほか二十艘あまりの関船が、いずれも全速力でこの大黒丸めがけて帆走して来ていた。

「三河水軍ではないか。処刑の見物に来たのだろう」

「帆柱の上の旗を見られよ。あれは戦闘旗ですぞ」

「何!?」

元親は慌ててもう一度遠眼鏡を構えて竜王丸を見た。六右衛門の云う通りだった。しかもその有名な四門の大砲はすべてこの大黒丸に向けられていた。砲手らしい男が、火縄を握ってそばに立っている。この船を砲撃するつもりでいることは明らかだった。

元親は久し振りに狼狽した。

「どういうつもりだ、あの男」

「殿は昨夜いいすぎられました。徳川、いや向井水軍は、己の誇りのために長宗我部水軍に闘いを挑んで来たのです」

「そんな馬鹿な！　我が水軍を討つのは、豊臣水軍を討つことになるぞ」

「必ずしもそうとは云えません。下田湊の戦いは既に終っています。ですからこれは単なる私闘でしょう。私闘の時は理のある者が有利です。それでなければ喧嘩両成敗。間違っても一方的に罰せられることはない」

六右衛門は立て続けに命令を発して碇《いかり》を切らせ帆を上げさせた。大砲を竜王丸に向けねばならぬ。

突然、帆柱が折れ、上げかけた大帆と共に落ちて来た。遅れて砲声が聞こえる。竜王丸の舳に白煙が上った。たった一発で帆柱を折ったのである。神業のような射撃術だった。

「白旗を振れ」

六右衛門が叫んだ。白旗は今も昔も降服のしるしである。

「血迷ったか、六右衛門」

喚く元親に六右衛門は冷静に云った。

「殿は溺れ死ぬ方をお望みか。帆が上げられぬ以上、大黒丸は撃沈されるだけですぞ。味方の船も一艘として沖に大砲を向けているのはおりません。恐らく瞬く間に撃沈されるでしょう」

溺死という言葉に、やっと元親は我に返った。絶体絶命とも云える状況を把握した。

「溺れるかわりに何をしろと云うのだ」

「下田城兵召し放ち。懐が痛むわけではありません」

六右衛門が冷たく云った。

清水康英は召し放ちになった後、一旦駿府に落ちのびたが、その後ふたたび南伊豆に帰り、河津の筏場に隠棲して一生を終ったと云われる。

急使

使者は雲水姿《うんすいすがた》だった。だが騎馬である。よほど責めたと見えて、馬は三崎《みさき》の番所に達すると同時に倒れた。雲水は馬が倒れる寸前に身軽に跳び降りて、番所の門に向った。到底《とうてい》、雲水の馬術ではない。果して番所の門番は驚いたように身を固くして低頭《ていとう》した。

「彦之介さま、お帰り」

の声が忽ち《たちま》奥にいた山中修理亮《しゆりのすけ》のもとに届いた。

山中修理亮は、この三浦半島の突端《とつたん》、三崎の番所に置かれた番手の頭領である。

この地は永らく三浦一族の支配下にあったが、今では北条のものだ。そして港を見下す高台にある三崎城は北条氏規《うじのり》があずかっていた。氏規はこの三崎城と油壺《あぶらつぼ》の新井《あらい》城、更に韮山《にらやま》城の城主を兼ね、通常は韮山城にいた。三崎城は城代横井越前守神助があずかり、山中修理亮はその下で海関《うみぜき》を守り、三崎十人衆をはじめとする水軍を率いていた。いわば三崎水軍の海賊大将である。

彦之介は修理亮の弟で、小田原城の北条氏直《うじなお》の近習役《きんじゅうやく》をつとめている。当然、氏政《うじまさ》・氏直と共に籠城《ろうじょう》している筈である。その彦之介の突然の帰郷は、緊急の事件を告げるものに違いなかった。

急いで表の間に出た修理亮は、意外な弟の姿に驚いて、一瞬足をとめた。

「その姿はなんだ、彦之介」

「小田原城は二十二万の豊臣軍団に囲まれて、蟻《あり》の這い出る隙間もない。雲水に姿を変えても、危《あや》うく斬られるところだったよ」

彦之介の声は苦々《にがにが》しく、その底に絶望を秘めていた。

「二十二万!? そんな……」

修理亮は絶句《ぜっく》した。二十二万とは、およそ考えることも出来ない兵力だったからだ。少くとも関東のどの合戦でも、そんな数の兵が動いた記録は皆無《かいむ》である。

「しかも寄手《よせて》の大将どもは大坂から妻女を呼び、毎日のように宴会続きだ。兵卒の方は遊女屋が出来て入りびたりと来ている。小田原は今や弦歌《げんか》さんざめく遊所と化した。城の中だけは地獄だがね」

「豊臣方は、遊びながら攻めるのか」

修理亮は信じ難いという顔で尋ねた。こんな奇妙な合戦は理解の外にあった。

「いや、奴等は攻めない。攻めて来るのは沖合に碇泊《ていはく》した夥《おびただ》しい安宅船《あたけぶね》だけだ。これが日のある内は絶え間なく、城内に大筒《おおづつ》を撃ちこんで来る。既に死人手負《てお》い、数知らず。それなのに当方からは一発の応射も出来ない。大筒がないのだ。船もない」

「伊豆水軍は何をしてるんだ」

修理亮が激しく云った。同じ北条の水軍だけに向っ腹が立って来たのだ。

「悉《ことごと》く沈んだ。伊豆水軍は既にない」

「一艘残らず、か!?」

「一艘残らずだ。北条に残った船は、この三崎と走水、それに浦賀の船だけだ」

彦之介の声は沈痛だった。この三つの番所に属する船の数は少く、しかも大きなものでも関船《せきぶね》がせいぜいである。安宅船は一艘もいない。つまり大筒をのせた船はいないのだ。彦之介はそのことを知りつくしている。

修理亮も暫《しばら》く沈黙した。同じことを考えていたのだ。やがてほっと息をついて云った。

「だがやらねばなるまい」

反射的に彦之介が応じた。

「そうだ。やらねばならぬ。やらねば北条は潰《つぶ》れる」

そうでなくても、小田原城内は厭戦《えんせん》気分にどっぷりひたっていた。当然だろう。城の内と外が余りにも違いすぎた。しかも城内には小田原在の町人・百姓・漁師までがかき集められ、俄《にわ》か兵卒にされている。城兵の総数五万三千の中には彼等の占める位置が大きい。こんな連中に我慢しろと云う方が無理だった。

「お城に大筒が二門ある」

修理亮が云った。湾口を制するための武器である。

「あれを関船に積もう」

彦之介が頷《うなず》いた。

「新井城にも二門ある」

「しめて四門か。相手の数は？」

「聞いても仕方あるまい」

それほど多いと云うことだった。

「だがみな城に向いている。碇を降してな」

背後への警戒がない。北条水軍の安宅船はすべて沈めたと信じ切っているのだ。

「浦々の釣舟まで集めて、爆薬を積み、夜にまぎれて敵の安宅にぶつけるんだ。混乱しているところへ大筒をぶち込む。そうなれば敵も少しはこたえるだろう」

碇を降ろしている分、敵船の動きは鈍い。敏速に動けばかなりの損害を与えられる筈だった。

「釣舟まで使うのか」

修理亮が悲しそうに云った。

「数がいるんだ、数がな」

「判っている。だが舟がなくなったら漁師たちはどうする?」

番所は戦闘のためにだけあるわけではない。浦々の漁師たちの束《たば》ねも役目のうちである。それだけに彼等の生活への配慮が、修理亮にはある。彦之介の応《こた》えは無慈悲なものだった。

「国が滅びるかどうかの瀬戸際《せとぎわ》なんだぞ。漁師たちのことなど考えられるか。第一、奴等には舟を漕いで、敵の安宅にぶつける仕事がある。どうせ生きてはいないよ」

修理亮は大きく溜息をついた。

審問

関白《かんぱく》秀吉は小田原城を俯瞰《ふかん》出来る笠懸山《かさかけやま》に本陣を置いていた。ここに石塁を築き、石垣山の陣と称した。

その日、この石垣山の陣内で、向井《むかい》兵庫正綱《ひょうごまさつな》の審問が行われていた。秀吉と徳川家康、羽柴秀長、石田三成の他に、九鬼嘉隆はじめ諸国の海賊大将が残らず出席していた。

訴えたのは長宗我部元親。訴因は向井水軍の無法な味方攻撃、中でも大黒丸の帆柱を砲撃によって倒したことである。

正綱には本多作左衛門が、元親には池六右衛門が証人としてつき添っていた。

向井正綱はいつもと変りなかった。何を考えているか判《わか》らぬような、茫漠《ぼうばく》たる表情のままである。下手をすれば生命にも関わる、この審問の成行きについて、何の心配もしていないかのように見えた。

逆に訴え出た長宗我部元親の方が、蒼ざめている。ほとんど顔色が無いと云っていい。

理由があった。

この審問はもともと元親の望んだものではなかったのである。

元親は腹の中が煮えくり返るほど怒ってはいたが、ことを公《おおや》けにする不利は悟っていた。

元親は慎重に口を噤《つぐ》んでいなければいけなかったのだ。だが青二才に大事な船の帆柱を倒され、白旗まで掲げねばならなかったという屈辱が、元親を黙らせておかなかった。

さすがに秀吉に云うことはなかったが、ついつい軍目付《いくさめつけ》の石田三成に憤懣《ふんまん》を吐き出してしまったのである。相手が悪かった。三成は文官の最たる者である。文官は何よりも秩序を重んじる。激怒した。仮にも長たる者に攻撃をかけるとは何事であるか。厳罰に処すべきではないか。三成は秀吉に強硬に主張し、遂にこの日の審問になった。

三成は秀吉を代弁するような顔で、正綱が元親の大黒丸を砲撃したという一点に事件をしぼり、それが叛逆行為に匹敵すると責めたてた。

正綱は全く無言で、よく動く三成の口を見ていた。馬鹿々々しくて答弁をする気にもならない。三成は海の上のことは何一つ知らないのである。海上では船長《ふなおさ》はすべて一匹狼である。作戦上、手を組むことはあっても、従属することはない。だからこそ事前に細かい打合せをやり、各船長を納得させた上でしか、行動を起さない。そしてそれほど細かく打合せた末でも、窮極的にその船の動きはすべて船長の意のままだ。結局は各船長の判断と決断が、何物にも優先する。それほど海は油断のならない相手なのだ。陸《おか》の合戦とはわけが違うのだ。

ましてや作戦行動中でなければ、各船は自由である。階級がないのだから、叛逆もあるわけがない。海の男なら、誰でもそんなことは知っている。だがそれを陸の人間に納得させることは至難のわざだった。

だから正綱は黙っている。別に三成を馬鹿にしているわけでも、どうせたいしたことにはなるまいとたかを括《くく》っているわけでもない。その証拠に正綱は、この審問の場に出る前に、海坊主に命じて、向井水軍の船に充分の水と糧秣と火薬を至急積み込むように、密かに命じてあった。いざという時は全速力で清水湊に帰り、家族を乗せて逃走するつもりだった。行先は東シナ海ときめていた。長宗我部元親のやり方を是《ぜ》とする豊臣水軍になど、一刻もいたくない。むしろ明《みん》国相手に八幡《ばはん》をするか、シャム、ルソン相手の交易でもしていた方がいい。そう思い定めていた。

「黙っていないで何か云ったらどうだ」

さすがの三成が、正綱の沈黙を不気味に感じはじめたのは、正綱の性根《しょうね》の据《す》え方が顔にまで出ていたからかもしれない。

「水軍の作法《さほう》は水軍にしか判りません」

正綱は一言そう云っただけだ。

三成の驚いたことに、この場にいた海賊大将たち全員が、我が意を得たというように大きく頷いた。彼等すべてが、先刻からの三成の叱責を不快に感じていたことが、その動作に明瞭に現れていた。

〈やりすぎたかな〉

三成は一世の才子である。危険を予知する能力にも恵まれている。忽ち己《おの》れの失策に気づいた。だがこの審問をうやむやにすませては、自分の面目が立たない。多少無理でも、この若い海賊大将を罰しなければならぬ。

「陸の上であろうと海の上であろうと、叛逆行為は許されぬ。この者は厳しく罰せられねばならぬと存ずる。上《うえ》さまの御裁断をお願い申します」

秀吉を見た。どきりとした。秀吉が珍しくこわい顔をしている。不機嫌なのだ。その不機嫌の理由が計りかねた。

「嘉隆、どうだ？」

秀吉はいきなり九鬼嘉隆に訊《き》いた。

「向井兵庫は全水軍の認める勇者にございます。石田さまの御申し立ては不充分かと存じます。今一度、詳しく事情をお調べの上、御裁定を願わしゅう存じます」

「いかなる事情があろうと、叛逆は叛逆だ」

三成が吼《ほ》えた。

「左様か」

嘉隆は冷たい眼で三成を見た。

「では手前は以後、長宗我部水軍と行動を一つにすることはお断り致す。いつ同じ目に会わされるか判りませんからな。味方に斬られてはおちおち合戦も出来申さぬ」

各藩の海賊大将たちが異口同音《いくどうおん》に賛意を表した。いずれも長宗我部水軍とは行動しないと誓ったのである。

長宗我部元親の顔がまっ白くなった。これは八分《はちぶ》である。どれほど強力な水軍でも、全国の水軍に八分にされては生きてゆけない。安全な海域が自国の近辺だけになっては、水軍の役を果せないからだ。

三成は狼狽《ろうばい》したと云っていい。まさかこんな結果になるとは予想もしていなかったのだ。これで正綱に腹でも切らせれば、徳川水軍と長宗我部水軍双方を失うことになる。それも合戦のさなかにである。軍目付のなすべきことではなかった。

秀吉がじろっと三成を見た。その目がはっきりと怒気《どき》をはらんでいる。うかうかと三成の言葉に乗って、この審問会を開いたことを後悔しているのだ。審問の途中から秀吉はそれを敏感に察していた。それが不機嫌の理由だった。

だが三成は自分の片腕である。見殺しにするわけにはゆかなかった。だがこの肝心の時に水軍同士の仲たがいは何としても避けねばならぬ。だがどうすればいいか判らない。

「徳川殿」

家康に声をかけたのは、助けを求めたのである。だが家康は乗って来ない。実のところ三成の一方的ないい草に烈火のように怒っていた。

「向井水軍なくして徳川水軍はありませぬ。即刻、全水軍を清水に帰し申す。兵庫の処分については手前《てまえ》にお委《まか》せ願えれば有難い。手前にとっては大切な家臣でござる」

ひとの家来に、はたから余計な口出しはするな、と云っているようなものだった。三成への当てつけである。三成は顔色を変えた。三成は豊臣軍団全軍の軍目付だ。相手がどこの藩士だろうと云うべきことは云わねばならぬ。だが今それを主張することは危険すぎた。家康を怒らせれば、或は水軍のみならず徳川軍団そのものもあげて三河に帰ってしまうかもしれない。豊臣軍団は混成軍団である。徳川勢が抜けることで、他にもそれに倣《なら》う者が出るかもしれぬ。最悪の場合、家康とその同調者が北条と組んで秀吉に牙をむくことにでもなったら、秀吉の身さえ危い。挟撃《きょうげき》されることになるからだ。軍目付の身で、そんな危険を冒《おか》すことは出来なかった。

長宗我部元親が、頭を畳にこすりつけるようにして平伏すると云った。

「そ、その場合は、手前の水軍も帰国することをお許し願いたい」

当然だった。全水軍に敵視されながら、孤立したままで戦闘海域にとどまることは出来ない。

秀吉は溜息をついた。今のところそれが一番の処置かもしれない。徳川、長宗我部両水軍がこの海域から消えれば、水軍の結束は元に戻るだろう。それに一種喧嘩両成敗の形にもなる。小田原城砲撃は、両水軍がいなくてもたいした影響は受けまい。落城も間近いことを、秀吉は勘で知っていた。

その上、この話自体がどこかうさん臭かった。三成の云う通りなら、長宗我部元親は正しく、向井正綱は一方的に悪い。だがそれにしては海賊大将たちの反応が奇妙だった。いかに勇者とはいえ、一方的に悪い男に海賊大将どもが揃って肩入れをするわけがない。正しい方を八分にするに到っては論外である。これは元親の方が何か少くとも水軍にとっては不義と思われる所業を犯している証拠だった。恐らく向井が敢《あ》えて戦闘行動に出た理由に、元親側の不義があった筈だ。石田三成はその部分を全く語ろうとしない。それが片手落と云われる所以《ゆえん》に相違なかった。

そうだとすれば、三成は馬鹿な真似をしたものである。公平さを欠いた軍目付くらい始末《しまつ》に悪いものはないし、これほど武将の嫌悪《けんお》するものもない。この審問一つで、三成はその汚名を着ることになる。恐らく今日じゅうにも、この審問の噂は全軍の間を駆け廻る筈である。それでなくても三成はその秀才面《づら》と傲岸《ごうがん》さによって、武将たちから嫌われている。その嫌悪感に更に拍車がかかるのは自明の理だった。

「双方に帰国を許す」

秀吉は正綱と元親に向って云い、次いで三成を見た。刺すような眼だった。

「佐吉」

久しぶりに幼名で呼んだ。

「今日から軍目付の職を解《と》く。陸奥の作戦に専念しろ」

三成は蒼白になった。これは明かな叱責である。秀吉は最も現実的な処理をしたことになる。軍目付への不信は、全軍の動揺を招くからだ。

これでこの審問の勝者は正綱と云うことになった。秀吉が正綱の罰について一言も触れなかったからだ。叛乱の件は不問に附され、喧嘩両成敗の原則が生かされた。その上、三成は軍目付の職を失ったことになる。

〈さすがは関白殿下だ〉

海賊大将たちの俄《にわか》に明るくなった顔を見ながら、秀吉は席を起《た》った。

三崎侵攻

小田原沖からの撤退は、向井水軍の方が一日早かった。既に船出の支度が整っていたのだから当然である。

小浜・伊丹・岡部の各水軍は現地に残っている。家康がさすがに徳川水軍のすべてを清水に帰すことは遠慮した結果だった。

だが向井水軍だけで安宅船三艘、関船五艘、小早《こばや》十二艘、正《まさ》に堂々たる船団だった。三艘の安宅船に積まれた大筒だけで八門。これはこの当時としては相当の火力である。その上、五艘の関船には、全船、長鉄砲をのせていた。長鉄砲は大筒よりは小粒だが、鉄砲とは比較にならぬ射程距離と弾丸の大きさを持つ。炸裂弾《さくれつだん》も火焔弾《かえんだん》も発射することが出来た。

小早十二艘のうち四艘までが、試みに同じ長鉄砲を積んでいる。これが巧《うま》くゆくようなら、正綱は小早のすべてに、この火器を積ますつもりだった。そうなれば向井水軍は小粒ながら無敵の船団になる。

舳《へさき》で忠勝の弾《はず》んだ声が聞え、水夫たちの笑い声が起った。正綱が歩みよって見ると、剽軽者《ひょうきんもの》のいるかである。竜王丸と併行して泳ぎながら、時々跳びあがり、水面を疾走する。その姿がなんとも云えず可愛らしい。

「つかまえましょうか、船長《ふなおさ》?」

忠勝が正綱を見ると云った。

「可哀そうなことをするな。活魚があったらやれ。あれは餌をねだっているんだ」

「はい、船長」

忠勝が身軽にすっとんでいった。戦闘経験を積んで逞《たくま》しくなったとは云え、まだ九歳の幼なさである。いるかが遊び友達のように見えたに違いなかった。やがて艫《とも》から小魚を容《い》れた桶《おけ》を運んで来ると、一尾《び》々、手でいるかに放りだした。いるかがまた最大級の愛想のよさで、その小魚を捕えては呑みこむのである。跳び上り、時に空中で身を捻《ね》じり、時に一回転までしてみせる。たいした芸達者《げいだつしゃ》だった。

正綱の眉間《みけん》に縦皺が寄った。

「ばかに人に慣れているな」

「そうですね、船長」

忠勝は反射的に答えた。

「まるで飼い慣らされているみたいです」

「飼い慣らされて……？」

正綱の皺が深くなった。何か一筋に思念を追っている顔だった。

この当時いるかが飼い慣らされるわけがない。そんな酔狂《すいきょう》な漁師がいるわけがなかった。だとすれば、このいるかがこれほど人に慣れている理由は一つしかない。この近くにすぐれた漁場があり、漁師たちが毎日のように集って来るのだ。このいるかはその連中と馴《な》れ親しんだ結果、こんな剽軽者になったに違いなかった。

正綱は水夫《かこ》たちを見廻して云った。

「この近くに、いい漁場があるのか。誰か知らんか」

水夫たちは顔を見合せた。一様《いちよう》に小首をかしげている。弥助が一同を代表して応えた。

「聞いたことおまへんなあ。それに釣りのことやったら、船長の方が詳しい筈やおまへんか」

正綱は首を横に振った。

「このあたりに、漁場はない。もっと陸寄りだ」

だからいるかの動きが不審なのだった。

「全員で舟を探せ。見逃《みのが》すんじゃないぞ。漁船の群を見つけた者には、賞金をやる」

水夫たちが歓声をあげた。彼等の船大将は実に気前がいい。賞金を出すと云えば、はした金ではなかった。一同、その気になって見張りをはじめた。

「新しい釣場さがしでっか」

弥助さえ、悪態つきながらも、海上に眼を凝《こ》らしている。

だが老練の水夫たちも、視力の点では九歳の忠勝にはかなわない。それを真先に見つけたのは、やはり忠勝だった。忠勝が一点を指すと、正綱は遠眼鏡を延ばしながら云った。

「弥助、みんなに酒を振舞《ふるま》え」

それが賞金の代りである。だがそれに応えた水夫たちの歓声も、もう正綱には聞こえていない。それほどに遠眼鏡に映る漁舟の一団に気をとられていた。

小ぶりの釣舟ばかりが十艘はいる。それも密着するように固まっていた。こんな形で網を張ることは出来ない。釣り糸を降すにも不便な筈である。つまりはこれは漁のための舟ではない、ということになる。

では一体何をしているのか。

釣舟の上で人の動きが激しい。慌《あわ》てているという感じだった。何かが朝日を受けてきらりと光った。

「忠勝」

呼びつけて遠眼鏡を渡した。

「左から二番目の舟だ。胴《どう》の間《ま》に何か光った」

忠勝がじっと構えて見つめた。驚いた表情になった。

「あれは……。鉄砲のようです、船長！」

正綱はひったくるように遠眼鏡をとり戻した。弥助も仰天して自分の遠眼鏡を構えている。正綱は釣舟の周辺の海面を見廻した。

あった！

そこかしこに、徳利《とくり》にさした的が波間がくれに漂っている。なんとこの釣舟たちは、鉄砲の稽古をしているのだ。正綱は自分もさんざんこうした形の稽古を積んだ身だから、一目で判った。

だが今まで小田原沖にいて銃声を聞いたことがない。海上では音の伝播は呆れるほど遠方まで届く。

〈そうか〉

合点した。彼等は豊臣水軍の砲撃に合わせて射撃していたのだ。これなら聞こえる道理がない。

〈だが何のために？〉

それが問題だった。そもそもうしろ暗いところがなかったら、こんな手のこんだ鉄砲の稽古をするわけがない。だからこの漁師たちは豊臣水軍の者ではあるまい。恐らく北条方である。だが仔細に見ると、船頭の多くはまぎれもない漁師である。水夫と漁師は同じようでいて微妙に、だがきっぱりと違う。そして十艘の舟に三人だけ、明かに武士と見える男が乗り込んでいた。この三人が残りの漁師たちに、即席の教育を授けている最中なのだ。

三人の武士はどう見ても水軍の者だった。海にも舟にも慣れ切っている。

〈北条にまだ水軍が残っていたのか〉

正綱は相模湾一帯の地図を思い描いた。

〈三崎・走水。それに浦賀〉

忽ち答が返って来た。だがどれもとるに足りないほどちっぽけな水軍である。安宅船など一艘もなく、関船さえ幾艘もあるまい。あるのはほとんど小早ばかりの筈だ。そして小早は勿論、関船さえ大筒を搭載することは出来ない。乗せることは乗せられても、発射させればその強烈な反動で船がいかれてしまう。そんな水軍で豊臣水軍を襲うには、手は一つしかない。闇にまぎれての奇襲作戦である。それも十中九まで、焼き打ち作戦だ。釣舟に薪《たきぎ》を積み、火を放って大船にぶつけるのだ。或はいずれの舟にも火薬を積み、爆破する気かもしれない。

正綱はぱちりと遠眼鏡を畳んだ。

「弥助。長鉄砲を積んだ小早を集めろ。四艘ともだ。急げ」

四半刻（三十分）後には、正綱は小早に乗って、まっしぐらに釣舟の集団に向っていた。

四艘の小早は充分に展開し、釣舟をとり囲む形をとっていた。長鉄砲には炸裂弾が装塡され、ぴったり釣舟を狙っている。

釣舟の方は一時逃げだす気配を見せたが、諦めたと見えて、今は密集隊形をとったまま動かない。

〈云いのがれるか、逆襲するか〉

いずれにしても三人の武士次第だろうと正綱は思った。射撃の巧者六人を呼んで、武士たちを狙わせた。一人につき二人である。逆う気なら即座に殺す。武士では捕えたところで、どうせ何も喋りはしない。射殺すれば漁師たちは安心して口を利くだろう。

意外なことが起った。

四艘の小早が長鉄砲の射程距離に迫って、船をとめた時、三人の武士の姿が釣舟から消えたのである。我から水中に没したのだ。逃げたとは思えなかった。ここから三崎までではは泳ぐにしては遠すぎる。春とは云え、水は冷かった。これは自決したのだった。遠眼鏡で見ると、近くの水面に血が浮き上った。だが体は浮いて来ない。重しがわりに鉄砲を何挺か体に縛りつけていたに違いない。鉄砲もなく、武士もいなければ、漁師たちは何とでもいい開きが出来る。そのための犠牲だった。

〈このまま見逃してやろうか〉

一瞬、正綱がそう思ったほどの潔さだった。とって返して九鬼嘉隆にでも警告しておけばすむ話だった。百戦錬磨の豊臣水軍がまさか相州の微々たる海賊にしてやられるわけがない。別して腕をこまねいて待ち構えていれば尚更であろう。船が碇泊していなければ、焼き打ちも効かないのである。

正綱が漁師の長《おさ》を小早に呼んだのは、彼の律義さのためだった。

〈話をきいた上で放してやればいい〉

そう思ったのだ。

長は意外に饒舌だった。心にやり場のない憤懣があったためだ。三崎一帯の釣舟という釣舟を否応なく徴集されたのがその理由だった。しかも釣舟は悉《ことごと》く油と煙硝と薪を積み、火舟となって敵船に体当たりさせられるのだと云う。釣舟の持主は舟が爆発する寸前まで留っていなければいけない。早く離脱して舟をぶつけ損なった場合は一家悉く斬殺する。漁師たちにすれば、こんな無法な話はなかった。これでは以後三崎一帯の漁師は、仮りに生き残ったとしても、喰ってゆくすべがない。村をあげて流民になるしか法がないのである。こんなことなら、いっそ殺された方がましだ、と喚く男さえいる。御領主さまとはそれほどの者かと思う。

長は三崎城と新井城の大筒がとりはずされ、浜に運ばれて、一門ずつ四艘の関船に積み込まれたことを語った。大筒を発射しても耐えられるように、この四艘は現に補強中である。砲手は城から来たので、船に慣れていない。だから船に乗りづめだと云う。

「大筒が四門か」

こうなると話が違って来る。背後から大筒に襲われ、その上、焼き打ちを喰うとなると、これは立派な戦闘行為である。城方の砲手が海の上でどれほどの射撃術を発揮出来るか、怪しいものだったが、砲弾はまぐれでも当ることがある。断じてこの連中の奇襲を許すべきではなかった。奇襲を防ぐ最上の作戦は奇襲である。敵が湊の中にいる間に攻撃をかけ、大筒を乗せた関船だけ沈めてしまえばいいのだ。それに漁師の釣舟を悉く火舟とするという発想が正綱には気に入らなかった。水軍の断じてやってはならぬことだった。やむをえずやる場合は、充分の銭を払う。少くとも新たに舟を造り、その間、食ってゆけるだけの銭を払わねばならぬ。その保証もなしに舟をとり上げ、漁師まで戦闘に駆り出すとは鬼畜の所業と云えた。

「船団が来ます。お奉行」

小早の船長が指さした。これは長宗我部水軍の船団だった。一瞬の思案の後、正綱は小早を大黒丸に向けるように命じた。

長宗我部水軍の海賊奉行池六右衛門は、ほとんど讃嘆の思いで正綱を見つめていた。

正綱はたった今、三崎水軍の奇襲計画を語り、彼等が湊を出る前に、共に手を携《たずさ》えて撃滅しようと誘ったのである。

正綱にはこんなことを云い出す必要がなかった。三崎・走水・浦賀の水軍と四門の大砲ぐらい、向井水軍だけで充分に撃破出来る。竜王丸は四門、安宅丸と天地丸は二門ずつ大筒を積んでいる。大筒だけでも倍の戦力だ。それに三艘の安宅船に乗ったいくさ人の数は、それだけで敵の兵数を上廻る筈である。

正綱が共闘を呼びかけた理由は一つしかない。長宗我部水軍に手柄を立てさせてやろうと云うのだ。それも向井水軍と共に闘うのだから、両者のしこりは霧消したことになる。更に背後からの奇襲を防いだとなれば、九鬼水軍たちも長宗我部水軍の八分を解く筈だった。

〈若いくせに、何という心の広さだ〉

池六右衛門は泣けて来そうだった。大殿も石田さまも、この男の爪の垢でも煎じて飲むがいい。これこそ誠の海の男ではないか。六右衛門は長い間、一言ものが云えなかった。礼の言葉さえ云えなかった。涙をこらえるのがやっとだった。


三崎湊には大小の関船、小早、釣舟まで集められ、ほとんど水面を埋めつくす勢である。いよいよ、本夕刻を期して出陣だった。

夥しい小早と釣舟が先発する。釣舟には煙硝と油のほかに薪が山と積まれ、その役割を明確に示していた。小早は釣舟の護衛、といえば聞こえがいいが、実のところ逃走防止の見張り役だった。

そのすぐ後を補強の痕も生々しい四艘の関船と、護衛の小早が行く。これが攻撃の主体だった。海賊大将山中修理亮も、弟の彦之介もそれぞれ船長として、この関船に乗っていた。

最後に残りの関船と小早が、後衛として続く。これは主として斬り込み隊だった。敵船に乗りかけて移乗し、白兵戦によってこれを奪う。そのための鉤縄や熊手を用意し、城兵が同乗しているのだが、人数はさほど多くない。各城の武士たちの大方は、氏規が既に韮山城へ移してしまっていたためだ。

だが、とにも角にも用意は出来た。これで北条水軍の最後の意地を見せてやれる。全員玉砕する公算が大きいが、少くとも何艘かの安宅船は地獄への道連れに出来る筈だ。

山中彦之介の心は昂ぶり震えていた。

兄の修理亮の心は弟ほど単純ではない。この一戦で三崎・走水・浦賀の漁師たちは死に絶えるだろうという自責の念が、彼の心をちくちくと刺し続けていた。それも勝ちいくさの公算があるならまだいい。確実な負けいくさを、一片の意地だけで闘うのだという思いが、この自責の念を強くしていた。

突然、通り矢の鼻に旗がひるがえるのが見えた。船見の行為だった。

「なんだあれは!?」

彦之介が吼えるのが修理亮の耳にもはっきり聞こえた。

旗が何度もひるがえり、一つの言葉を伝えた。

『敵船見ゆ。安宅船五艘、関船、小早無数』

「なんだと！」

彦之介が喚いた。

「どこの水軍か確認させろ」

修理亮が落着いて旗手に云った。信号が送られ、戻って来た。

『向井水軍ならびに長宗我部水軍なり』

各船長の間にどよめきが起った。相模湾の海賊で向井水軍の勇名を知らぬ者はいない。それは全北条水軍の宿敵であり、無敗を誇る勝者の名だった。長宗我部水軍もその旗艦大黒丸の巨大さは、天下に喧伝されている。

「即刻、船を出せ」

彦之介が喚いた。

「待て！　船大将はわしだ。勝手な命令は許さん」

修理亮が大喝し、また旗手に云った。

「距離と相手の速さは？」

「無駄だ！　どっちみち船を出さねばいくさにならん！」

彦之介は斬りつけるように怒鳴る。

「どっちみち、いくさにはならぬかも知れん」

修理亮はどこまでも冷静だった。これだけの船を沖出しするにはかなりの時間がかかる。しかも前方の水面を埋めている小舟に戦闘能力はないのだ。彼等が体当たり用の舟なのは、一目で判る筈だった。だから敵は近づけまいとする。湊を出るや否や、撃沈するだろう。釣舟を沈めるのに大筒は不要だ。鉄砲の弾丸で充分だ。そして釣舟が爆破し沈めば、後続の関船は湾口を出られなくなる。

「馬鹿を云うな！」

彦之介が喚くのと、信号が返って来たのは同時だった。

『敵よりの信号。関船のみ沖出しせよ。湊破壊の意志をもたず。敵船、停止』

「生意気なことを！」

彦之介は地団駄を踏み修理亮は微笑した。

「さすがは向井水軍だ」

「相手の云うなりになるんじゃないだろうな。策略だぞ」

「漁師を殺したくないんだ、敵は。当然だよ。これは武士の合戦だ」

「何を云うか。漁師なんて、いくら死のうが……」

「来たくなけりゃお主は来るな」

修理亮は冷く云い、自分を含め、三艘の関船に発進を命じた。小早と釣舟が慌てて一方に寄り水路を開けた。彦之介も歯がみしながらついて来ている。

湾口を抜けた。

向井水軍と長宗我部水軍が、横一列になって停止している。竜王丸と大黒丸だけが突出した形で動き出した。二艘だけで闘う気だ。

修理亮は四艘の関船に展開を命じた。射撃命令は出さない。距離がありすぎる。

だーん。

砲声が響いた。彦之介の舟が発砲したのだ。竜王丸の遥か手前に水柱が上った。射程距離に入っていないのだ。だが三崎水軍は大筒を撃つのは初めてである。他の二艘も釣られて発射した。いずれも手前に落ちる。

彦之介が抜刀し砲手に向って振り上げた。

「今度はずしたら斬る！」

その時、驚くべきことが起った。竜王丸が発射したのである。当然とどく筈のない距離だった。だが届いた。しかも彦之介の大筒を木っ葉微塵に砕き、彦之介自身をも肉片と化した。信じ難い射撃術だった。続いて三発の砲声が轟き、他の二艘の関船の大筒も消しとんだ。修理亮の船を狙った砲弾だけが僅かにはずれ、舷側に水柱を浴びせかけた。

話にも何もならなかった。まるで赤ん坊と大人である。

〈これまでだな〉

修理亮は悟った。そう悟らせるために向井正綱はこの距離で敢て撃って来たことも併せて知った。

「白旗を上げよ」

命じながら、弟は死んでよかった、と思った。

漂着

十年の歳月が流れた。

向井兵庫正綱は、徳川水軍の海賊奉行として三崎湊《みなと》にいた。

三崎は徳川水軍の基地であり、江戸防衛の最前線である。走水《はしりみず》と共に、江戸湾の湾口を抑え、更に奥にある浦賀港を守っていた。

徳川水軍の各船大将は三崎の地にそれぞれ屋敷を与えられていたが、向井家は桃の御所《ごしょ》を貰っている。

これは源頼朝がこの地に作らせた三つの御所の一つだった。他に桜の御所と椿の御所がある。それぞれ、名のもとになった花樹を大量に植え、花見所となっている。三御所の中では、桜の御所がもっとも広いのだが、正綱はこれを小浜景隆に譲り、自分は桃の御所を選んだ。海坊主などはその選択に不満だった。

「海賊大将やおまへんか。いっちええ場所をとらはったらよろし」

そう云って正綱を責める。

「俺は桜より桃の方が好きなんだよ。素朴で初々《ういうい》しいところがいい。俺は田舎者なんだなあ」

嘘ではなかった。正綱は海坊主相手に嘘などという面倒なものはつかない。常に本音しか云わないのだ。

それに屋敷の大きさなど問題ではなかった。屋敷など所詮仮りのものである。船乗りの屋敷は船しかない。船さえ大きく性能がすぐれていれば、それで充分だった。

「そら違いまんな。昔は知らず、今はぼんは徳川家の海賊奉行やおまへんか。この湊の仕切りをせなならんお役目や。お屋敷かてばんとしてなあきまへんのや」

海賊奉行は水軍の長であるばかりでなく、一箇の行政官である、と云っていするのだ。この湊に寄る船、沖を過ぎる船を悉《ことごと》くとり調べ、相応の役銭を徴収する義務と権利がある。

正綱は面倒臭そうにひらひらと手を振った。

「そんな面倒なことは俺には出来ないよ。そっちは忠勝にやって貰うさ。俺に出来るのは航海と合戦だけだ」

小田原合戦に九歳で初陣を飾った忠勝も、この年十九歳。無精な父のお蔭で海関のことから奉行所の雑務まですべて引受けさせられて、今ではいっぱしの実務家になっていた。

「いくさがおまへんな」

海坊主も不満そうに云う。確かにこの十年、海戦と云うべきものは一件もなかった。

秀吉のいわゆる朝鮮征伐は、全国の水軍を集めた大規模な海戦を伴っていたが、家康は断乎として徳川水軍を参加させなかった。本人は秀吉に従って肥前名護屋《なごや》まで出かけているが、遂に一艘の船も出さず、一人の兵も朝鮮に送ることはなかった。

本多正信が、いよいよ開戦という時、

「殿は朝鮮に兵を出すおつもりか」

と訊いたが、家康は返事をしない。繰り返し尋ねると、

「うるさいぞ。誰が箱根を守ると思う」

と応えたというのは、有名な話だ。徹底した現実家だった家康にとって、秀吉の誇大妄想ともいうべき夢につき合うつもりは、一切なかったのであろう。それよりこれは国許の充実の好機だった筈だ。

だから相次ぐ日本水軍の敗北のしらせに、正綱が血を沸かして、なんとか従軍をと懇願したのにも、耳をかさなかった。

朝鮮水軍の日本水軍に対する勝利は、結局は大砲の差だった。彼は大砲に慣れ、数も多かったのに、日本水軍は大砲が不慣れである。昔ながらの接近戦による、鉄砲の一斉射撃、敵船への斬り込み、焼打ちが作戦のすべてだった。敵は日本船を近づけず、砲撃で船を破壊し、近づけば衝角《しょうかく》をぶつけて、日本船のどてっ腹に大穴を開けた。その上、いわゆる亀甲船《きっこうせん》が日本軍の胆を奪った。亀のように鉄製の甲羅《こうら》を着た船は、どんな鉄砲の弾丸も焼玉もうけつけようとは

しなかった。

向井水軍の関船には、海坊主の才覚で既に衝角が備えられている。正綱は亀甲船の研究をはじめた。大砲・射撃の訓練も倍加した。いくら朝鮮の水軍でも、向井水軍相手なら、そうそう楽には闘えない筈だった。それだけに正綱には家康の不戦の方針が口惜しかった。

朝鮮に上陸した軍勢は、ほとんど連戦連勝なのに、水軍の劣勢によって補給物資がうけとれなくなり、敵ではなく、飢えと闘う破目に陥っていた。

そして慶長三年に秀吉は死に、お蔭で朝鮮のいくさも終ったのである。徳川水軍は遂に朝鮮水軍と闘うことなく終った。それが正綱や海坊主にとっては憤懣やる方なかった。

そして慶長五年の今、新しい合戦が近づいていた。秀吉の死によって、ようやく天下の覇権が家康に廻って来たのである。だが覇権は合戦なくして握ることは出来ない。天下の覇者たる者は、配下と味方する諸大名に酬《むく》いてやる力が必要だった。具体的には領地をやらねばならない。そして純粋に計算上から云っても、そのためには幾つかの大大名が潰れなければならなかった。さもない限り、配分してやる土地がないのである。だから何としてでも合戦が必要なのだ。

だがこの新しい合戦の地は、当然、美濃から大坂にかけての筈だった。それでは水軍の出場がない。またしても海戦なしで終るのではないか。これが正綱の今日只今の不安だった。

臼杵《うすき》

大坂城にいる家康からの密使が三崎に到着したのは、三月下旬のことだ。東海道を恐ろしい速さで駆けて来たらしく、騎馬の密使は気息奄々《えんえん》として、口を利くことも困難な様子だった。

家康の指令は簡潔なもので、使者が着き次第、大坂に急行せよと云う。但し、正綱一人ではない。一艘の船を操るに足る水夫、並びに船大工数人を伴って、とある。按ずるに大坂で船を動かせと云うらしかった。支度は一切不要。

ただただ急げ、とある。

正綱は海坊主と弥助の他に二十数人の水夫と三人の船大工を選び、騎馬で東海道を夜を日に継いで急行した。

家康は大坂城西の丸にいた。ここで豊臣家五大老筆頭として秀頼に代って政務をとっていたのだ。

正綱が部屋に入ると、家康はたった一人だった。人払いをしたと見える。ぎょろり、と正綱を見るといきなり云った。

「夕刻近く出る船がある。全員それに乗れ」

正綱にはもとよりわけが判らない。とりあえず応えた。

「かしこまりました。行先を伺ってもいいですか」

海賊奉行が行先も判らずに船に乗るわけにはゆかないのは自明の理である。たとえ他人の船であろうと、事情は同じだった。

「豊後《ぶんご》臼杵《うすき》」

家康の返事は意想外だった。さすがの正綱が一瞬戸まどった。

「臼杵？」

「或は既に長崎に移っているか……」

やっと見えて来た。

「南蛮船ですか。臼杵に漂着したんですね」

「三月十六日だ。大破している。だから船大工だ」

「乗組員はどうなりました」

「二十四人。次の日に三人死んで二十一人。六人しか立居《たちい》出来る者はおらぬ。うち二人が、今、こちらに向っている」

「手前の役目は？」

「その船、即座に堺に廻せ。本格的な修理は堺に着いてから。応急で何とか持たせろ」

正綱はちょっと首を捻った。純粋の南蛮船を操ったことは、正綱にも、部下の水夫たちにもない。臼杵に残った乗組員の中で、元気な四人に問い質《ただ》すしかないが、言葉が通じない。

「通辞《つうじ》が必要です」

「もう船に乗せてある。ポルトガル語の通辞だが、何とか役に立つだろう」

「結構です。では出掛けます」

あっさりと云って退出しようとする正綱を、家康が引きとめた。

「南蛮船を操ったことはあるのか」

「ございません」

「それにしては自信ありげだな。いい度胸だ」

「船に変りはないでしょう」

正綱はにこっと笑って見せた。その笑顔がいかにも頼もしげに見えた。

〈さすがは向井兵庫〉

家康はひどく満足だった。

正綱もまた充分満足だった。二十余人の配下が揃って平然と、自分たちの役割を引き受けてくれたからだ。南蛮船だからといって、びびる者は一人もいない。船は船や、と思っているに違いなかった。これこそ正に向井水軍だった。

家康が選んだポルトガル語の通辞は、木村善八郎と云った。風采《ふうさい》の上がらない小男だが、前額部が馬鹿々々しいほど広く、さいづち頭だった。

善八郎は船がオランダ船であることを告げた。

「おらんだ?」

オランダなどという名を正綱は聞いたことがない。この国に南蛮船は、ポルトガル船とイスパニア船だけだったのである。オランダが近年イスパニアから独立した新教国であることなど、正綱の理解の外にあった。善八郎はそのことをかいつまんで教えてくれた。

「とにかくバテレンの怒りと恐怖のほどは凄まじいものがあるようです。オランダは悪魔の国だと云い、乗組員は海賊だから全員を磔《はりつけ》にかけろと喚いているそうです」

新教徒(プロテスタント)と旧教徒(カトリック)の争いは、現代でさえ凄まじい。この当時の敵意がどれほどのものだったか、今日の我々の理解を絶するものがあったと思う。特に日本にいたバテレンの大半は、『戦う教会』と仇名《あだな》されたほど戦闘的なイエズス会だったのだから尚更だった。

「今、大坂へ向っている男は、エゲレス人の航海士で、これまたバテレンに云わせれば、悪魔の申し子だそうで……」

そのイギリス人航海士がウイリアム・アダムスという名であることなど、善八郎は知らなかった。ただ船の名は聞いていた。

「リーフデ号というそうです。無事でいてくれるといいですね。バテレンたちの手にかかったら、粉々にされているかもしれませんよ」

この通辞はひどく無責任なことを、平然と云ってのける男だった。

倖《さいわ》い臼杵の浜に寄せられたリーフデ号は、まだ粉々にはなっていなかった。そのかわり金になりそうな船荷は悉く奪われていた。

四人の元気な乗組員たちは、二人が航海士で、他の二人は下級船員だった。一人の航海士の名はヤン・ヨーステンでオランダ人。もう一人は、名はパパス、奇妙なことにポルトガル人だった。木村善八郎は、ポルトガル語が通ずるので大喜びだった。このパパスがいなかったら、船荷の略奪はこんなものではすまなかったと、ヤン・ヨーステンも当のパパスも云う。

「さすがは航海士だな」

正綱の言葉を善八郎が通訳して聞かすと、意外にもパパスは照れたように笑った。

「私は正式の航海士ではない。ただの生きている風見です」

「生きている風見？」

善八郎がとまどって、何度も訊ね返して、ようやく話が通じた。ポルトガルに通称『西の岬』という場所がある。そこでは一年中、西の風しか吹かないと云う。だからその村の男たちは、生れて育つ間じゅう西の風しか知らない。この男たちが生きている風見になるのだ。世界のどんな大海原の只中にあっても、西の風さえ吹けば忽《たちま》ち正確な方位をさし示すことが出来るからだ。磁石が役に立たなくなっても、星座が見えない闇夜でも、彼等は容易に西を指すことが出来る。

正綱は仰天したと云っていい。風によって本能的に方角を知る天性は、自分一人のものと信じていたからだ。正綱の場合は、西の風に限らず、あらゆる風を皮膚に当る感触によって即座に当てることが出来る。それぞれの方位の風が、どれも味も匂いも重さも違うのである。間違える方が難しいくらいのものだった。

善八郎が訳しにくそうに正綱の言葉をパパスに伝えると、このポルトガル人はいきなり正綱を抱きしめたものだ。パパスは六尺を越す途方もない大男で、満面の髭《ひげ》である。まるで大熊に抱きかかえられたようなものだった。パパスは感激したように、何か大声で喚いた。

「何と云ってるんだ？」

正綱が善八郎に訊いた。

「俺たちは兄弟だと喚いてます」

善八郎はぞっとしたような顔で応えた。


正綱は家康からの手紙を、長崎奉行寺沢広高に渡してある。そのため長崎奉行の与力と同心の一隊がついて来てくれていた。

臼杵の城主は太田重正だったが、長崎奉行の指令とあっては従うしかない。しかも背後には五大老筆頭の家康がいる。リーフデ号修復用の資材は、ふんだんに正綱たちに与えられた。積荷を略奪したのはどうやら太田重正自身の命令によるものだったらしく、この城主は戦々恐々としていた。

パパスとヤン・ヨーステン、二人の水夫は、実によく修理に協力してくれた。自分たちの船だから当り前だといえばそれまでだが、正綱が自分と同じ『生きている風見』であることが判明して以来、パパスは本物の友情を感じているようだった。

修理の間に正綱は、配下の水夫たちに南蛮船の航法を教えてくれるように頼んだが、これもあっさり引き受けてくれた。更に夜は夜で正綱にポルトガル語を教え、自分は日本語を習うと云う熱の入れ方である。お蔭で正綱は、リーフデ号を再び海に浮かせるまでに、片言ながらポルトガル語で、何とかパパスと会話を交わせるまでになった。

リーフデ号を沖に漕ぎだしたのは、早朝、まだ暗いうちだった。

太田重正の態度が微妙に変化して来たための用心である。数日前、大坂から石田三成の書状が届いて、それが重正の変貌の原因になっているようだと正綱は推察している。石田三成はどうやらリーフデ号抑留を続けるよう命令して来たらしい。少くとも徳川水軍に渡すなと云ったのに違いなかった。修理が終ったら、船も乗組員も、改めて重正の監視下に入って貰うと通達して来たのである。

乗組員たちのうち、十五人が病人で、重正の保護を受け、小屋を与えられて治療をうけている。更にその中の三人が重態だと云う。この連中がいわば重正の人質だった。

正綱は家康の命令に従う限り、船と残存する積荷だけを堺まで運べばいい。乗組員に関する指示は受けていなかった。

だがパパスと二人の水夫は、この病人たちを何とか船に移して、全員で堺へゆきたいと云う。ヤン・ヨーステンは冷静な男で、そんな無理は不必要であり、病人はこの地に残して自分たち四人だけで堺へ行こうと云い張った。

十五人の病人がいる小屋は臼杵城内ではない。港に続く村の中にある。だが二十人を越す厳重な見張りがついていた。無理矢理病人を連れ出そうとすれば、戦闘になる惧《おそ》れが多分にあった。それに問題は重症の三人である。小屋から奪い返し、船に乗せても、堺へ着くまでに死ぬかもしれなかった。生憎《あいにく》正綱は医者を連れて来ていない。

パパスにその点を質すと、言下に云った。

「死ぬ、構わない。海で死ぬ。捕虜よりまし」

これで正綱の意志はきまった。この決意には、リーフデ号の積荷が多分に関係している。

ディオゴ・デ・コウトの『亜細亜誌』は、リーフデ号漂着の模様を記録したイエズス会側の史料の一つだが、その中にリーフデ号の積荷の詳細がある。

『同船に見出されたものは次のようなものであった。粗羅紗《らしや》大箱十一箱、珊瑚樹四百本、及び同数の琥珀《こはく》を納めた櫃《ひつ》一箇、着色した硝子玉、鏡、眼鏡、子供の用いる笛などをいれた大箱、レアル貨二千クルサド、青銅の大型大砲十九門、小型大砲数門、小銃五百挺、鉄製砲弾五千発、鏈弾三百発、火薬五十キンタル、鎖鏈甲の大箱三箇、その中四分の三は鋼鉄製の胴と銅甲を用いていた。火縄竿三百五十五本。多くの釘、刃物、斧、鍬、鋤そのほか各種の工具などがあった……』

問題はこの中の小型大砲と小銃五百挺だった。

正綱の配下は武装していない。だが全員が鉄砲の名手である。弥助に至っては大砲の達者であり、この小型大砲には涎《よだれ》を流さんばかりの惚れ込みようだった。小型大砲の砲弾、小銃の弾丸と火薬は、各室に充分の備蓄がある。その気になれば、かなりの脅威を与えうる戦闘部隊になることが可能だった。

「判った。病人は全員、つれてゆく。仕事は夕刻、まだ日のあるうちだ。全員、武装してこの船でゆく」

昼間のうちに太田重正から厳重な抗議が来ていた。勝手に沖出ししては困ると云うのだ。正綱はそれに対して、これは修理のための試しにすぎず、漏水箇所が確定出来たら、再び接岸すると応えている。船を接岸させることはその約束を履行していると思わせることになる。

「艀《はしけ》を四杯用意しておけ。すぐ離岸出来るようにだ」

リーフデ号を艀で曳いて、沖出しするのだ。病人を乗せ、沖に出てしまえばこっちのものだった。見た眼にはおんぼろ船だが、必要な部分は充分に補強し、修理してある。舵《かじ》もしっかりしているし、帆も索具も新品だった。

それに船尾に据えた二門の小型大砲は、いつでも発射出来るように、たっぷり油をくれ、綺麗に手入れされていた。

「唄でも出んか」

正綱は甲板に全員を集め、酒を汲みながら云った。

突然、パパスが唄い出した。図体が大きい分、声量も豊かで、見事な美声だった。故郷の西の岬の唄だと云う。悲しく、しかも海に生きる村らしい勇壮な唄だった。二人の水夫が和し、ヤン・ヨーステンまで加わった。

彼等は泣き、正綱はじめ向井水軍の猛者《もさ》たちも泣いた。

その頃、大坂城西の丸に入ってゆく一人のイギリス人がいた。リーフデ号の航海士のウイリアム・アダムスである。

アダムスはこれが徳川家康との永い友情のはじめであることをまだ知らない。ましてや、向井兵庫正綱との結縁《けちえん》のはじまりであることなど知る筈もなかった。

隆 慶一郎とフランス文学

羽生真名
（隆慶一郎氏長女）

隆慶一郎がかつて大学でフランス語の教鞭をとっていたこと、学生時代、まずバルザックに心酔し、その後、ランボー、マラルメ、ヴァレリー等、象徴詩の研究に没頭したことは、あまり知られていない。

考証的研究によれば、バルザックの人間喜劇の無数の逸話は、当時の実際の出来事から直接取材されたものといわれる。ただしバルザックはそれらの出来事に独自の照明をあてることにより、ある意味で事実以上の現実を創造しようとした。彼にとってはそれらの出来事をどのように取り上げ、なにを語らせるかが問題となった。「芸術家の使命は遠く隔たったものの間の関連を把握し、二つの卑俗なものを結び合わせ、並外れた効果を創りあげることにある」(バルザック)と信じたからである。

バルザックの人間喜劇を、アルベール・ベガンは更に神話的、幻視的《ヴィジオネール》な世界としてとらえる。ベガンによれば、バルザックは社会の観察者であると同時に幻視者《ヴィジオネール》だった。つまりバルザック的照明によって現実を再構成するだけではなく、観察した社会に、人間の存在と運命に関する問いかけ——幻想《ヴィジヨン》——を無意識的に見てしまう作家だったという。そしてバルザックが内面にもつ、バルザックこの二傾向の同時性と緊張関係の内に、彼の小説の特異性があるとしている。

類似した傾向が、隆慶一郎においても見られるような気がする。バルザックが同時代に対して行った手法を過去に向けて行使し、また「幻視者《ヴィジオネール》としてのバルザック」という表現に倣《なら》えば、「見者《ヴォワイヤン》としての隆慶一郎」となるかもしれない。学徒出陣により出征した第二次大戦末期、明日をも知れぬ戦地に『地獄の季節』を携えた人間が、ランボーの見者《ヴォワイヤン》の眼差しに無縁でいられるだろうか。

「……見者《ヴォワイヤン》とならねばならない……詩人はあらゆる感覚の長い限りない合理

的な乱用を通して、見者《ヴォワイヤン》となる。……彼は偉大な罪人、呪われた者となり……未知のものに到達し、ついに狂って己の見たものを理解できなくなろうとも、見たものは見たのである……。」（ランボー）

膨大な史料の山の中で、史料と史料の間隙を埋めさせたのは、この象徴詩に対する眼差しではなかったか。

一九七〇年代頃から民俗学関係の伝承の整理が進み、その結果、考古学、民俗学の飛躍的発達により、歴史の見方が大きく変わってきたといわれる。それ以前、歴史は統治する側、名主以上の文字を知る人間により書かれた文書を中心に解明されてきた。では文字を知らず、文書を残さなかった人々の歴史を知ることは全く不可能だろうか。土地を持たず流浪する職人、芸能人などの非農耕民の歴史、漂泊者の視点から見た歴史は、文書には残らずとも、様々な伝承の中に反映しているとする歴史学者・網野善彦氏等の学説に、隆慶一郎は大きな影響を受けた。歴史上の事実は一つかもしれないが、事実の解釈は一つではない。様々な史料、伝承があり、そのどれを選ぶか、どの部分を強調するかにより、複数の解釈が可能になる。歴史にも様々な文脈をたどる多様な〝読み〟

があり得るのである。史料、伝承の読み込みの中に歴史の残像を探る隆慶一郎の手法は、研究者時代の象徴詩を読み解く姿を思わせるものだった。

時折、彼は象徴詩について語ることがあった。

「……大昔、原始時代、人間が山から海辺に降りてきて、生まれて初めて海を見たとするね。その雄大な美しさに感動して、〝mer〟(海)という言葉を口にしたとする。そこには呪文のような古代の言葉の重みがあっただろう。日常生活の道具となっている今の言葉と比べられると思うこと自体、幻想かもしれない。でも人間の脳には遺伝子的に太古からの記憶が眠っているという説もあるしね……。言葉というものが元来、人間の一番深い根の部分、存在の極限である泉のようなところから湧き出たものなら、湧き出る瞬間、言葉が立ちあがる瞬間、なにが見えるだろう。それを一瞬でも垣間《かいま》見る道があるとしたら、象徴詩はその一つだと思う。だから象徴詩なんか読んでしまうと、普通の言葉が汚れているように見えて仕様がないんだよ……。」

詩人が古代の言葉の生成する場を呼び出すためには感覚を、またその表現である言葉の構成や形式を、「合理的に乱用」する「言葉の錬金術」が必要だった。そしてそのように作られた象徴詩を読み解こうとする時、研究者は詩の言葉一つ一つの意味の歴史的変遷を可能な限り遡《さかのぼ》って調べる。現代にまでいたる言葉の意味の様々な組み合わせと、磨き抜かれた珠と珠のようなイメージのぶつかり合いの中に、詩人の辿った道を探しながらどこまでも下降していく。言葉の深淵の底にしか見えないもの、見者《ヴオワイヤン》ランボーが見たものを、もう一度見るために……。しかしなにが見えたとしても、その輝きを地上へ持ち帰ることはできない。地上は日常の、普通の言葉で生きてゆく世界だから。

ヴァレリーは語る。

「我々は芸術の本質そのものに触れていた。祖先の刻苦の総体的意義を真に解読し、彼らの作品の中で最も甘美なものを拾い上げ、これらの足跡を以《も》って我々の道を作り上げ……この貴重なる跡をどこまでも辿った。地平には常に純粋詩を望みつつ……そこに危険があった。そこにまさしく我々の破滅があった。しかもそこにこそ、目標があったのだ。何となれば、この真理こそは世界の極限だから。そこに居を据えることは許されない。およそこれ程に純粋なものは、生の諸条件と共存し得ない。我々は完璧の観念を、あたかも手が焼かれることなく炎を切るごとく、単に横切るのみ。炎には住み得ず、最高に清澄な住居は必然的に無人の境である。芸術の極度の厳密に向う我々の傾向――あらゆる主題、卑俗なあらゆる感傷的魅力、粗雑な効果をもつあらゆる雄弁から、ますます離れ、独立した美に向う我々の傾向――このあまりに理《ことわり》をわきまえすぎた熱意が、我々を恐らく、ほとんど非人間的な或る状態に導いたのである。」
(『女神を識る』序言――佐藤正彰訳から)

「ヴァレリーの知性は認識の極限を追って、遂に何者かであることを拒否するという完璧の答を産み出すに至ったのだが、僕達はこのような答を前にしては、進むことも退くこともならず、存在という行為すら耐え難くなる。人はこの時まさしく虚無の深淵をのぞきこむのだ。彼はこの深淵を下降し、その底に身を横たえることによって、ニヒリズムという名称をさずけられる。しかしこの底は果して真の意味で深淵の底なのであろうか。深淵は底なしのものではなかったか。……ヴァレリーの鋭い限は、……底を設定することの無意味さ、その無力さを洞察した。彼にとって重要なのは、下降してゆく歩みだけだったたのである。あらゆる人間的条件をふみ超えてまでも、唯その歩行の正しさのみを信じてこの深淵を下降してゆく彼の姿には、最早ニヒリズムという気のきいた言葉を以って覆い得ぬものがある。……悲劇があるとすれば、それは激しい気力に満ち、剛毅な意志に貫かれた一種コルネイユ風の悲劇である。それは澄明な秋の空気の中にふるえている悲しみではなく、白日の下に輝き、充実して静まりかえっている大洋の悲しみだ。『光明の生む神秘より不可思議なものがあろうか。』僕ははるかに彼を育てたセートの、そしてジェノワの明るい地中海に想いをはせるのである。」（池田一朗（隆慶一郎）／ポール・ヴァレリーに関するノート／一九四八年）

……象徴詩なんか読んでしまうと、普通の言葉が汚れているように見えて仕様がないんだよ……還暦まで小説の筆をとらなかったところに、ヴァレリーの落とした影の深さを見るのは考え過ぎだろうか。

『見知らぬ海へ』は海の戦さ人を描いた小説だが、父もこよなく海を愛し、兄の操縦する小型のクルーザーで夕方の海を帆走するのが好きだった。初春のある日、兄がこのヨットで一人、伊豆沖まで遠出し、夕方帰るはずが夜になっても戻らない。遅い春一番が吹き、海は荒れに荒れている。父は一晩中、夢の中で防波堤の先端に立ち、水平線の帆をさがし続けたという。父の祈りが通じたのか、兄は嵐の海で悪戦苦闘しつつも翌朝無事帰港した。
ヴァレリーの詩のままに、父は今、遥かに海を望む墓地に眠っている。

海　永遠に　よせてはまたかえし
ああ　一すじの思惟ののちにかえりくるもの
神々の静謐《せいひつ》の面《おもて》に　ただひたすらに注がれた眼差しよ……
（ポール・ヴァレリー「海辺の墓地」より）

『見知らぬ海へ』解説

縄田一男

『吉原御免状』『影武者徳川家康』そして『捨て童子・松平忠輝』等、様々な大作、快作を置き土産に隆慶一郎氏が幽冥境を異にされてから、はやくも一年の歳月が流れた。

私自身、昨年（一九八九）の九月十九日に、ある雑誌の対談で隆氏にはじめてお目にかかり、その縁で、『捨て童子・松平忠輝』の解説を頼まれはしたもののの、それから二ヵ月もたたぬ十一月四日に隆氏は肝不全で急逝、引き受けた解説が追悼文になろうとは、夢にも思っていなかった。隆氏の生前に、戦国の風雲児前田慶次郎を描いた『一夢庵風流記』での柴田錬三郎賞の受賞が決まっていたのが、せめてもの餞《はなむけ》だったといえよう。

隆氏の作品は、どれも皆、伝奇的なスタイルをとりつつも、史実との徹底的な対決によってはじめられる最新の歴史学・民族学の成果を踏まえたもので、歴史を虚構化するのではなく、虚構によって歴史を捉《とら》え直すのだという確かな視座に貫かれていた。さらに、歴史の中で自由を求め、権力に抗《あらが》った〝傾奇《かぶき》者《もの》〟への傾斜は、何人かの魅力的なヒーローを生んだ。『吉原御免状』でスタートした作品群は、網野善彦らの中世研究によってスポットが当てられた誇り高き放浪の自由民〝道々の輩《ともがら》〟〝公界の者〟たちの末裔と、神話的スケールを持つそうした有名無名のヒーローたちが織り成すユートピア物語として、隆氏が愛読していたバルザックの諸作の様に相互に関連を持ちはじめたばかりだったのである。

波瀾万丈の伝奇的趣向の面白さとアカデミックな知的興奮が一体となった重層的ダイナミズム——隆慶一郎作品を支える魅力はこの一言に尽きるのだが、前者が、脚本家池田一朗時代のストーリーテラーとしての実績から、後者が大学の教員生活を送った学究的資質から生みだされたものであることは明らかだ。しかも、さらにそれが、ユートピアの夢を核とした壮大な人間讃歌へとつながっているところに隆慶一郎作品の素晴らしさがあり、そうした構想は、常に、歴史の中で見果てぬ夢を追い、欣然と死に赴《おもむ》いた〝死者たちの遺志〟を担うことによって成されていたのである。

歴史家に負けぬ小説を書くこと、そして、歴史に刻まれることなく死んでいった者たちへ鎮魂の盃を傾けること――隆氏の目指していたことは見事に果たされたといっていい。

そしてこの一年、『花と火の帝』や『死ぬことと見つけたり』等、隆氏の死後、出版された作品は、どれも未完であるにもかかわらず、この不世出の作家の〝遺志〟を読もうとする多くの読者によって圧倒的好評をもって迎えられている。

昭和六十二年七月から「小説現代」誌上に連載され、作者の急逝によって未完となった本書『見知らぬ海へ』は、隆氏の死後、刊行されていなかった唯一の長篇であり、このたび、氏の一周忌を記念して出版の運びとなった作品である。

物語は、天正七年九月、武田家の海将向井正重の守る持舟城《もちぶね》が、織田・徳川の連合軍によって陥落するところからはじまる。この時、呑気《のんき》に釣り糸をたれていたため、父正重や義兄政勝の死に目に会えず、難を逃れて向井の血を残すことになるのが、本篇の主人公向井正綱である。

正綱は父に己れの真価を理解されてはいないが、一見、魯鈍そうな中に野放図な大胆さを秘め、しかも、魚一匹に対しても敬意をもって相手を倒すことを知っている〝いくさ人〟として描かれている。この点、はやくも読者は、作者好みの主人公の設定を見て、思わずニヤリとするだろう。

しかし、釣りをしていて戦いに加わらなかったという話は、いかにも聞こえが悪く、生涯の後見役ともいうべき〝海坊主〟こと野尻久兵衛と武田水軍の拠点江尻に戻った正綱を待っていたのは〝魚釣り侍〟という異名だった。その正綱が遂に向井水軍の頭領としての真価を発揮するのは、長年の条約を踏みにじり、公然と織田・徳川方に与《くみ》した北条水軍との間に行われた駿河湾海戦においてである。海坊主が駆り集めた寄せ集めの〝死兵〟たちとともに、たった五艘の関船で敵の船溜りに夜襲をかけた正綱は、戦いの先陣を切り、死にもの狂いの奮戦の渦中にも、大胆かつ果断な戦法で北条水軍を全面退却へと追いこんでいき、名実ともに水軍のお頭となっていくのである。また、この戦いの中で愛妻久を得るエピソードも物語にほほえましい彩《いろ》どりをそえている。

作者は、東海沿岸地方を太古からの黒潮文化圏として捉え、水軍と海人との関係を論じ、また、海坊主の三好軍兵衛を長嶋のワタリと設定している。このあたりで、海人・山人・輸送業者という一種の自由人の目で歴史を捉える、という、隆慶一郎作品すべてに共通するモチーフがはやくも出揃っており、誰の家臣でもなく、海の家来だという正綱の考えには、これまで『影武者徳川家康』や『捨て童子・松平忠輝』で語られて来た陸のユートピアに対置されるべき、海のユートピアへの憧れがこめられているといえるだろう。

そして、この正綱に、生死興亡は戦国の常であり、愛憎とは何の関係もない、といって徳川水軍の主軸となる様に頼みに来るのが、家康の家臣であり、容貌魁偉なため〝鬼作左〟と呼ばれる本多作左衛門である。常識をものともせず、かつ、正綱を〝海の申し子〟と断じてはばからぬ〝鬼作左〟との出会いが、正綱に、さらに魅力的な海の男としての後半生を拓いていくことになる。

それがすなわち、武田家滅亡後、正綱を慕う岡部水軍とともに徳川水軍に与することであり、宿敵北条水軍との対決であり、また小田原攻めに際しての下田、韮山での勇猛果敢な戦闘であるというわけだ。その中で、敵軍に対しての敬意を忘れず、卑劣な行為をする者は味方の武将であっても牙をむくという、常に海の自由人としての立場を守り続ける正綱の姿勢はさわやかの一語に尽きるといえよう。

そして後半最大の読みどころは、本篇が、正綱と、性格の異った二人の息子たち——忠太郎、正次郎との父と子の物語となってくる点である。特に、『捨て童子・松平忠輝』における家康・忠輝父子の情愛が暗く重苦しいものであっただけに、正綱と元服した忠勝（忠太郎）が、戦場という修羅場の中で男どうしの高誼《こうぎ》を培《つちか》っていく箇所は、読んでいてすがすがしい。

そして、物語は、この後、秀吉の朝鮮出兵と、その秀吉の死、更には、天下の覇権がようやく家康へ向って動きはじめた慶長五年のリーフデ号の漂流とウイリアム・アダムス（三浦按針）の登場という、最も魅力的な局面を迎えたところで、惜しくも未完となっているのである。

本書は、扱われている年代や人物も、先に挙げた『影武者徳川家康』や『捨て童子・松平忠輝』とも重なる部分が多く、いわば、家康の手による恒久平和が達成されるまでを描く〝海の戦国史〟ともいうべき内容を持った作品である。作者の構想では、この後、向井正綱と三浦按針を組ませての文字通り〝見知らぬ海〟＝西廻り航路での活躍が描かれたはずで、生前に残されたメモにも、

○伊豆攻めII
○三崎攻め　長曾我部の復讐
　　　　　　秀吉に（家康に）
○三崎へ移る　四奉行、朝鮮征伐？
○ウイリアム・アダムス　関ケ原
○西の岬の住人
○大船禁止令↓諸国の船を集める
○慶長使節
○大坂陣　息子　父は何を望むか

メキシコ　又はヨーロッパの父

とあり、その雄大な構想の一端をのぞかせている。

多忙な隆氏のことゆえ、本書の執筆は、冒頭に登場する持舟城をはじめとして、三浦半島にある向井の屋敷跡等、作品ゆかりの地の取材と同時に進められたといわれ、また、船に関する知識がないという隆氏は、当時の造船、航行術に関する資料を勉強しながらこの作品を書き継いでいったという。しかし、本書の約半分を占める海戦場面の素晴らしさはどうだろうか。はじめて海洋時代小説を手がけるという作者自身の緊張が良い意味での張りとなって全篇にみなぎり、迫力ある戦闘場面の連続は、作者の努力と研鑽《けんさん》の勝利となって完全に類書を圧しているといえるのではあるまいか。

そして何よりも本書を繙《ひもと》いていて感じずにはいられないのは、主人公向井正綱と作者である隆慶一郎氏の像が重なってくる点である。こんなエピソードがある。隆氏が入院して病状もかなり悪くなってからのことである。隆氏と仲良くなって、病院の廊下でいっしょに煙草を吸う様になった若者が、ある日、突然、身罷《みまか》った。それを知らされた隆氏は、顔をくもらせるわけでもなく、「若くして死ぬ人は、それだけ神様に愛されているんだよ」といって、豪快に笑ったという。その強靭な精神のあり方は、「あの人は苦労のしすぎです」という妻久に対して「何を云いやがる」といい、「これが当り前だ」と考え、己れの置かれた状況の中で常に陽気で、坦々として身を律して来た正綱そのものではないだろうか。

お嬢さんの羽生真名氏の回想によると、隆氏は、夏に借りていた葉山の家で、アメリカ製のライフル型水鉄砲による家族総出の壮絶な撃ち合いをする様な子供っぽい一面もあり、また、海と夏をこよなく愛し、泳ぎながら浮き身の姿勢をとって、いつまでも波間に漂っていられる人だったという。

本書は、そんな隆氏の遺した最後のメッセージである。本書のページを繰りながら、隆氏が波間を漂いつつ見たのと同じ夢を、いつまでも見ていたい――そんな気がしてならないのは、私だけではないだろう。

そして、隆氏が、この五年間、己れの身を削りながら切り拓いて行ったエンターテインメントの可能性は、そのまま、文字通り、〝見知らぬ海〟という可能性の大海となって私たちの前に、豁然《かつぜん》と拓けているのである。

その確かな手応えを受けとめつつ、本書を味読していきたいと思う。

一九九〇年九月二十日

付記

縄田一男

本書『見知らぬ海へ』で、故隆慶一郎の著作はすべて文庫化されたことになる。隆慶一郎が死去したのが一九八九年の十一月四日であるから、生前に文庫化されたものは処女作の『吉原御免状』のみだった。

既に本文庫で刊行されている『捨て童子・松平忠輝』の付記にも記したが、私が隆慶一郎作品の解説を書く様になったきっかけは、作者死去の二ヵ月前、対談を行ったのが縁で、同書の初刊本の解説を頼まれたことがはじまりだった。それが結果的には追悼文となってしまった。だが、あの時、たった一度きりの出会いであった私に、何故、作者が全幅の信頼を置いてくれたのか――今はただ人の縁の不思議を思うばかりである。

従って、その後、隆慶一郎の十五の著作のうち、十一篇の解説を書かせていただいた私にとっては、今、この稿を記すに際し、感無量という言葉を通り越した不思議な感動の中にある。新潮文庫版『一夢庵風流記』の解説の中で、秋山駿は、作中の「とにかく、この時のまつは慶次郎という事件のただ中にあった」という一説が、疑いもなく隆慶一郎の師小林秀雄の『ランボオⅢ』の一節、「僕は、数年の間、ランボオという事件の渦中にあった」と呼応するとしているが、このでんでいけば私も、この数年間のあいだ、間違いなく「隆慶一郎という事件の渦中にあった」し、またこれからもその中にあり続けるだろうと思う。

本書『見知らぬ海へ』には単行本刊行時に解説を試みているので、私が実質的に最後の解説を書くことになったのは、本書より少し先に新潮文庫から刊行されることになっている『死ぬことと見つけたり』になる。

私はその解説を、義父の最期を見取りながら、神奈川県伊勢原市の大学病院の一室で書いた。義父は職人として、また夫として父として、恥ずかしくない人生を送った人で、今年の七月、食道癌の手術を受け、手術そのものは成功したものの、その後、脳梗塞を起こし、意識不明の状態が一週間続いた後、逝ってしまった。

恐らくはもう助かるまい――そう思いつつ、義父の枕辺で『死ぬことと見つけたり』を読み返しながら、肉親が瀕死の状態であるからよけいにそう思うのだろうが、この作品の持つ、目睫《もくしょう》の間に迫った死を、まったく別の陽気なものに変えてしまう、隆慶一郎という一個の強靭な精神の運動には、今さらながらに驚かされた。

その強靭さの源が、恐らくは隆慶一郎が若い頃から愛読していた中原中也の詩「寒い夜の自我像」、特にその最後の一節、「陽気で坦々として、而も己を売らないことをと、／わが魂の願ふことであった！」にあると思い当たり、「『己を売らないこと』――それは、単に功利的な意味ばかりでなく、隆慶一郎というスライドを通して見るならば、人間が人間らしく生きようという意志を挫こうとする、あらゆる怯懦、脆弱、驕慢、軽薄、それら諸々のことどもに対して

『己を売らないこと』である」と、記したのは、ほとんど、自分自身に向って投げつけた言葉であった、といっていい。

作者の死の衝撃、未だ醒めやらぬ中にはじめられた、この不世出の伝奇作家を論じる仕事が、今、肉親の死の悲しみの中で、ひとつのまとまりを終えようとしている。これも何かの奇妙な符合の様に思えてならない。

そして、棺の中に収めた、義父が病院で最後に読んだ本の中には、『影武者徳川家康』があった。

思えば、隆慶一郎は、様々なかたちで、今後の研究すべき課題を遺してくれた。小林秀雄がわが国の時代作家に与えた影響、時代小説のヒーローが持つ自我の問題、作品と神話との関係等々。だが、何よりも私にとって、今、痛切に思うのは、あらゆる旅立ちは、たとえそれが死という旅立ちであったとしても、「見知らぬ海」へ向けて行なわれなければならない、という、その一事である。

隆慶一郎の墓は、海を見下ろす熱海の十国峠の頂にある。

この地に墓をつくることは、生前、熱海に仕事場を持ち、夏といえば海、そして海へと流れる水を自由の象徴として捉えていた隆慶一郎自身の遺志であった。

本書はその隆慶一郎、唯一の海洋歴史・時代小説。味読していただきたいと思う。

一九九四年八月五日
二〇一五年八月三十一日改稿

本作品には、今日の観点からみると差別的表現ととられかねない箇所があります。しかし作者の意図は、決して差別を助長するものではないこと、作品自体の持つ文学性並びに芸術性、また著者がすでに故人であるという事情に鑑み、表現の削除、変更はあえて行わず底本どおりの表記としました。読者各位のご賢察をお願いいたします。

〈編集部〉

本書は、一九九四年九月に講談社文庫より刊行された『見知らぬ海へ』を改訂し、文字を大きくしたものです。

|著者|隆 慶一郎　1923年東京生まれ。東京大学文学部仏文科卒業。在学中、辰野隆、小林秀雄に師事する。編集者を経て、大学でフランス語教師を務める。中央大学助教授を辞任後、本名・池田一朗名義で脚本家として活躍。映画「にあんちゃん」の脚本でシナリオ作家協会賞受賞。'84年『吉原御免状』で作家デビュー。'89年『一夢庵風流記』で柴田錬三郎賞を受賞したが、同年急逝。著書に『影武者徳川家康』、『死ぬことと見つけたり』など。

レジェンド歴史《れきし》時代小説《じだいしょうせつ》　見知《みし》らぬ海《うみ》へ

隆《りゅう》 慶一郎《けいいちろう》

講談社文庫

定価はカバーに
表示してあります

2015年11月13日第1刷発行

発行者――鈴木　哲
発行所――株式会社　講談社
東京都文京区音羽2-12-21　〒112-8001
電話 出版 (03) 5395-3510
　　 販売 (03) 5395-5817
　　 業務 (03) 5395-3615

デザイン―菊地信義
本文データ制作―講談社デジタル製作部
印刷――豊国印刷株式会社
製本――株式会社国宝社

Printed in Japan

ISBN978-4-06-293225-7

講談社文庫刊行の辞

二十一世紀の到来を目睫に望みながら、われわれはいま、人類史上かつて例を見ない巨大な転換期をむかえようとしている。

世界も、日本も、激動の予兆に対する期待とおののきを内に蔵して、未知の時代に歩み入ろうとしている。このときにあたり、創業の人野間清治の「ナショナル・エデュケイター」への志を現代に甦らせようと意図して、われわれはここに古今の文芸作品はいうまでもなく、ひろく人文・社会・自然の諸科学から東西の名著を網羅する、新しい綜合文庫の発刊を決意した。

激動の転換期はまた断絶の時代である。われわれは戦後二十五年間の出版文化のありかたへの深い反省をこめて、この断絶の時代にあえて人間的な持続を求めようとする。いたずらに浮薄な商業主義のあだ花を追い求めることなく、長期にわたって良書に生命をあたえようとつとめるところにしか、今後の出版文化の真の繁栄はあり得ないと信じるからである。

同時にわれわれはこの綜合文庫の刊行を通じて、人文・社会・自然の諸科学が、結局人間の学にほかならないことを立証しようと願っている。かつて知識とは、「汝自身を知る」ことにつきていた。現代社会の瑣末な情報の氾濫のなかから、力強い知識の源泉を掘り起し、技術文明のただなかに、生きた人間の姿を復活させること。それこそわれわれの切なる希求である。

われわれは権威に盲従せず、俗流に媚びることなく、渾然一体となって日本の「草の根」をかたちづくる若く新しい世代の人々に、心をこめてこの新しい綜合文庫をおくり届けたい。それは知識の泉であるとともに感受性のふるさとであり、もっとも有機的に組織され、社会に開かれた万人のための大学をめざしている。大方の支援と協力を衷心より切望してやまない。

一九七一年七月

野間省一

講談社文庫 最新刊

今野 敏
欠落
この捜査、何かがおかしい。苦闘する刑事たち。今野敏警察小説の集大成『同期』待望の続編。

濱 嘉之
ヒトイチ 画像解析〈警視庁人事一課監察係〉
警官が署内で拳銃自殺。監察係長の榎本が謎を追う！ シリーズ第2弾。〈文庫書下ろし〉

香月日輪
地獄堂霊界通信③
フランスから来た美少女・流華《るか》は魔女だった!? 三人悪はクラスで孤立する彼女を心配するが。

上田秀人
梟《ふくろう》の系譜〈宇喜多四代〉
強大な敵に囲まれ、放浪の身から家名再興の期待を背に、乱世をひた走った宇喜多直家。

西尾維新
少女不十分
少女はあくまで、ひとりの少女に過ぎなかった……。「少女」と「僕」の不十分な無関係。

重松 清
希望ヶ丘の人びと（上）（下）
亡き妻のふるさとに子どもたちと戻った「私」。昔の妻を知る人びとが住む街に希望はあるのか。

楡 周平
レイク・クローバー（上）（下）
ミャンマー奥地の天然ガス探査サイトで未知の寄生虫が発生。日本人研究者が見たものは？

平野啓一郎
空白を満たしなさい（上）（下）
現代における「自己」の危機と、「幸福」の意味を追究して、大反響を呼んだ感動長編！

真梨幸子
カンタベリー・テイルズ
パワースポットには良い「気」も悪意も渦巻く。人間の業《ごう》を突き詰めたイヤミスの決定版！

あさのあつこ
NO.6 beyond〔ナンバーシックス・ビヨンド〕
理想都市再建はかなうのか？ 紫苑とネズミは再会できるのか？ 未来に向かう最終話。

有川 浩
ヒア・カムズ・ザ・サン
触れた物に残る人の記憶が見える。特殊な能力を持つ男が見た20年ぶりの再会劇の行方。

月村了衛
神《み》子《こ》上《がみ》典《てん》膳《ぜん》
一刀流の達人典膳は何故無法に泣く者を助けるのか？ 剣戟《けんげき》あり謎ありの娯楽《エンターテインメント》時代小説。

講談社文芸文庫

島田雅彦
ミイラになるまで　島田雅彦初期短篇集
解説＝青山七恵　年譜＝佐藤康智
釧路湿原で、男の死体と奇妙な自死日記が発見された——表題作ほか、著者が二十代で発表した傑作短篇七作品。尖鋭な批評精神で時代を攪乱し続ける島田文学の源流。
しＪ２
978-4-06-290293-9

梅崎春生
悪酒の時代　猫のことなど　—梅崎春生随筆集—
解説＝外岡秀俊　年譜＝編集部
多くの作家や読者に愛されながらも、戦時の記憶から逃れられず、酒に溺れた梅崎。戦後派の鋭い視線と自由な精神、底に流れるユーモアが冴える珠玉の名随筆六五篇。
うＢ４
978-4-06-290290-8

塚本邦雄
珠玉百歌仙
解説＝島内景二
斉明天皇から、兼好、森鷗外まで、約十二世紀にわたる名歌百十二首を年代順に厳選。前衛歌人であり、類稀な審美眼をもつ名アンソロジストの面目躍如たる詞華集。
つＥ７
978-4-06-290291-5

森 博嗣　黒猫の三角〈Delta in the Darkness〉
森 博嗣　人形式モナリザ〈Shape of Things Human〉
森 博嗣　月は幽咽のデバイス〈The Sound Walks When the Moon Talks〉
森 博嗣　夢・出逢い・魔性〈You May Die in My Show〉
森 博嗣　魔 剣 天 翔〈Cockpit on knife Edge〉
森 博嗣　今夜はパラシュート博物館へ〈THE LAST DIVE TO PARACHUTE MUSEUM〉
森 博嗣　恋恋蓮歩の演習〈A Sea of Deceits〉
森 博嗣　六人の超音波科学者〈Six Supersonic Scientists〉
森 博嗣　捩れ屋敷の利鈍〈The Riddle in Torsional Nest〉
森 博嗣　朽ちる散る落ちる〈Rot off and Drop away〉
森 博嗣　赤 緑 黒 白〈Red Green Black and White〉
森 博嗣　虚空の逆マトリクス〈INVERSE OF VOID MATRIX〉
森 博嗣　φ《ファイ》は壊れたね〈PATH CONNECTED φ BROKE〉
森 博嗣　θ《シータ》は遊んでくれたよ〈ANOTHER PLAYMATE θ〉
森 博嗣　τ《タウ》になるまで待って〈PLEASE STAY UNTIL τ〉
森 博嗣　ε《イプシロン》に誓って〈SWEARING ON SOLEMN ε〉
森 博嗣　λ《ラムダ》に歯がない〈λ HAS NO TEETH〉
森 博嗣　η《イータ》なのに夢のよう〈DREAMILY IN SPITE OF η〉
森 博嗣　目薬α《アルファ》で殺菌します〈DISINFECTANT α FOR THE EYES〉

森 博嗣　イナイ×イナイ〈PEEKABOO〉
森 博嗣　キラレ×キラレ〈CUTTHROAT〉
森 博嗣　タカイ×タカイ〈CRUCIFIXION〉
森 博嗣　議論の余地しかない〈A Space under Discussion〉
森 博嗣　探偵伯爵と僕〈His name is Earl〉
森 博嗣　レタス・フライ〈Lettuce Fry〉
森 博嗣　君の夢 僕の思考〈You will dream while I think〉
森 博嗣　四季 春～冬
森 博嗣　森博嗣のミステリィ工作室
森 博嗣　アイソパラメトリック
森 博嗣　悠悠おもちゃライフ
森 博嗣　僕は秋子に借りがある I'm in Debt to Akiko〈森博嗣自選短編集〉
森 博嗣　どちらかが魔女 Which is the Witch?〈森博嗣シリーズ短編集〉
森 博嗣　的を射る言葉〈Gathering the Pointed Wits〉
森 博嗣　森博嗣の半熟セミナ 博士、質問があります！
森 博嗣　DOG&DOLL
森 博嗣　TRUCK&TROLL
森 博嗣　100人の森博嗣〈100 MORI Hiroshies〉
森 博嗣　銀河不動産の超越〈Transcendence of Ginga Estate Agency〉

森 博嗣　つぶやきのクリーム〈The cream of the notes〉
森 博嗣　つぼやきのテリーヌ〈The cream of the notes 2〉
森 博嗣　つぼねのカトリーヌ〈The cream of the notes 3〉
森 博嗣　喜嶋先生の静かな世界〈The Silent World of Dr.Kishima〉
森 博嗣　実験的経験〈Experimental experience〉
森 博嗣 ささきすばる絵　悪戯王子と猫の物語
森 博嗣 土屋賢二　人間は考えるFになる
森枝卓士　私的メコン物語〈食から覗くアジア〉
森 浩美　推定恋愛
森 浩美　推定恋愛 two-years
諸田玲子　鬼あざみ
諸田玲子　笠《かさ》雲《ぐも》
諸田玲子　からくり乱れ蝶
諸田玲子　其《そ》の一《いち》日《にち》
諸田玲子　末世炎上
諸田玲子　昔《せき》日《じつ》より
諸田玲子　日《にち》月《げつ》めぐる
諸田玲子　天女湯おれん
諸田玲子　天女湯おれん これがはじまり

講談社文庫 目録

2015年9月15日現在